銀河叢書

レンズの下の聖徳太子

赤瀬川原平

幻戯書房

目次

装幀　緒方修一

レンズの下の聖徳太子

本書は、赤瀬川原平／尾辻克彦の単著に未収録の小説作品を精選したものです。

各章は基本的に、1＝一九七〇年代作品（赤瀬川原平名義）、2＝八〇年代作品（尾辻克彦名義）、3＝九〇年代作品（尾辻克彦名義）の区分を方針として構成しました。

各作品の表記は原則的に初出に従い、漢字や送り仮名などの統一は行なっていませんが、便宜上、明らかな誤記や脱字などを訂正し、ルビを整理し、補足説明を追加した箇所があります。

本文中、今日では不適切と思われる表現がありますが、原文が書かれた時代背景や、著者が故人である事情に鑑み、そのままとしました。

1

レンズの下の聖徳太子

一

ぼくが空飛ぶ円盤を見たのは、もう十年以上も前のことだ。

そのころぼくは、ベニヤの箱に住んでいた。地上三メートル、海抜四十二メートルの畳のまわりは、壁も天井もベニヤ板。北側に窓が一つ。ガラス越しに望遠鏡で外をのぞくと、いつも道の向うの電柱のてっぺんには子供用のズック靴が片一方。雨や風でもうゴムがボロボロの粉になってこぼれ落ち、あんな高い所でカクレンボでもないだろうし、いやひょっとしたら、石蹴りの足の先から靴だけ脱げて飛んで行き、それがピタリとあのてっぺんに……?

そんな偶然があったとすれば、これはまるで宝くじの一等賞の光景だ。この町の誰にも見えない頭の上に、しまい忘れの宝くじの当たり券。だけどそんな偶然なんて、いつも夢の中にしか落ちてはいない。やっぱり誰かが隠したのだ。そっとあの電柱を昇って行って、地上の通行人からは見えない場所に。でもいったい何のつもりで……、いやそんな推理はどうでもいいのだけれど、この子供騙しのブリキの望遠鏡を、屑鉄屋の屑の中から見つけ出してきて以来、あれはずっと窓の向うに見えている。そんな様子の六畳のベニヤ板の箱。

東京の阿佐ヶ谷駅から歩いて十分。独身の男ばかりが住んでいる二階建てのアパートだった。下に三部屋、上に三部屋。ぼくはその階段を昇って一番目の襖を開ける。その直下には大家さんの娘夫婦。奥さんは柔らかそうな人だった。白い食パンの中味のような柔らかさ、食パンみたいに触われるわけではないけれど。

だけど白い二本の腕は、まるで触わったように見えている。軽い二枚の唇の中には、青い目玉にたらした目薬のような、ひんやりと暖かそうな唾液がのぞく。月末のお金といっしょに話していると、ぼくの視線はいつの間にか、その唇の隙間にはいり込む。だけどそれだけのこと。

夜中に一度だけ、触わっている音のよどみを、畳の下に聞いた気がする。その音は見えない電球の光の中で、シーツを引きずり、タンスにぶつかり、喉をしぼり、背中をよじって、ぼくの畳の下の空間にゆっくりと渦を巻く。

だけどそれはただの話し声だったのかもしれない。急に思い立って部屋の片付けをしていたのかもしれない。誰かが死んだ悲しい報せにすすり泣く声だったのかもしれない。夜中に発熱してのただの看病の音だったのかもしれない。ぼくはそんな水ぶくれのような音を、千円札を描きながら聞いていていた。ぼくはその自分の部屋の畳の上で、息を止めた鰐《わに》のようにしゃがみ込み、右手の指だけ蜂のように動きながら、夜も昼も千円札を描きつづけていた。

目の前にあるのは畳一枚ほどの、横長の大きなパネル。そのペタンとした白い表面には、まるで内緒話のように、かすかな鉛筆の碁盤目の線。それは秘密の飛行場の設計図のようで、ぼくはそんな雰囲気が好きだった。畳の上の千円札にも、髪の毛のように細い鉛筆の碁盤目の線。こちらは昆虫針で羽根を留められた蝶々のようだ。何本もの線を引かれて方眼紙のようになってしまった千円札は、鉛筆やマッチ箱や罐詰《かんづめ》のレッテルと同じ様子で畳の上に転がっている。この千円札には値打がない。値打を脱いだ物。値打を脱いだ素顔の紙切れ。それはちょうど、一年前の映画の切符、数字の剝がれた定期券……、そんな様子を碁盤目の線がこの千円札にも割り出している。

その方眼紙幣の一つの目もりはおよそ五ミリ。パネルの上の一つの目もりはおよそ五センチ。だから目の前のパネルには、縦・横十倍、面積百倍にふくらんだ千円札が、ぼんやりと、ゆっくりと、ぼくの右手にはさんだ筆の先に引きずられて近づいてくる。

一日に五ミリ。十ミリ。大きなパネルのあちこちに、ポツン、ポツンと姿をあらわす、千円札の解剖図。ふだんはズボンのポケットの中に隠れているはずの、あの小さな生臭い印刷物の末梢神経……暗い網の目……淡い雲……緑にくすんだ唐草……水色のゆるい波……波に隠れた桃色の花柄……硬い線で編んだ籠のような聖徳太子……白い芝生のような紙の素肌……黒い数字の横っ腹……厚いインクの盛り上がり……。

左手でつまんだレンズの厚みを透して見えるのは、いつも昼間の考えごとの目の前を、黙々と通り過ぎていたお札の姿。よく見ると、みんなはじめて見るような模様ばかり。だけどよく見ないと、それはいつも見ている千円札だ。いったい昼間の目は何を見ているのだろうか。千円札を一枚一枚数えていても、その模様についてはいつも上の空。だからお札の模様はいつも昼間の目玉の前を、煙のようにスイスイと流れて消えていく。むしろこの顔面の二つの目から遠く離れて、ポケットの中に潜り込んだ指先だけが黙って知っていたはずの色と形。その指先の目がこの夜のベニヤ板の箱の中で、そっとピンセットのように模様をつまむ。するとその一つ一つが目の前の大きなパネルの上に、碁盤目の線をくぐってゆっくりと浮かび上がり、あるものはその場所を間違えたりして、また碁盤目の線の向うに消えていく。そんな模様のひろがりが、一日に五ミリ。十ミリ。そしてもう三ヵ月。

二

パネルはベニヤ板で作った。この部屋の壁と同じ材料。だけど表面にはパテをたっぷり塗り込む。自動車の破損箇所の補修などに使う灰色のラッカーパテ。これは乾くと岩石のように頑丈な膚となる。それにサンドペーパーをかけて、なおも残った凹凸にもう一度ゴムのヘラでパテを塗り込む。そしてサンドペーパーの目をしだいに細かいものに移していって、最後は水で濡らしながら絹目のような水ペーパーで隅から隅まで凹凸をすりつぶす。灰色のパネルは全面が砥石の表面のようになってくる。

作業にはアパートの庭を借りた。木戸の近く、一部コンクリートのある地面にパネルを寝かせ、水ペーパーをかけていると、大家のお婆さんが来て隣にしゃがみ込む。

「こんどのはずいぶん大きなもんだねェ」

お婆さんは草色のワンピースをゆかたのように着て、シャモジのように薄い下駄をはいている。

「まァ、ペーパーを水で濡らしたりして……」

「これは水ペーパーっていうんです。いちばん細かいペーパーですよ」

「芸術家は器用だねェ。こんどのは何ができるんかしらねェ」

「いや、いちどツルツルの絵を描いてみようと思って……」

午後の二時ごろ、アパートの独身の男たちはみんな勤めに行っている。休憩の町。潮の引いた砂浜のような住宅地。アパートの向いにはぽつんと小さな碁会所があるが、お客は一人も来ていない。そこのおばさんも木戸を開けて入ってきて、パネルの前にしゃがみ込む。

「あたしこんど表札書いてもらおうかしら」

「そうだよ。あんたのところ看板書いてもらったら。絵かなんか入れて……」

「いやァ、看板はちょっと……、ぼくは字を描くのは下手なんですよ」

ぼくはじつは看板の文字を描くのが商売なのだけど、おばさんたちには適当に受け答えしながら、手は休まずに水ペーパーをこすりつづける。シャーラ。シャーラ。デコボコはないか。灰色の砂漠。粉の海。関東平野。いちばん最初のペーパーの跡が、なかなか消えない。太い線が螺旋状にくい込んでいる。ちょっとペーパーの目が粗すぎたかな。いやよく見ると、犯人は一粒だ。パネルにくい込む深い溝は、グルグルと一本につながっている。月面を転がり落ちた隕石の跡。一粒だけ最初のペーパーに、頑固な金剛石がくっついていて、それが全身で抵抗しながら引きずられて行ったのだ。仕方がない。ここだけもう一度パテで穴埋め。罐の蓋をペコン。ゴムのヘラに灰色のラッカーパテが糸を引く。

「へェ、それはまたすごく粘っこいんだわねェ」

「まァ、鼻にツンとくるわ」

「これは揮発性だから塗るとすぐ乾くんですよ。だから仕事は早いんだけど、塗り方が難しいんです」

だけどすぐとはいっても最初はまだ生乾きなので、こんどは別の部分を水ペーパーでこすりはじめる。シャーラ。シャーラ。デコボコはないか。灰色の砂漠。粉の海。関東平野。食後の時間。昼寝する町。鍵もつっかえ棒も眠っている空巣の住宅地。こんなところで碁会所やっても、お客は来ないよ。ノンキなおばさん。シャーラ。シャーラ。あれは商売というよりも、亭主の趣味だな。シャーラ。シャーラ。やがて大家の若い奥さんも、買物から帰ってきて見物人に。ふんわりとしゃがみ込んで、

「まァ、キレイなのね。これどうなるの?」

その声で空気の温度が少し上がり、ぼくの姿勢は思わずちょっと硬くなる。だけどそれだけのこと。

「磨いてから白く塗って、その上に細い線で描くんです。まだ出来上がりはどうなるかわかんないんですよ」

ぼくの手は休まずに動き、それを見つめるおばさんたちの瞳はクルクルまわる。いったい何が出来るのかしら。いちど描くところを見てみたいわ。だけど普通の絵ではないみたい。どういう考えがあるのかしら。この人ちょっと変ってる……。

午後の町。風の止まった住宅地。まだぜんぜん姿の見えない灰色の絵を取り囲んで、いっときの

生活を忘れた時間。おばさんたちは知らず知らずに、その見えない絵を見て楽しんでいる。だけど灰色のパネルのまわりにしゃがみ込んだこの集団を、上空から眺めるとどんな光景に見えるのだろうか。

ぼくには背後のアパートが気にかかる。男たちがみんな出かけて空っぽのアパート。そしておばさんたちだけ庭に残り、その中にポツンと一人、若い男。

この関係には見覚えがあった。ぼくの記憶の地平線に近いところ、B29が爆撃にやってくる空の下、あの町に住んでいたのもおばさんたちだけだった。男たちはみんな戦争に出かけて空っぽの町。子供と老人のほか、たまにポツンと残っている若い男は、病人か、不具者……。

三

千円札のパネルの前で、じっとしゃがんだぼくの姿勢は、三角形の文鎮のようだ。ぼくの右手はパネルの上に小指の先で立っている。小指の上には薬指が乗り、その上には中指が乗り、その上に乗せた細い筆を残る二本の指がはさみながら、その手がパネルの上をゆっくりと動く。小指が立ち上がったり寝転んだりするたびに、筆の先は太くなったり細くなったりしながら重そうに線を引きずる。その線は一ミリ、二ミリと伸びたところで立ち止まり、今度はその中腹から新しい線が伸びはじめる。そんな線がどこにも伸びなくなると、ぼくの右手はパネルから膝にふんわりと飛び移り、足をつたって畳の上まで、ハンケチのように滑り落ちる。

ぼくの左手は膝の上で、顎《あご》の座布団になっている。ときどきパネルの押さえ棒となり、また座布団になる。座布団の上では二つの目玉が互いに重心を取りあいながら、あるときはパネルを見つめ、あるときはパネルを見放している。パネルから離れた目玉の中では、千円札の模様が洗濯物のようにからみ合い、そんな目玉の洗濯機が、しばらくの間カラコロと回りつづける。

畳の上にはいくつもの型紙が散らばっている。唐草模様の型紙、数字の型紙、縞模様の型紙、波模様の型紙……。ぼくの作業は毎日千円札を見つめながら、その表面からこれらの型紙をそっと抜き取ることからはじめられた。模様にはリズムがある。そのリズムの一つを型紙に取れば、あとはリズムの反復が模様を拡げる。

はじめてこの白いパネルに向き合ったとき、ぼくはどこから手をつけたらいいのか途方に暮れていた。レンズでのぞく千円札は、まるで十円玉を落としてしまった深い草むらのように、どこから分け入ればいいのか見当もつかない。目の前に立てかけてあるのがカンバスであれば、この数字の背景に見える色は、モスグリーンを薄くのばして塗っただろう。まるで冬の工場の裏かどこかの、砂埃で薄汚れた草むらの色。

だけどこれは百倍の拡大図。レンズの下にひろがるモスグリーンは、いくつもの色の湧き出る巨大なジャングルだった。目の前には何種類もの黒い波の線がザワザワとからみ合い、それを抜けた奥の方では緑色のゆるやかな波模様が、手前の黒い波とは別の秩序にそって斜めに一面に流れ落ちていて、さらにその奥には薄い桃色のゆるやかな波が、これはまったく垂直に立ってゆらめいている。この三色の波が三つのリズムでさざめき合いながら、遠く煙草屋や八百屋のおばさんの掌の上では、砂埃に汚れた草色一色に見えているのだ。そんな掌の千円札の模様の中に、ぼくはレンズを通ったゴミのような体になって潜り込んでいる。一つ一つ色をめくり、一本一本線を選り分け、首が縮み、背中が縮み、ぼくの体は目玉の先からクルクルと丸まりそうになってくる。このままどんどん潜っていくと、ぼくの体は千円札の模様の間にはまり込んで、小さなゴミになったまま、もうレンズの外には戻れなくなる……。

ぼくは右手の筆を皿に寝かせ、座布団の左手を下に降ろすと、畳の上に寝転がった。体がボキボキと水平に伸びていく。目玉は糸の抜けたボタンのようになりながら、横に寝た顔面の二つの窪みに沈み込んでいる。目玉の前方には天井がある。ぼんやり見つめる天井のベニヤ板。そのぼんやりとしたぼくの横顔を、窓の外から飛んで来た一匹の蠅が、じっと見つめる。

この部屋はガラクタで埋まっている。むかし、ぼくが棄ててしまったガラクタ類だ。だけど持ち込んだのがこの部屋で、棄てたところがこの部屋なので、この部屋はガラクタで埋まっている。まるでガラクタを詰めた弁当箱。その真中をお箸で左右に掻き分けたようにして、わずかにのぞいた畳の上に、ぼくも一本のガラクタのような格好でごろんと横になっている。この部屋の中のガラクタは、全部でどのくらいの重さがあるだろうか。

これは全部壊れ物。どこかが折れたり、抜けたり、外れたり、伸び切ったり、擦り減ったり、縮み込んだりして、結局は使えなくなって棄てられていたのに、まだ形だけはつづいていたもの。あちこちの町の隅々、家の陰や道路の外れ、橋の裏、そんなところでピカリと光っていたものが、ポツンとぼくの手にぶら下がってこの部屋にはいり込み、この中でもう一度分解され、結合しながら、結局やはりガラクタのまま、この部屋いっぱいになっている。自転車のチェーン、時計の歯車、ピアノの鍵盤、エレベーターのスイッチ、自動車の赤いチューブ、古いラジオの真空管……。

この部屋はまるで町の中に出来てしまった夢の島だ。もうこれ以上殖えてしまったら、この部屋の柔らかい壁がふくらんでいき、重い床が一階にまで垂れ下がるだろう。このアパートは柔らかいのだ。ガラクタの工作には適していない。この部屋の前後左右に住んでいるのは、朝早く起きて顔を洗い、電車に乗って通勤する人々。電車に乗って帰ると銭湯に行き、夜は電気を消して早く眠る人々。そんな人々に囲まれた箱の中で、夜遅くまでガラクタをいじり、ノコギリを引いたり、鋲《びょう》を打ったり、溶接をしたり、ドリルを回したり、金槌を叩いたり、そんなことを続けていれば、ぼくはこのアパートに刺さった棘《とげ》となって、しまいにはプツンと引き抜かれてしまう。

この部屋は細胞である。この薄いベニヤ板は細胞膜だ。ぼくの心臓の音は細胞膜から廊下をつたわり、階段を降りて、アパート全体を揺るがしている。この細胞膜は視線をさえぎるだけで、音には透明、震動にも透明、熱も、匂いも、すべて浸透させてしまう。このアパートには音の個室がない。震動の個室もない。熱の大部屋、匂いの大部屋……。

四

この間、友達の雲井が遊びに来てゴム風船を忘れていった。ゴム風船は鏡子という名前。雲井はわざと鏡子を忘れていったのだろうか。前の晩、話が面白くて遅くなったので、この部屋でいっし

ょに眠って、目が覚めたら雲井はもういない。隣の布団ではゴム風船が片足を出して上空に立って、

「わたしの足、下から見るとキレイだわね」

などとつぶやいている。変な関係。ぼくは試されているのだろうか。だけどぼくは布団を這って、結局ゴム風船に抱きついていく。ゴム風船はちょっと身を硬くしたりして、

「本気？　……遊びはイヤよ」

などと笑っていったりしている。本気と遊びとどう違うのだろうか。いずれにしてもぼくが風船に指をくい込ませると、もう夜になっている。上下六つの細胞はピクリとも音を立てずに、耳の穴と鼻の穴をじっと開いて待っている。敏感なアパート。体内に侵入した異物の動きを、じっと見守る膜の壁紙。

隣の部屋の勤め人の兄弟は、関係ない振りをして、兄は朝刊を、弟は夕刊を読んでいる。それなのに部屋の境の細胞膜は、最小限に薄くなって、だけどこんなに薄くしてしまっては、丸々透けて見えるのではないか……。いや見えることはないだろう。これはやっぱりベニヤ板。

ぼくはゴム風船の中を両手で分ける。いやこの風船のゴムは肉なんだった。ぼくは肉の風船の中を両指で分け入る。風船がこすれて、はち切れそうな音。隣の兄弟が鼻をかんでいる。ちり紙を丸めてポイと捨てた。まるで空気の向うに見えるようだ。ベニヤ板を間にはさんで裸の饅頭。向うに二つ、こちらに二つ。ぼくはたまらずに風船の空気を抜いた。だけど栓を抜いても風船は縮まない。なおもはち切れそうに左右に揺れる。布団の裾が引きずられて、足の裏が畳をこする。爪が畳にチリチリと音を立てる。喉の奥で締め殺す溜息。だけどわずかに熱気が洩れる。二つの溜息が交差し

てしまう。交差した溜息が順番にベニヤ板に反射する。隣の兄弟は息をこらして読書しながらページもめくらない。どんな音に聞こえるのだろうか。ぼくがただ一人で寝苦しいのかもしれないのに。兄弟はテレビをつけた様子。ぼくはまた肉の風船に固い栓をする。風船はまたふくらみはじめる。ふくらみすぎて一部が机の下にめり込んでいく。テレピン油《ゆ》のビンが倒れて、リンゴが転がる。風船から汗が流れる。口を開いて肩に吸いつく。固い栓から水が洩れた。風船は机の下でドロリと溶けて、ストーブの前まで流れ落ちる。風船に押しつぶされた畳の上で、鉛筆の芯がプツンと折れた。溶けた風船はなおも脇にあるセメダインのチューブを押し潰す。だけど持ち上げる気力もなく横たわる。顔だけが音もたてずに写真のようにゆっくりと笑う。使用した肉の蒸発の音。両方から立ち昇り、天井板によりかかる。しばらくは両方ともお好み焼のように、平べったくなっている。周囲を取り巻く静寂の壁。こんな音の嚙み殺される部屋では、栓をすることもできない。釘を打つこともできない。ノコギリを引くこともできない。細胞膜に包まれた、沈黙の製作所……。

「電報ですよ!」

え? 電報だって。誰かが危篤なのだろうか。チチか。ハハか。襖はポタポタと揺れている。ドアならコンコンというのだけど、襖の場合、本当はどういうノックが正しいのかな。

「電報ですよ!」

ポタ、ポタ。あ、これは電報だ。ぼくは慌ててボタンを留めて立ち上がる。だけどこの部屋の空気、肌色に濁っていないだろうか。すぐに襖を開けてもいいのだろうか。でもそれは取り越し苦労だよ。いつも余計に考えすぎる、ぼくの悪い癖。

「電報ですよ！」

大家の若い奥さんだ。とにかく襖を、カラカラ、カ、カ、カ。まったく開け閉《た》ての悪い襖。

「あ、どうもすみません」

ぼくはやはり肌色のことが気にかかるので、体を引いて半身の構え。奥さんも何となく気兼ねしてか、襖から三分の一くらいしか顔が見えない。ぼくは慌てて横目で部屋の中を振り返る。風船はちゃんと空気を抜いて、ホックを留めて、机の上の本の整理。消しゴムの粉を羽根でサラサラ。これはちゃんと仕事の手伝いに見えるじゃないか。

「あのう、これ、お昼ごろに配達されたんですけど、お留守のようでしたので……」

「あ、どうもすみません。昼間はちょっとあの……」

ニコヤカに電報を受け取りながら襖を締めると、目から先に向う向きになった奥さんの、チラリとけげんそうな視線が襖にピシャリとはさまっている。あれ？　やっぱり？　……ぼくが思わず点検すると、恐れていた部屋の空気のところどころに、濁った肌色が漂っている。それがまるで、ちり紙のように……。

「クク、ダダ、クク、ダダ、ダメじゃないの。クク……」

ゴム風船は空気の洩れないように笑いを嚙み殺している。いやひとごとならおかしいけれど、相手は若奥さんとはいえ大家さんだ。こんな露骨な空気に触わられてしまったら、ぼくはもう正しい人物ではなくなって、この部屋の礼金も敷金もまるでアイスクリームのように溶けて流れて消えてしまう。

「バカねェ。ちり紙だなんて。クックッ、ティッシュでしょ。クッ、そんなちり紙なんて、昔の言葉よ。クックッ……」

そりゃ物語ならおかしいだろうけど、これはリアリズムのことなんだぞ。ぼくはまだ「クク……」といっている風船を摑むと、その音の出ている穴からプーッと息を吹いて、ふくらんだ根本をギュッと摑んで窓の外に出し、パッと指を離すと、風船は「シュッ、シュルシュル、シュ、シュ……」といって身をよじりながら、町の中を駅の方へ消えて行った。

五

電報は三色印刷のきれいな紙に打ってあった。

> ゴ　ケツコンヲシユクシスエナガ　クサチオオカレトイノル

また祝電だ。大家さんは不思議がっているだろうな。こんな小さな木造のアパートに祝電ばかり飛び込んで来て……。中の電文を見たらさらに慌てて考えるだろう。結婚式のほかにも出産の祝電、入賞の祝電、栄転の祝電、葬式の弔電まで来る。ぼくの部屋はまるで公会堂みたいだ。大家さんはどう思っているだろうか。こんなに無闇に祝電が飛んで来て、別に悪いことではないけれど、だけどこんな電報の打ち方って何か法律に触れるのじゃないかしら……などと、もうすでに犯罪的な目付きで瞬きしているかもしれない。

これは日本某産党からの祝電である。いや某産党の本部ではなく、某産党の川の流れの下流のほとりに看板屋が建っていて、これはその看板屋からの電報、明日から仕事。

もちろん電話があればいちいち御結婚を祝福されることもないのだけれど、電話がなければ次に速いのは電報である。なかでも祝電は略電だから割安で、打つのも簡単。電報局に電話して、一言ですむ。もちろん発信者と受信者の間には、共通の暗号表が必要である。たとえばこういう風に。

「ダ　ンシゴ　シユッサンオメデ　トウ」↓直ちに電話せよ。
「ハレノカド　デ　ヲオイワイモウシアゲ　マス」↓明日、第二現場へ出頭せよ。
「ケイロウノヒオメデ　トウイツマデ　モオゲ　ンキデ」↓明日、助っ人とともに出頭せよ。
「ゴ　セイキヨヲイタミゴ　メイフクヲオイノリモウシアゲ　マス」↓明日の仕事は中止。健康を祈る。

別に電報で健康を祈られることもないのだけれど、この方法はある場合には電話よりも速いかもしれない。いや速いというだけでなく、電報には独特の雰囲気がある。電話は話であるが電報は報せである。報せはすでに決定されたものなのだ。これはつまり命令である。話し合いではない。だからこれが結婚であれば一方的に祝福されてしまい、葬式であれば一方的に悲しまれてしまう。

「でも、本当は気が進まなかったのよ……」という優柔不断の返答や、「いや、長い病いの末でしたから、ホッとしたといえばまァ語弊がありますが……」という本音などは、洩らしている暇がない。

ぼくは次の日、数本の愛用の刷毛《はけ》と筆を鞄に入れて、川のほとりの看板屋に行った。この看板屋は某産党の直接経営ではないけれど、働いている人のほとんどが某産党員だった。つまり看板屋としては独立採算の資本主義を採用しながら、集団としては某産党の支部なのである。だからもちろん某産党関係の会場装飾やスローガンの看板類が多いのだけど、そのほかにもあちこちの労組大会の看板などがたくさんやってくる。団体からの発注ではなく公会堂や体育館からの斡旋でくる仕事では、某社党や某明党の会場を飾ったこともあり、某左翼のスローガンを書いたこともあった。いつだったか、財界の番頭といわれる某民党代議士の追悼会の仕事がきたときには、この某産党の人たちはさすがに苦笑いしながら、しかし商売はちゃんとこなしていくのだった。

そんな某産党の人たちは、ほとんど家族総出で働いている。夕方になると保育所から釈放された子供たちが押しかけてくるので、慌てて絵具や看板類を片付けなければならない。狭い道に主婦と子供と犬のあふれ出る町。亀戸駅から出ている都電が息もたえだえに橋を登り、そこでやっと運河の水面をかいま見てからまた橋を下って潜り込んだ北砂町三丁目。

看板屋の床は土のようなコンクリートのような土間であり、雨の強い日はダラダラと四ヶ所も雨漏りがする。この建物はむかし町工場だった。それが事業がふるわないので貸しに出して、はいった看板屋が仕事をはじめてみたら、某産党……。これには大家の夫婦も驚いたけど、引越してきて仕事をはじめてから聞いたことには、大家の夫婦は某明党……。これには看板屋が驚いたらしい。だけどこれが共存できるのが、東京ゼロメートル地帯の気圧かもしれない。大家の夫婦は連日の読経を控え、看板屋は思想抜きの笑顔でキチンと家賃を払いつづける。この関係にはスリルがあるが、その某産党員の中で働くぼくの方にも奇妙なスリルがあった。

ここには文字を書く職人がぼくの外にも二人出入りしている。この職人たちは某産党員にかこまれて働きながら、思想的な圧迫は何もない。世の中に文字を書く職人は数が少なく、嫌われていなくなってはあとの補給に困るのである。だから思想的にはお互いにニコニコしている。ぼくはそこでも芸術家ということになっていた。だけど芸術家の話を最初からはじめてしまったら、ぼくはもちろん「ブルジョア的」になってしまうに違いない。だからお互いそんな無駄な話はしないのである。政治の話も芸術の話も無用であって、ここでは技術だけが生きているのだ。

職人たちの仕事は一文字いくらの請負いである。単価は安いけれど、それを補うだけの量があった。各党や各組合はいつも大会を開き、それには必ずスローガンが付いてくる。スローガンは多ければ多いほど金がかかるということを、スローガンの作者はあまり知らない。だから看板にはいつもありったけのスローガンがいっぱいに並ぶ。だから職人たちはいつも忙がしい。

それがまた選挙になれば仕事の量はグンと増えた。そんなときは普通一般の看板屋もさることながら、ここには某産党の組織を挙げてそのスローガンの文字がいっせいになだれ込んでくるのだから、選挙で忙殺される職人たちはこの看板屋の中で一番の高給取りになってしまうのだ。場所もまたこの看板屋の一番高い所、このむかしの町工場の高い天井の、その頭上半分が中二階に改造されて、職人たちはそこに白い看板を引き上げてしゃがんで文字を書いていく。

そこは文字を描く技術だけを買われたものの仕事場だった。下では党員たちが金槌を叩いてパネルを作り、糊の刷毛で紙を貼り、大きな文字の切り抜き、シルクスクリーンの印刷、そしてトラックを運転し、会場のやぐらを登って看板の上げ降ろし、メーデーなどの大会場では便所まで作る。そんな某産党員たちの頭上に上がって文字書き職人の仕事をしながら、ぼくはまるでアラブの軍隊の上層部で仕事にありついているという「ナチスの残党」のような気持であった。

「あ、サンパだな」

梯子を揺らして登ってきた某産党員が、しばらくタバコを吸っているうちに突然呟く。

「え?」

ぼくも一息入れて立ち上がり、腰を伸ばしてパネルを見ると、主催者のところの部分に「反戦」という文字。なるほど、これがサンパなのだな。自分が書いた文字なのだけど、意味はほとんど考えていない。意味を深く考えているとレタリングを間違えてしまうのだ。

「こいつら○○してるんだから……」

その○○という言葉がよくわからないけど、おそらく専門用語なのだろう。某産党員はブツブツ呟きながら、また梯子を降りていく。ぼくもそっと、

「こいつらは○○だな……」

と小さく呟きながら、書き上げたパネルを立てかけて、その反対側から白いパネルを床に寝かせ

る。両肩をつり上げて、ここはどうしても力仕事。長いものは三尺かけ十二尺という大きなパネルなので、両手両足を有効に使い、相撲取りの寄り切りのような形で腰をふん張り、トンとパネルの端を蹴って、広げた両手をふんわりと降ろし、指を挟まれないようにサッと抜き取る。

〝すべての力を結集し、安保体制打破、平和と民主々義を守ろう！〟

全部で二十九文字、これは二行だな。どこで割るか、やはり「打破」のところ。ぼくは鉛筆を先に縛りつけた長いコンパスを持って、パネルにそって走りながらサラサラと軽く割り付けの横線を引く。七寸かけ一尺ほどの縦長の文字。これはいいスローガンだ。平仮名が多いし点が二つも空いている。「義」と「集」の横線がちょっと込み入っているけど、ほかはいちばん平均的な漢字ばかり。いつもこんなスローガンばかりだと楽なのだけど。

〝全労働者の団結で大巾賃上げ、最低賃金制確立、時間短縮、日中国交回復、平和をかちとろう〟

うーん、これは少し漢字の欲張りすぎだ。もうちょっと平仮名がほしいなァ。ぼくはパネルの前にしゃがみ込んで、最、賃、確、縮、といった画数の多い文字をチラチラとにらみつけながら筆を走らせていく。とくに「働」という文字。これはどうにかならないのかねェ。

〝憲法改悪反対〟

うわァ、また今日も出て来たか。憲法の

憲

一番憎たらしい文字。別にいまはじまったわけではないのだけど、この横線の込み入り具合はひどいもんだ。レタリングの敵。でも書かないわけにはいかないのだし。だけど筆というもの、文字が変るたびにいちいち取り替えるわけにもいかないんだよ。ぼくはやむなく手にした大きな平筆を斜めに使って、ゆっくりじわじわと引きにくい細い横線を何本も引いていく。

このくらいの大きさでは下描きはしない。鉛筆で薄く引いた四角い枡の中には、まだ見えない文字の輪廓が目の裏側で見えている。職人はみんなそうだ。いつだったか自分の身長より大きな文字を描いたとき、あれはさすがに下描きをした。地ベタに敷いた何枚かのベニヤ板の中央に立って、鉛筆のついた長い棒を振り回して輪廓をとる。文字の中に入って文字を描く、超近眼のレタリング。全体像を見るときには文字の中で背伸びをし、それでも足りずに目玉だけ頭上に高く放り投げたつもりで鉛筆の棒を振り回していた。だけどあのときの文字だって、この「憲」の字よりは快適だった……。

太い平筆を斜めにして引く「憲」の字の横線は、どうしてもブヨブヨと太くなって、互いに接近した太い線のフチとフチがいまにもくっつきそうに並んでしまい、その隙間の細い空白がいまにも埋め立てられそうになっているのを、まだ乾いていない互いの塗料の表面張力が必死になって持ちこたえている。まるでもうこれはドアの外れそうな満員電車。こんな息の詰まる「憲法」なんて放っておいて「反対」だけにしようではないか。だけどそうもいかずに一文字一文字、キチンキチンと書いていく。「憲」の字があればその何文字か後には「反対」という書きやすい文字がついてくるので、ぼくたちはそこで何とか救われている。

そんなことを考えながら中二階で文字を書いていると、もういつの間にか電燈の明るい夜になって、下では仕事が終り、道具を片付けて飯を食ってしまった下の職場は、職場ではなくなって某産党の相談窓口みたいになっている。そこに来ているのは近くの町工場に勤めているらしい数人の少年労働者。ぼくのしゃがんでいる板の下から、途切れ途切れにボソボソと話は聞こえる。

「……だけど、ぼくらにもわかっちゃうんですよね、オヤジだって……だっていうことが……」

「それはしかし……っていうことなんだろ?」

「ええ、そうです、だけど……だから、そうすると、もうぼくらはいえないんですよね……」

「しかし……の権利というものは、あくまで……だから、そこからはじめるのが……なんだ」

「ええ……でも……そりゃオヤジは経営者には違いないけど、……の集金にギリギリまで……」

ここが某産党の支部だということで、少年たちの声には前と後に身構えをしたような、ある種の艶があった。いったい何人くらいの人がいるのだろうか。こうして天井の上で下にいる人の声を聞いていると、その声に合わせて何人か同じタイプの友人の姿が頭に浮かぶ。これはKの声だ。あ、これはMによく似た声だ。言葉の尻尾が丸っこくなるところはそっくりじゃないか。などと思いながらトイレに降りたりするとき何気なくその顔を見ると、やはりそこには共通したタイプの骨格の人が坐っている。それがまったく予想と違うときもあって、トイレで用を足しながらその食い違いをボンヤリ考えたりして、帰りにもう一度チラと見ると、顔でなければ体つき、そうでなければ表情のリズム、あるいはそのまなざしにかすかに浮かび出ている人生観、そういった人間のどこかの一角に必ず声を通じた共通のタイプを目撃できるものである。

だけどそんなとき、カタコトという梯子の音とともに頭上から「ナチスの残党」が降りて行くと、はじめての「相談者」はギョッとしたような視線を投げかけてくる。文字書きの作業は神経が張るので、すべての音を吸い込んでいる。だから頭上に人がいるとは予想もしなかったのだろう。まるで家の中に放し飼いにしていた大蛇をはじめて発見したような困惑の視線。そこを看板屋の某産党員がチラと振り向き、「ああ、あの蛇は噛みつかないから大丈夫だよ」とでもいう目付きでまた「相談者」に向き直ると、「相談者」はやっと安心したような姿勢になって、また苦しい話に取り組んでいく。おそらくその話の内容は、必ずしも第三者に聞かせていいものでもないのだろう。頭上の職人はまた大蛇のような気持になって、そっと梯子を登り、書きかけの文字の前に戻るのである。

「……ぼくらも本当は、オヤジなんて呼び方しちゃいけないいんだろうけど、やはり毎日働いていると、……うんですよね。これだけ小さい工場でオヤジだって……で大変だっていうのが……にわかるんですよ」

「……うーん、しかしね、社長は……の上にイキョした……なんだから、そりゃわかるだろうけどやはり……することが必要だと思うね」

「……ええ、それはやはり……なんだとは思うけど……、でも……、あんな小さいとこだと……を……しても……ぐらいにしかならないという……ぼくらにだって見えちゃうんです」

「……うーん、しかしね……」

会話の詳細はわからないけど、某産党員の方も回答をもてあまし、いささかウンザリしているようだった。彼らに当面の敵を与えられないのだ。教科書から取り出してくる敵は、どうしてもポロポロと崩れ落ちて、見えなくなってしまう。だけど少年たちは敵を求めているのであった。

六

ぼくはベニヤ板の箱の中で、看板屋の中二階と同じ姿勢で、千円札を描いている。横長のパネルの前で、畳の上にしゃがんだぼくの体は、三角形のピラミッドのように動かず、右手の指先だけが唐草の線をたどって踊り、数字のカーブをなぞって回り、波模様にそったリズムでゆっくりとパネルを横切っていく。左手の指先はときどき畳の上の千円札をはさみ上げて、顔面の前まで持ってくる。二つの目玉がそのわずかな部分の形状を確認すると、左手はまた起重機のように下がっていって千円札を下に寝かせる。目玉はその模様を脳内の反射鏡に送り、模様はその鏡面で回転しながら筋肉に滲み込んでいき、肩を通り、肘を通り、指の関節を通って右手の筆の穂先へ伝える。二つの目玉は数字線のカーブを計り、カーブに囲まれた斜線の太さを計り、波模様の線の先のかすれ具合を計る。右手の指先はそれにつれて蜘蛛のようにゆっくりと這い、カマキリのように立ち止まり、猫のように引っ込んでからまた蜘蛛のように這い出していく。

夜のアパート。うっすらと赤みがかったベニヤ板の細胞膜。百ワットの電球の下で、温度が夜から深夜へ流れていくのか、黒く光った窓ガラスが「チリ……」と小さな音を立てたりしている。音が嚙み殺されていく音。沈黙の製作所。

このパネルを作る前、ぼくは毎日このベニヤ板の箱の中にしゃがみ込んで、用もなく千円札をジロジロとのぞき込んでいた。お札というのは鼻を近づけて見ると、まるで下着のようだ。角が丸く擦り減って、全体がやわやわと柔らかくなったお札には、染みがついたりほつれたりしていて、着古した下着と同じような生臭い感触が漂っている。

いつか新聞で、日銀職員の話を読んだことがある。使い古されて廃棄される前、町から回収されて日銀の奥の一室に集められたお札の山には、生臭い体臭が漂っているそうだ。町の中を無差別に流れながら無数の人間の指先でペタペタと触わられて、少しずつ汗を吸い取り垢を吸い取りながら、腰が抜けてしなしなになっていく古いお札には、一枚だけでは気がつかないけど、それが部屋一杯に何万枚も詰め込まれると、頭がクラクラするほどの人間の体臭を発散するそうだ。日銀の職員はそれを数えたり重ねたり整理しながら、しまいには掌がただれてくるという。

ぼくはそれを読んで、むかし見たことのある古い下着の山を想い出していた。まだガラクタを拾い集めていたときのこと、町の隅から隅を探してフラフラと歩きながら、とうとう町の外れの屑鉄屋にたどり着くと、巨大な鉄屑の山の向うに屋根の高い倉庫があって、その中には大きな下着の山が築かれていた。ぼくはその屑鉄屋に通いながら、はじめは金属の山に登って探し物をしていたのだけど、しまいには金属の山を降りて行って、その下着の山の麓に立っていた。だけどこの山はなかなか登れない。登る気持になれない。同じ屑でも、金属の屑とはまるで違うのだ。

大きな屋根で雨をさえぎる倉庫の中に、この町の住人の脱ぎ棄てた下着類が、骨抜きの皮膚のように重なり合って、生白い巨大な山となっている。薄暗くてよく見えないけれど、その骨抜きの皮膚の山には、蚤《のみ》の草むらがサワサワと生えているようだった。湿った布の皺に隠れた汗と垢の小部屋から、無数の蚤がピンと飛び上がっては降りていく放物線の乱れる草むら。そんな見えない草むらを鬱蒼と生やしながら、生白い体臭の山は、二階まで吹き抜けの倉庫の中にじっとりと聳え立っている。

その湿った下着の山と同じ感触が、お札の中にも滲み込んでいる。お札は下着だ。この油汗のにじみ出る肉の体を、ピッタリと包み込んでいる生臭い下着。この世の中の住民みんなが順番に穿き換えている共同の下着ではないか。これをめくると、その下には裸の体がむき出しになるのだろう。この下着は番号順にズルズルとみんな脱げていき、この世のほとんどが丸裸になる……。

だけど裸の体は恐しい。裸の体には暴力がむき出しになっている。ぼくの暴力はどのくらいあるのだろうか。いままで計ったことはないけれど、それもこの千円札が包んでいるのに違いない。この千円札の唐草模様が包んでいるのだ。この波模様が包んでいるのだ。このいくつもの数字が包んでいるのだ。

ぼくは紙一重向うの暴力と対面しながら、その紙の表面の模様をそっと静かに写し取っている。いまにも破れそうな模様の薄皮の向うには、いまにもはみ出しそうな暴力が渦巻いている。この模写の作業は細心の注意が必要だ。その暴力を漏らさないように、まるで爆薬を扱う作業のように、音一つしない部屋の中で、ぼくの体の両手だけが、音の消えた映画のように、ゆっくりとパネルの上を往来している。それがしだいにゆっくりとなり、電気の停った映画となって、筆がポトリとこぼれ落ち、体がコトリと横に倒れて、ガラクタを詰めた箱の底で、ぼくはまた棒のように眠ってしまうのだ。

七

体が重く粘りつく。まぶたを開くと暗い海の上、ぼくは螺子《ねじ》釘の海にいる。ぼくは泳ぎはからきし駄目の金槌だけど、のたうつ波の上に螺子釘で留められている。その波もまた、螺子釘の群れの大きなうねり。こんなに大量の螺子釘が、いったいどこで作られたのか、考えられない。この螺子釘の海の深さは、何メートルあるのだろうか。大きな波が来るたびに、その波の下の無数の螺子釘が擦れ合って、ジャラジャラとダンスのような音を立てる。そうするとぼくの体は、またその波に新しく捩《ね》じ留められていく。ぼくの体を締めつけているたくさんの螺子釘は、新しい波から波へ、ぼくの体を締め直している。そのたびにギリギリと螺子釘の回る音が、ズボンやジャンパーをつたわってくる。

暗い海の上、波は水平線の彼方から、ムカデのように連なって来る。ぼくの体は波から波へと移し換えられながら、この海の外れの波打際へ運ばれて行く。岸辺に近づくと波の頭が割れはじめ、ザバーンというひときわ大きな波に螺子釘で留められて引っ張られながら、ぼくの体は海面から打ち上げられて宙を飛び、ピチャンと岸壁に付着する。螺子釘の波はジャラジャラと引いていき、残された何本かの螺子釘がぼくの体をこんどは岸壁に留めて締めつける。全身を螺子釘で留められているので落ちようもないのだけど、ぼくは落ちそうな気がするので両手で岩の凸起をつかみ、両足で足場を探りながら、岸壁の上に這い上がる。螺子釘はその体の動きにつれてギリギリと動き回り、ぼくの四肢を何度も岸壁に締めつけ直すのだ。ぼくの体は岸壁に吸い着いている。海では波に螺子釘で留められて、陸では岸壁に螺子釘に留められて、ぼくの体はどう動いても宙には浮けない。

見上げると、上空では青空が渦を巻く。その渦の中に白い雲が吸い込まれ、光ったばかりの雷の稲妻が吸い込まれ、壊れた飛行機が吸い込まれ、開きそこなった落下傘も吸い込まれていく。はるか遠くの地上からも、壊れたピアノ、潰れたバケツ、折れた足、抜けた髪の毛、そういうものが青空高く渦の中に吸い込まれていく。そうだ、あれらも地上のどこかに螺子釘で留められていたのだろう。その螺子釘がポロポロと抜け落ちたので、飛んで行ってしまうのだ。ぼくの体もこの螺子釘が全部外れてしまえば宙に浮き、あの青空の渦の中に吸い込まれて死んでいってしまうのに違いない。

そこは港の岸壁だった。ぼくはその地面に立ち上がり、一歩、一歩、歩いていった。螺子釘は両足を一歩一歩、地面にしっかりと捩じ留めていく。岸壁の上には道路が一本、たくさんの螺子釘で留められていた。ぼくはその道路を歩いて進む。道路の先には町が一つ、たくさんの螺子釘で留められていた。阿佐ヶ谷の町だ。そうだ、ぼくは阿佐ヶ谷に帰ってきたのだ。しかしどこから帰ってきたのだろうか。いや、はてな？　阿佐ヶ谷の近くに港なんてあったっけ？　阿佐ヶ谷は海からはるかに遠いはずなのに。

振り返ると、もうどのくらい長い道のりを歩いてきたのか、港は消えて、海も見えない。ぼくは阿佐ヶ谷の町のアスファルトの上に、螺子釘で留められている。上空は黒い青空。ブルーブラックのインク壺の底。冷たい星がチカチカと瞬く。みんな眠った夜の町。小さな光のこびりついた道路の端には、ランプを消した自動車が何本もの螺子釘で留められている。窓から中をのぞくと、ハンドルの上には黒い革の手袋が螺子釘で留められている。後の座席には縫いぐるみのフランス人形が螺子釘で留められている。みんな眠って垂れ下がっている夜の町。家も塀も電柱も、町の地面に螺子釘で留められている。窓も扉も郵便受けも、地面に食い込む建物に螺子釘で留められている。すべてのものが、この世の中に螺子釘で締めつけられて眠っている黒い町。

ぼくは見覚えのある町並を、自分の棲家へ歩いて行った。電柱の脇に出してあるいくつかのポリバケツの上で、棄てられた古雑誌がプカプカと浮いている。ポリバケツからは煙草の吸殻や大根の葉が這い出してきて、あたりに漂いながら散らばっている。片足がもげ、腕が抜け、首の取れた玩具の怪獣たちが、電柱の中程あたりまでフワフワと舞い上がりながら、踊るように宙を漂う。あの物たちは何故螺子釘で留められていないのか。いやよく見ると、その上空にもいろんなものが浮いている。もうずいぶん高く小さくなってハッキリは見えないけれど、黒い空を背景に、あ、錆びた自転車だ、ちぎれた電気コード……綿のはみ出た座布団……底の抜けた赤い革靴……ほかにもまだまだたくさんあるけど、もう埃のように小さくなって識別ができない。黒い空のあちこちに、それぞれが小さな点となって、星屑のようにチカチカと瞬いている。いや？　あれは星じゃないのか、なんだ、星だよあれは。

上に折り曲げた首が疲れる。キ、キキ、キ……。首を戻して下を見ると、ぼくの体はやはり夜の路上に螺子釘で留められている。ぼくはまた歩きはじめた。ぼくが歩くたびにギリギリと螺子釘の締め直される音が、右と左に交互に重なり、寝静まった町の空気をかすかに震わす。木造のアパートは、螺子釘に留められてぼくの帰りを待っていた。玄関のガラス戸も、廊下も、階段も、ちゃんと螺子釘で留められてついていた。ぼくはみんなを起こさないようにそうっとガラス戸を開け、そうっと廊下を通り、そうっと階段を登る。途中襖の隙間からそうっとよその部屋の中をのぞくと、暗い豆電球の光の下で、下宿人がたくさんの螺子釘で布団に留められて、スヤスヤと寝息を立てている。その布団は螺子釘で畳に留められている。畳にはコップやタオルや新聞紙が螺子釘で留められている。

ぼくは自分の部屋の襖をそうっと開けた。電燈が消えていて、道路の向うの街燈の遠い光がかすかに差し込む。その薄暗いぼくの部屋の中では、ガラクタ類がフワフワと空中に漂っていて、開けている襖から外に洩れそうになる。ぼくは慌てて部屋に入り、襖を閉めた。ホッと一息ついて、電燈もつけずに畳の上にしゃがみ込む。宙を漂うガラクタ類は、部屋のあちこちでぶつかり合いながら音も立てない。聞こえてくるのはスースーという下宿人たちのかすかな寝息。それが寝返りをうつと、その体のあちこちで螺子釘の締め直されていく音が順番にきしみ、それがアパートのあちこちで、ギリギリ……、ギチギチ……と、小さな音を立てている。ぼくは眠らなくてもいいのだろうか。ぼくが右足でポンと畳を叩くと夜が明けた。

あちこちで眠っていた目が覚めて、朝の活動がはじまると、螺子釘の締まる音がアパート中でいっせいにギシギシときしみはじめる。みんなが動き回るたびに、体を留めている螺子釘が全部順番に締め直されていくので、町中がまるで工場のように騒々しくなってくる。ぼくの部屋の宙を漂っていたガラクタ類は、また畳の上に舞い降りてきてじっとしている。アパートの男たちは、螺子釘をギシギシいわせながら廊下を通り、階段を降りて、勤め先へ出かけて行った。外の道路をいくつもの革靴が螺子釘をギシギシときしませながら駅の方に遠ざかって行く。ぼくはまだ畳の上に寝転んでいる。

いままでこんな螺子釘に気がつかなかったのが、不思議といえば不思議な気もする。ぼくのこの目玉の中のフィルターが変ったのだろうか。耳の感度が変ったのだろうか。それともこの脳ミソの混ぜ具合が変ったのだろうか。どちらにしても、ぼくはいままでに見えなかったものを見ている。この世の中の当たり前のようなものをはじめて見ている。これは当たり前だけど重要なものなのだろう。この螺子釘がゆるむと、おそらくこの世の中はバラバラになる。バラバラになってあのガラクタのように、みるみる上空に浮き上がり、星屑になってしまうのだろう。だからここにある世の中すべての物の関係が、この螺子釘で締めつけられている。ぼくはそう考えた。この螺子釘は大切なものなのだ。ひょっとしたら神聖なものかもしれない。勝手に外したり、落としたり、壊したりしたら、犯罪になってしまうかもしれない。だってこんなに無数に捩じ込まれてはいるけれど、いま歩いてきた路上にも、廊下にも、一本も落ちてはいなかった。

ぼくは寝転んだまま、自分の体に捩じ込まれた螺子釘の頭を、スベスベとイボのように触って見ている。だけどこんな螺子釘、鉄と機械さえあればいくらでも作ることのできそうな物。これはどこで作っているのだろうか。これが全部外れると、本当に世の中はバラバラになるのだろうか。

ぼくは誰も見ていない自分の部屋の中で、その螺子釘の一つをそっと外してみた。道具箱から捩じ回しを取り出し、その先を螺子釘の頭の溝に当てて、締めつけているのと反対方向にクルクル回すと、その螺子釘はユルユルと外れていってポトンと落ちた。そのかぎりでは何も起こらない。螺子釘が一つだけ外れたからといって、世の中はすぐバラバラには崩れない。

ぼくはその螺子釘を机の上に置いてみた。指でつまんで畳の上に落としてみたりした。ベニヤ板をプツンと刺してみたりした。要らないガラクタの上に捩じ込んでみたりした。頭を少し叩いて潰し、先っぽをヤスリで削ってみたりした。これはやはりただの鉄で出来ているだけではないか。これは要するに螺子釘だ。当たり前の工場製品である。鉄と機械さえあればいくらでも作れる。もっと長いのも作れるし、もっと太いのも作れるだろう。作ってみよう。町の工場に注文してみよう。

ぼくはその外した螺子釘を見本として町の工場へ持って行き、それと同じ物を作るように頼んでみた。だけどその螺子釘は、誰も見ていない自分の部屋の机の上では、鉛筆やペン先と並んだただの普通の螺子釘だったのに、町の工場の窓口では、それが貨幣になってしまうのだ。工場の人が出て来てこれは貨幣だといった。なるほど、そういう考え方もあるかもしれない。しかしそれはまあそれとして、とにかくこれと同じ物を作ってくれと頼んだら、貨幣をこの工場で作ることは駄目だといって断わられてしまった。そういわれると当然のような気もするけれど、これはやはりおかしなことだ。いやおかしいような気はするけれど、これはやはり当然のことだ。

ぼくはその螺子釘を掌の中でコロコロ転がしながら、次の工場を探して町の中を歩いた。これは貨幣かもしれないけれど、螺子釘にも違いないのだ。町の工場では画鋲も作っているし、ピンも作っているし、剃刀も作っている。螺子釘を作れぬはずはない。だけどどの工場も、螺子釘は作ってくれない。螺子釘を製造すると犯罪になる。いやもちろん貨幣を作れば犯罪になるだろう。だけど螺子釘製造が何故犯罪になるのだろうか。

何軒目かの工場で、ぼくはやっと螺子釘を作ってもらった。だけどその工場もソックリには作ってくれなかった。その螺子釘がソックリでない分だけ、その工場は貨幣を作っているつもりだったのだろう。

ぼくがその工場から受け取った三千本の螺子釘には、あの螺旋状の螺子山が刻まれていなかった。その螺子釘はこの世の中に捩じ込むことができないのだ。それは使えない螺子釘だった。別にこんな物、使うつもりもなかったけれど、ぼくはその三千本の螺子釘を自分の机の上に持ち帰ってから、それがじつは模型の螺子釘なのだということに気がついた。

ぼくの机の上には三千本の螺子釘の山がキラキラと輝く。それは模型ではあるけれど、それを見ているぼくには不思議な力が湧いてくる。その力はぼくの体をフワフワと浮き上がらせるのだ。自分で螺子釘を作ってみたぼくは、自分の体を締めつけている螺子釘を全部外して宙を飛んでいるような気持だった。ぼくの体を留めている螺子釘も、このアパートを地面に留めている螺子釘も、世の中の螺子釘全部が模型のように見えていた。軽くなったぼくの体はどんどん上空に浮き上がる。地上の螺子釘は模型も本物もだんだん見えなくなって、空に昇ったぼくの体のまわりには、さっき、夜の路上で見上げていたガラクタ類、手のもげた玩具の怪獣、タイヤの外れた錆びた自動車、スイッチの潰れてしまったトースター、そういう螺子釘の外れ落ちた物品類が無数に漂い、それが引力を離れた空気のように、どんどん地上を離れて行って、一つ一つが遠く小さく塵のように散らばっていき、チカチカと輝く星になった。ぼくの体も目玉が一つ、指が一本、端から順番に外れていって、それがいくつものチカチカと輝く星になって、遠く離れて飛んで行く……。

八

目が覚める。ぼくの体のまわりにはなおもガラクタの群れ。ここはやっぱりガラクタの箱の中。地上三メートル、海抜四十二メートルのベニヤ板の箱。天井には妊婦の腹のゆるいふくらみ。少しふくらんだかな、ん？　間違えた。あれはただの天井板……。

ぼくは体を裏返して、枕許の煙草に手を伸ばした。だけど指先に触わるのは、トゲトゲとした螺子釘の山。あれ？　驚いて顔を上げると、それは千円札の札束だった。そうだ、やっぱりあれは夢だったのだ。ぼくはその札束の横の煙草に手を伸ばす。マッチの火を煙草の先から吸い込んで、その煙をフッと札束に吹きかける。

この札束はこの部屋の中で、いまいちばん新しい物品だ。鼻を近づけると、まだ印刷インクの匂いがプンとする。二週間前に工場から受取ってきたばかりの新製品。墨一色刷りの、裏白とはいえ、三千枚の輝く札束。この札束を工場の窓口で受取ったとき、ぼくはポケットから代金二千円を払って領収書を書いてもらった。二千円払って千円札が三千枚。何だか物々交換みたいだな……。

ぼくはまた千円札のパネルの前に、三角形にしゃがみ込む。パネルには鉛筆の線が細く走り、その上にはもうところどころに、ボンヤリと、千円札の模様の部分があぶり出しのように染み出している。この染み出す速度はごくごくゆっくりと、ちょうどこの部屋のガラクタの上に、ほのかな埃が肥大していくのと同じような、見えない速度。

ぼくはパネルの前に両手を差し出す。左手はボール紙で作ったゆるい波の型紙を取り上げて、パネルに当てがい、所定の目盛りに合わせながら、右手は鉛筆の端を軽く持ってヒッソリと波の線を引く。この波の型紙は三種類ある。ゆるやかな波と、丸い波と、とがった波。

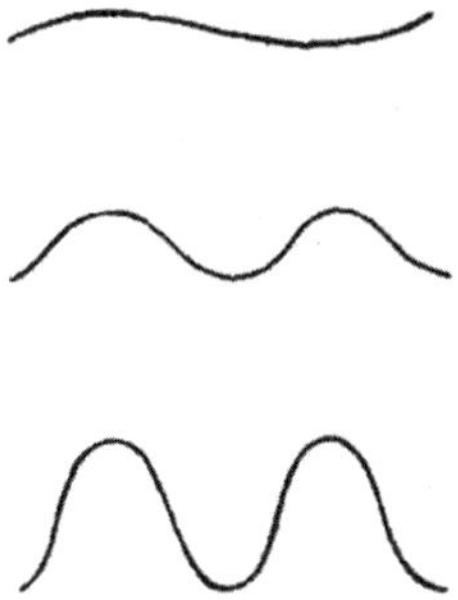

千円札の地紋は、この三つの波の線を六通りに組み合わせて印刷されてある。ぼくは千円札の地紋の迷路を、畳の上の冬眠の熊のようになって見つめながら、この三つの波を壊さないように、少しずつまわりを掘り崩し、濡れた紐を引っ張るように、長い時間の先に結びつけてやっとの思いでおびき寄せた。その作業の入口で、ぼくはお札の模様のジャングルの中に、模様の端からはいって行った。レンズの下に潜らせた針の先を杖のようにつきながら、相手と決めた一本の線をクネクネとたどり、ジャングルの中を追いかけて行く。するとその線はほかの線とワイワイふざけ合いながら、いつの間にかジャングルの中に紛れてしまう。すると針の先はあたふたと囲りを見回しながら、

そこで迷子になってしまうのだ。それでやむなくその杖を引きずりながらジャングルを出て、また別の端から追跡を試みる。それを何度も繰り返しながら、その追跡を照らす光は電球から太陽となり、太陽が沈んでまた電球となる。まるで髪の毛の本数を数えるような、星の数を数えるような、積み重ねては崩れ落ちる悪夢の作業。目玉はいったん退いて罫線や数字などのわかりやすい形の上を手ぎわよく転がり、そこで生気を取り戻してから、そのリズムの消えないうちに、またジャングルに潜り込む。そしてまた迷子になって這い出して来る。

ぼくは一計を思いつき、一つの波の線の片側を鉛筆の先で小さく塗り潰しながら追いかけて行き、やっと一本をおびき出した。鉛筆の芯を何度も削りながらのジャングルの埋め立て作戦。これを地紋の模様の端から順に実行に移す。何度も消しゴムを使って繰り返すうちには、その部分がだんだんケバ立ってくる。そうするとぼくはそれで買物をして、それを世の中に解き放してやり、また新しい千円札をベニヤ板の箱の中に引き留める。

そうやって世の中の何枚もの千円札に順番に交代してもらいながら、地紋の波模様を解明すると、今度はジオメトリックの網模様に分け入って行く。ここでもまた一本一本たどりながら、線の数を数え、そこにある間隔を目で計る。このレンズの下では目分量のほかに計るものがない。レンズの下の世界には物差しが持込めないのだ。肉眼で見える目盛りは大き過ぎて意味がなくなる。レンズの下では目の中に焼きつける小さな形象の記憶だけが物差しとなる。その極微の記憶を目玉の中で何度も反復練習し、その見えない目盛りの消えないうちにそれをもう一つの場所に並べて計る。それを何度も繰り返しながら、やっと一つの長さの測量を終える。それを何回となく、シーソーゲームのように繰り返しながら、目玉はもう蜘蛛の糸の輪切りのように小さく縮み、その後方が小学校の講堂のように拡大されて、その間の伸縮が模様の間にひっかかり、はさまりながら、ぼくの体は横になって、布団の皺の中に潜り込み、目だけがいつまでもブツブツと呟きながら、手が眠り、足が眠り、背中が眠り、頬っぺたが眠り、全身がぬるい油のようになって、また次の睡眠に流れ込んでいく。時間が逃げる、形も逃げる、目玉を伸ばして、あと少し……油はそんなことを考えながら、布団の中に拡がっていく。

九

ぼくは夢の中でも、千円札を描いているのだった。模様の波が三種類の千円札だから、二十五本目の先半分は、とにかく鉛筆二回分だけ薄くして、波の線と線の間にのぞいた筆の先を、見えないように便所のブラシでパネルのガラスが……。ぼくは布団の中に小さく寝ながらしゃがんでいるのだ。筆の穂先が毛布の皺に捩じ曲げられて、数字の線がどんどん失敗していく。物差しの先が曲がっているのだ。何とか皺を伸ばさないことには、分解作業が終らない。

ぼくはやっとのことで布団の外に立ち上がる。まぶたが分厚い空気に包まれている。そのまぶたの奥の頭の中は、便所に行くことを考えている。

ぼくは両手で襖を開けた。廊下にはポカポカと日が差している。まるで終戦後の太陽みたい。盗まれないように、窓のガラスがじっと見ている。

ぼくはその日差しを両手でふんわり掻き分けながら、暖かい廊下を通り、突き当たりの暗い陰の階段を降りた。足の裏の冷たい廊下を便所の方に行こうとすると、階段を降りたところ、踊り場に置かれた椅子の背には、大家の若い奥さんの、裸の体が脱いである。あれ、これは脱ぎっぱなしだ。こんなところに……。

この椅子はクリーニング屋に出すワイシャツ類を、アパートの住人が出しておくところ。その椅子の背に、大家の若い奥さんの裸の、体が脱いである。脱いだ体といっても、これはワイシャツと違って生々しいものだ。いまにもイタズラされそうな危険な感じ。台所の方をそっとのぞくと、奥さんはこちらに背を向けながら洗濯をしている。ちゃんと水色のワンピースを着て、エプロンをつけて……。

体を脱ぐなんて、やはり何かの間違いだろう。ぼくは廊下を歩いて便所に行った。便所はいちばん冷たい場所だ。足の裏の白いタイルが腹の中まで伝わってくる。それが背中の皮にまでまわって身震いしながら、やっと用事の終った戸をカタカタと締めて、足の裏がまたペタペタと廊下を歩いて戻ってくると、だけど踊り場にある椅子の背には、やはり奥さんの脱いだ体が重そうにかけてある。

どうしたんだろう。体なんて脱げるのだろうか。洗濯をするときは重いから脱ぐのだろうか。ぼくは向うの台所の奥さんの背中をそっと見ながら、こちらの脱いだ体にこっそり触わった。裸なので、青白い皮膚がヒンヤリと冷たい。だけど折れ曲がった体の奥の方から、オレンジ色の熱が伝わってくる。背中の奥さんは何も気がつかない。台所の流しで向うを向いて、相変らずチャプンチャプンと洗濯をしている。この体は脱いであるのだから、ほかの人が触わってもいいのかな。よく見ると暖かくて柔らかい肌色なのだけど、皮膚の奥の静脈の色が少し混ざって、何故だか薄青いのが指先を引きつける。いやよく見ると、本当は浅黒いような色になって、ぼくに道徳を忘れさせる。ぼくの体に涙が湧いてくる。

だけど、この脱いだ体は、向こうに立っている奥さんとつながっていないのだろうか。そう考える少し前に、ぼくの掌には力がはいる。脱いだ体はズッシリと重い。掌に弾力が弾ね返る。こんなに強く触わってはいけないのだろう。そんな考えに先回りしながら、ぼくの掌はゆっくりと太腿を往復し、腰骨をすべる。そこから腰の窪みの太い皺を引きずりながら、胸に昇る。指先が乳房のふくらみにプツンと触れると、それが自分の先端のようにビリンと慌てる。もうここが突端だろう。ここから先は理由がなくなる。表面張力の破裂寸前。

ぼくはやっとの思いで、重い磁石を剝ぎ取るように、柔らかい皮膚から掌を離す。いちばん最後の指先が、まるで印鑑を押した後のように、ゆっくりと大事そうに表面を離れる。台所の奥さんはウンともスンとも気がつかない。だけどこの脱いだ体、脱ぎ忘れたままだとどうなるのだろうか。何か危ないことにならないのかな。それが心配だけど、ぼくはまた階段を登る。ぼくも今度脱いでみよう。だけどやっぱり脱いでいる間に触わられるのかな。失くしたりしたら大変だ。

二階の廊下には日差しがポカポカ。アパートの住人はみんなお勤め。ぼくはまた自分の部屋にはいって襖を閉めた。布団の皺が暖かい。ぼくは皺の奥に潜り込んだ。皺が唐草模様になっている。その曲線をボール紙に写して切り取る。鉛筆の線の幅の分だけ、少し小さ目に計って切り取る。ボール紙が折れるので何回もやり直す。やり直すときに皺がずれてしまう。何回も皺を作り直す。どうしても無駄なことだ。この方法は何とかならないのだろうか。ぼくはどんどん布団に潜り込んでいく……。

十

もう膝が石膏のようになってきた。「千円」につづいて「日本銀行券」の五文字に取り組んでから二十四時間目。食事は三角形にしゃがんだままでトーストを食べる。体が三角形に固定してしまっているので、それをほぐすのに時間がかかる。だから部屋の中の小さな移動も、ぼくの体は三角形のまま行って帰る。三角形の頂点がパクパクとトーストを食べ、それが底辺に溜まっていく。底辺では筋肉の痺れが固まって、角が石膏のようにガッチリと据えつけられていく。

作業は予想したスピードを大幅に下回っていた。分析と解釈が時間を大量に消費する。だけどもう日程の大半は、筆を動かす時間の方に予約されているのだ。あとはもういやおうなく睡眠時間を開拓していくほかはない。どこかに無駄な時間が眠っていないだろうか。要らぬ時間が忘れられていないだろうか。

作業は紙幣の印刷の順序通り、いちばん下に敷かれたピンク色の波模様がまず描き写される。その上には薄緑色の波模様が重なっていく。それは一枚の紙幣を鉋《かんな》で薄く削っていくような、それを反対側から透かして眺めるような光景だ。その上に重ねながら墨版《すみはん》による線と形が描き込まれていくと、その部分には紙幣としての感情がほんの少しずつあらわれてくる。だけどこの茫然としたパネルの上に、その全体像がいつ浮上するのか。作業が進めば進むほどわからなくなっていく。

予想もしなかった作業がどんどんあらわれてくる。上下にシンメトリーであるはずの唐草模様が、途中からずれていたりする。そのずれ方の計算の中から、シンメトリーの奥にあるもう一つ別の公式があらわれてくる。これは明らかに計算されたずれなのだ。何だかこのお礼の原画を描いた人と、追いかけっこをしているみたい、紙をはさんだ向うとこちらで隠れんぼでもしているみたいだ。その人はいったいこの原画を、どのくらいの大きさで描いたのだろうか。やはりこんな姿勢で描いたのだろうか。ぼくが彫りおこしたのと同じような、こういう波型の定規を使ったのだろうか。いったい何を食べながら描いたのだろうか。描きながら何を考えていたのだろうか。便所には何回くらい行ったのかな。徹夜は何時間くらいしたのかな。

いや「その人」は、一人ではなく四、五人なのかもしれない。こういう風に三角形に固定した体が、向うではいくつもパネルに向かっていたのかもしれない。それを一人で描いているこのぼくの体の中には、そういう三角形がいくつもはいっていることになるのかな。

そうだ、ぼくは一人ではないのだろう。このぼくの体は工場なのだ。この畳の上にしゃがみ込んで模写をしている人体の中では、いろんな種類の人々がさまざまに働いている。働く人、愛する人、食べる人、考える人……。この工場にはいくつもの感情が渦巻いている。感情はいつも一つにまとまることがない。だけど作業だけは一本になって進行している。感情は感情で、休み時間にそれぞれ別のことを考えている。いや作業中にもそれぞれ別のことを考えながら作業している。昼飯のおかずが余ってしまったこと。歯ブラシの寿命が近づいたこと。敷居の溝がゆがんでいること。だから襖がいつもカラカラ、キキキと引きずってしまうこと。だけど作業だけはそんな感情に包まれることなく、一本一本唐草模様の線を刻み込んでいく。

作業が迷うのは、解釈の問題である。拡大した一本の線の不確定な幅をどこで決めるか。レンズでのぞく千円札は、まるで人間の指紋や表情のように、一枚一枚インクのつき具合が違うのだ。紙の大きさでさえも伸び縮みがある。四隅の角の同じものは一つとしてない。それらの平均値をどこで決めるのか。いや平均値もさることながら、この模写の作業はレンズでのぞくギザギザのインクのつき加減のそのままをたどるべきか、それともその印刷状態の平均値から推しはかった版の向うの原画の方をたどるべきか。本当の千円札はどこにあるのか。

作業は結局その中間を進みながら、実際の千円札は外の職場で働くたびにぼくのポケットに入ってきて、食事をしたり買物をしたりするたびにぼくのポケットを通り抜けて行く。この連中にも微細に見るといくつかの種族があるのだろうか。いくつかの生態のパターンがあり、何らかの法則によって流れているのだろうか。そう考えていつも点検しているポケットの中に、あるとき明らかに違う顔が紛れ込んでいた。ぼくはそれを親指の腹でなでながら、レンズの向うに見つけたのだ。

これはニセ札だ……。ぼくは発見者のよろこびにひたりかける。でもニセ札なんて、そうめったに会えるものではない。だけどこの千円札には、見たことのない線が印刷されてある。これは間違いなく、別の印刷……。

千円札の表には、1000という数字が四隅にある。この数字には厚みが描かれている。

その厚みの部分は一面の黒、いわゆる黒のベタというやつ。ぼくはもうパネルにその部分を描き終えていて、その箇所はもう黒いベタ塗りが出来上がっている。だけどこの新しく出会った千円札は、その黒ベタの部分が細い斜線の集合となって印刷されてある。

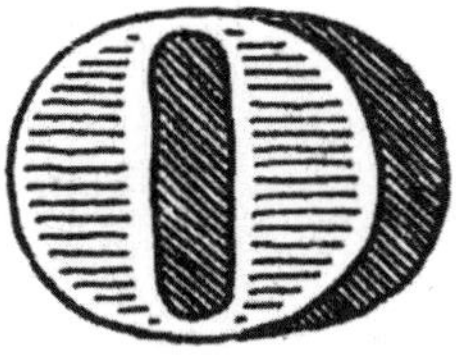

いままでにポケットを通り抜けた千円札にはまったく見られなかった形象。これは何事だろうか。

だけどこれがニセ札なのだとしたら、何故わざわざこんなことをするのだろうか。

　ぼくはその斜線の集合を、レンズの向うに何度も見つめ直す。これは立派な線だ。いいかげんな間に合わせの斜線ではない。しっかりと描かれて製版されている。しかもこのお札のこのほかの部分では、平均値を外れるほどの相異はどこにもない。ひょっとして、本物の紙幣の中に、普通の人の目の届かない部分で、何種類かの違うデザインがあるのだろうか。

　ぼくは三角形の体をゆっくりとほぐしていった。ここで専門家に質問をしてみるのも、面白いのではないだろうか。ぼくの体は三角形の線が、ゆっくり一本に伸びていって立ち上がる。ポケットの十円玉を指で確かめながら、階段を降り、アパートを出た。うずくまっていた体に、町の裏の空気は鮮やかに透きとおって見える。小さな十字路を通って三分ほど歩いたところにマーケットがある。ぼくはその前にある電話ボックスにはいり込む。

　造幣局の番号は、もうすでに調べてあった。それは千円札のパネルに取り組んだときから、いちばん好奇心をそそる番号なのだ。ぼくはその番号を手帖の隅に書き込んだときから、紙幣の秘密の裏口を見つけたような気持になっていた。だけどその番号を使うのははじめてのこと。そんな秘密の場所に、用もなく電話はかけられない。だけどいまはちゃんと理由がある。ぼくは一人の市民として電話がかけられるのだ。魅惑の番号は順番に流れ込んでいき、最後の数字がカチンとつながる。

「はい、造幣局です」

　これは本当なのだ。素晴しい言葉……。この声の人はお札の模様の向う側に坐っている。

「あのう、せ、千円札のことで、ちょっと、あのう不審な点があるんですけど……」

「はい。どんなことでしょうか」

「ちょっと印刷がおかしいもので、あのう、ひょっとしたらニセ札かもしれないとか思って、いや、まさかとは思うのですけど……」

「はいはい。どうぞお訊ね下さい。どんな点がおかしいのですか」

これはもう沢山の質問に手馴れた感じ。そうだ、この感じ、以前、天文台に電話したときもこうだった。

「あのう、いや、あんまり千円札なんてよく見たことはないのだけど、あのう表側の四隅にセンという数字がありますね、イチゼロゼロゼロ、あの横の、アラビア数字っていうんですか……」

「はい。ありますね。アラビア数字が」

「ええ、あの数字の黒い部分がありますねェ、陰のような厚みの部分が……」

「はい」

「いや、あそこが普通は真っ黒だと思っていたら、このぼくの持っている千円札は、そこの所が細い斜線になっているんですよ。だからこれはちょっとおかしいと思って……、ほかはぜんぜん何ともないんですけど……」

「あー、と、それはですねェ、あのう千円札というのも一つの工場で印刷しているんじゃないんですよ。全国にいくつか工場がありましてですねェ、やはり正直な話、多少の違いはあるんですよ。まァこれはあまり自慢できる話じゃないんですけど……」

「はァ、だけどこれはかなり違うと思うんですが……」

「ええ、まァそのものを直接見ないことには何ともいえませんけど、おそらくそのおっしゃるところでしたら、間違いはないと思います。やはりねェ、まったく同一というわけにはいかないんですよ。いや普通に見るぶんには、まず全部同じですよ。だけどルーペでのぞいたりすると……、あなたもおそらく虫眼鏡で見たんでしょう？」

「え、ええ、いやちょっと何となく変だと思ったもんですから……」

「いや、むしろ皆さんがそうやってキチンと見ていただいた方がですね、ニセ札防止にも役立つし、私どもには有難いんですよ」

「しかし、それにしてもずい分違うもんですねェ」

「ええ、まァ実際に見ないとアレなんですが、ほんの多少の違いによっても、使っているうちにだんだん差が出てくる場合もありますね」

「これはしかし、どうして違うんですか？　黒いベタが細い斜線に変ったりすることがあるんですか？」

「ええまァ、そのへんのこまかい技術に関してはですねェ、これはやはり国家の、その、大切な紙幣ですから、まァあまりその、お訊ねにはならないでいただきたいのですが……」

「ええ、いやもちろん、それはそうでしょうけど、いやしかしずい分違うのでちょっと驚きまして……」

「どうしてもご不審でしたらですねェ、とりあえずお近くの交番か銀行の窓口でお訊ねいただくのが一番いいのですが」

「え、いや、それはまァそうですね。おそらく違わないんでしょうね、これは。いや、普通のお札なんでしょうねェ……」

多分外から見ている者がいたとしたら、妙な電話に見えたことだろう。千円札を目の前に近づけながら受話器を耳に、いやにニコニコ笑ったり、変に敬語を使ってみたり……。

帰り道、銅版画の話を思い出していた。銅版画は凹版なので、インクの乗る線は細く刻まれた溝になっている。だから広い面積を一面に墨のベタで刷る場合には、その面積に細い線を無数に重ねる。ツルツルのところにはインクがぜんぜん乗らないのだ。細い線が密集して刻まれていれば、インクはそれぞれの溝にくい込み、版で見たときには線の集まりであっても、印刷されると線と線のインク同士がくっつき合って、結果としてはその一面がベタ塗りと同じようになる。

よく考えてみれば、千円札を印刷している墨版は、紙の上にインクの盛り上がっている凹版刷りだ。おそらくぼくの見つけた千円札は、その部分のインクの乗りが少なかったのだろう。だから線と線のインク同士がくっつかなくて、斜線の集合となってあらわれてしまったのだ。おそらく版の元になる原画には、斜線が描かれているのではないか。ぼくはどちらを描けばよかったのだろうか。もうパネルには斜線ではなくベタ塗りとして描いてある。……おそらくそれでいいのだろう。仮りに原画が斜線になっているにしても、原画というのはやはり千円札ではないだろう。千円札はあくまで印刷されたもの、複製の体で生きている印刷物なのだ。

十一

三角形の中央で異変が起きたようである。ぼくは三角形の一辺から腕を伸ばし、千円札の外部にある網模様の隙間を一つ一つ墨色で塗りつぶしていきながら考えていた。何かがはいり込んでいる。

さっき「総裁乃印」という丸いマーク

を朱色で描き終えてから、一息入れようと背を伸ばしたが、腹が伸びない。伸ばそうとすると突っ張って痛い。長時間、畳の上にしゃがみ込んだ固い三角形が、そのままさらに小型化されて胃袋の中にもはまり込んでいるようだ。どうしたというのだろう。だけど腹なんて、いずれは伸びる。伸びるまではこの三角形のまま作業をつづけるほかはないだろう。もう休んだり、試したりしている時間はないのだ。もう猶予はできない。時間は一滴もこぼせなくなっている。この作業はあと三

日しかつづけられない。三日後に、美術館の門が開く。もう一度だけ、あの美術館を攻撃する。

毎年の春、錆びついた門の南京錠を、一度だけ外して開けるアンデパンダン。毎年一度だけ、町の生臭い好奇心にさらされるあの鉛色の広い壁……。あの壁面には横から滑り込めば何事もないのだろうに、いつも正面に直角にぶつかってしまうのだ。カンバスでもぶっつかり、ガラクタでもぶっつかり、去年はとうとう下着の包みでぶつかった。このパネルもすでにあそこには、直角に向いているのかもしれない。だけどもうほかには、描くものがなくなってしまった。だけどやはり何かを描きたい。ないことを描きとどめたい。だけど描くことをなくしてしまいたい。そんな引っ張っては戻される居眠り寸前の空気の中で、頭と指とが分離している。そして十本の指先はとにかく先に伸びて行き、頭はエンジンを止めて、後からついて来ている。傾きながらついてきている。ぼくにはこれが「最終兵器」になるかもしれない。

搬入日まであと三日。作業はまだ山ほど残されている。もう何日も眠くならないのが不思議だった。ただ描き写すだけの単調な作業なのに、ぼくの体はもうこのアパートの中に設置された造幣局の機械として固着している。だけど食料だけは入れた方がいいだろう。食料は机の上にあるのだけれど、やはりどうも体が伸ばせない。伸ばそうとすると腹の中の三角形がギクリと突っ張る。どうせ伸ばせないのならこのままもう少しと、作業はもう少しもう少しと進みつづける。窓の外が明るくなって、暗くなって、また明るくなって、大勢の足音が外の道路にザワザワとふくらんで、縮み込んで、またザワザワとふくらんで……、もうどのくらいしゃがみつづけているのか忘れてしまった。この働き者の指先はともかくとして、屋根瓦のような背中にはもう埃が積もりはじめているのかもしれない。

　だけどやはり食料を……。指先は踊りをやめて筆を置き、本格的に三角形を伸ばそうとするが、腹は頑として曲がり込んでいる。曲がり角から硬い痛みが腹を引っ張る。胃袋の中に予想以上のものがはいり込んでいる。伸ばすと腹が折れそうになる。ぼくはまた腹を曲げてその痛みを包み込む。だけど曲げても腹は割れそうになってくる。もうひと押し腹を曲げて包み込む。どうしたのだ。いったい何をしてるのだ、ぼくの体は……。三角形はさらに海老のように丸くなって、ぼくはそのまま畳に横になった。痛みはどんどん突っ張ってくる。だけどもうこれ以上包み込めない。もうこれ以上丸くなれない。ぼくは畳の上で火焙りのイカの照焼きのように縮み込んで、額が膝小僧をこすりつづけ、両腕は足の裏をかかえ込む。こんなことをしている暇はないのに……。

　ぼくは横になった三角形の、その頂点を折り曲げながら考え込んだ。何だろうか、この三角形は。ぼくは普通の直立した人間なのに。だけど三角形はその角度がさらにどんどん鋭角になってくる。ぼくはそれを腕や背中で押さえつけて何とか角を丸くしようと、両手を合わせて拝み込んでいる。この格好……。いったいぼくは何してるのだ。こんな畳の上で何をしている……。どこかに時間を取り落としたのではないか。何かの方法がすり変えられているのではないか。ぼくは横浜で生まれたのに……。ぼくは一貫百匁だったのに……。小学校の運動会では二等だったのに……。

　ぼくの頭は胃袋のロープから逃げ回りながら、このベニヤ板の箱の中をジグザグに駆け回る。ガラクタの間を縫い回る難しさでもって、三角形を忘れようとする。紙のガラクタ、布のガラクタ、ゴムのガラクタ、鉄のガラクタ、そのもう一つ向うのガラクタの突端、この部屋の壁際にカンバスの角が見えている。そうだ、あそこには三枚の油絵が押し込んである。三枚の油絵はガラクタの群れに押しつけられて、壁に向かって裏返しに張りついている。ぼくの頭は粉のようになって、胃の中の三角形の角の突っ張りを誤魔化しながら、その三枚の油絵の中に紛れ込んで、パラパラと記憶を振りかける……。

遠い背中の時間の中で、カサコソと描き残された三枚の油絵。ぼくはむかし絵を描いていた。一番奥の壁際にあるのは母親の肖像画。肩から長いショールを垂らして、膝の上で両手を重ねてうつむいている。背景は燃える赤。そうだ、ヴァーミリオンは高い絵具だった。これは高い色だ、高い色だとケチケチしながらおずおずと厚く塗り込んでいた。高校生のときだ。ゴッホの絵に憧れていたっけ。だけど油絵具が高いので、あまり厚塗りの真似はできなかった。鉄骨の錆びた色、バーントシェンナーは安い色だ。だけどゴッホはそれほど使っていない。ゴッホの絵にあふれているのはクロームイエロー。フランスではクロームイエローは安いのだろうか。色に値段の違いがあるなんて、はじめて絵具屋で知ったときは不思議だった。高い色と安い色。だけど好きな色が高い色だと困るのだ。絵を見る目が少し変わった。カンバスの裏に回ってお金をのぞいているようだった。だけど好きな色はやはり好きだ。モジリアニの色が好きだった。スーチンの色も好きだった。ドランの色も面白かった。そしてピカソの色も好きになった。

壁際の二枚目の絵。これはもうゴッホではない。誰だかわからない土人の描いたような絵。これは筆のほかにも棒を使ったり、罐の蓋を使ったりして色を塗った。これは東京に出て来て、胃袋の中がただれ出したころ。当時のぼくは土人になろうとしていたのだろうか。原色を使って、円や直線や点線で抽象を描いたつもりが、描いたあとで遠くから離れて見ると、射精する人体の解剖図。

三枚目。一番手前にあるのはサインの絵だ。画面のほとんどのスペースには大きく太く署名があって、その右下隅の余白にほんの小さく静物がチラホラ。いわば絵とサインの逆遠近法。友人たちはこの絵を見たとき、慌てて大笑いしていたっけ……。

ほかにもたくさんカンバスはあった。だけどぼくのはいつも絵の上に絵が重なって、何枚もの絵で塗り変えられて雑巾のようになったカンバスが、引越しのたびに棄てられながら、結局この三枚の絵が残された。あの最後のカンバスで、絵柄が小さく画面の片隅に縮み込んでから、四角い画面は角が一つずつ溶けて流れて、ガラクタの中に滲み込んでいき、壁際の絵からこちら、部屋の中はガラクタで埋まり、それがどんどん押し寄せて来て、一番手前に千円札の横長のパネル、あのパネルがこの胃の中の三角形に……。

やっぱり駄目だ。どうしてもこの場所に追いつかれてしまう。頭はまたガラクタの箱の底に滑り落ちて、胃袋のロープに縛り直される。背中から血が引いていき、三角形の直線は一段と太くなる。額から油汗が湧きはじめる。何かが外れている。三角形の和が間違っている。それを押さえ込もうと、押さえすぎて、思わず体がゆっくりと一回転。

そうだ、むかし胃痙攣《けいれん》という病気を聞いたことがある。あれは猛烈に痛いそうだ。これも猛烈に痛い。なるほど、これは胃痙攣だ。あれは畳の上を転がり回るという。ぼくもいま、畳の上を……。間違いない。病院に行かなければ。腹がもう石膏のように固まりそうだ。何とか固まる前に溶かさなければ。ぼくはやっと足の裏で立ち上がる。だけど曲がった腹は伸ばせない。ぼくの体は三角形の一つの頂点だけで不安定に立ち上がりながら、膝から先の足だけが小幅に動いて廊下を歩き、階段を降りる。足の指先が靴をはき、這うように道路を進む。

近くに小さな黄土色の病院があるのを思い出していた。黄土色だけが頭に浮かび、あとの記憶は胃の筋肉に縛りつけられ、固く、石のように沈み込んでいる。ぼくの格好を見て猫が立ち止まり、犬がついて来る。普通ならぼくはすぐ犬に吠えられてしまうのに、この犬は吠えようともしない。路上を低く進む頭の先に、黄土色が近づいて来る。それは白い漆喰の剝げかけた色だった。しかもその漆喰は人口の壁だけで、あとはほとんど灰色のモルタル。

ぼくは磨《す》りガラスのドアを開けて、両手から先に受付のベンチにたどり着く。待つ間、尻だけがベンチに乗っかり、額は床上十センチに近づいている。目の前の板と板の隙間に、釘が一本はまり込み、踏まれて角が磨り減って丸くなっている。小さな窓から声がかかり、やっと診察室の空気にひたり、白いベッドに横になる。どうしたの？　という顔の医師がよそ見をしながら近づいて来る。

「いや、あのう……、ずうっとしゃがんでやる作業がつづいていたら……、気がついたら……」

と海老のようなぼくの話は、ざるの底の蕎麦のように、途切れ途切れ。

「胃痙攣のようなんですけど……」

そのぼくの言葉にピクリともせず、医者は海老の素肌から手を離しながら、

「あのねェ、胃痙攣という病気はないんです。ね。何かの病気の症状としてね、胃がいろいろに痛むわけですけれど、胃が痛いというだけの病気はないでしょう？」

医者は水のはいった小指のような電球をギリギリと傷つけながら、歌でも歌うように答を垂らす。海老になったぼくは手も足も出ず、ただその歌を聞くほかはない。プツンと針を刺されて薬液が流れ込む。やっとぼくの眼を見て、針を離し、はい一曲終りましたよ、といわんばかりの表情に、ぼくは海老の格好のまま立ち上がる。

「つらかったら待合室のベンチで、少し横になっていていてもいいですよ」

一滴の甘みもない言葉に押されて、ぼくはまた足の指先で靴をはき、三角形の頂点でキリキリと道路をほじくるように歩きながら、またベニヤ板の箱の中に舞い戻る。消え入るように襖を閉めて、箱の底に、ガラス細工の海老のように、そっと体を横にする。

十二

ぼくの体はゴミになって、寒風の外に置かれてあった。横にはいくつものポリバケツの山。ぼくの体はその間に埋まっている。風がヒュウヒュウと吹き、埃がサラサラと流れ、紙屑がヒラヒラと舞い上がる。ぼくの体は動けずにじっとしている。ポリバケツの蓋が風にあおられ、カタンと倒れ、ぼくの足にぶっつかる。空罐が風に押されてコロコロと転がり、体のそばまで飛んできて、ぼくの頭に反射する。ぼくの体はそういうものがぶつかるたびに、ビクリとして動きかけるが、またじっと動けずに固くなっている。

黒い空には星が数個、舞台裏の針穴のようにソワソワとまたたき、この家の外、ポリバケツのそばを横目の犬が通り過ぎる。犬は曲り角でこちらを振り返り、そのまま曲がって消えて行く。ぼくの目は動けずに上を向いている。上には電柱があり、数本の黒い電線が、黒い空の下を遠くの方まで黒くつづいて溶けている。ぼくの体はいつまでもじっとしている。

やがて低いエンジンの音が聞こえ、その振動がしだいに近づき、太いタイヤがアスファルトの道をぴったり押しつけ、ずらしながら、トラックがあらわれる。ポリバケツの中に頭を突っ込んでいた二匹の猫が、慌てて飛びのき、走り去る。ブレーキが力を発揮し、タイヤの回転を押しとどめ、停車したトラックのエンジンのリズムがシャカシャカ、シャカシャカと、あたりの物を震わせる。

風はあいかわらずヒュウ、ヒュウと吹き、バタンと開いたドアからは、屈強の男が二人降りて来る。男たちは耳に毛のある帽子をかぶり、手袋をはめ、無言のままポリバケツを持ち上げる。トラック後部の蓋が開き、男たちはその頑丈な両腕で、ポリバケツの中のゴミをトラックの背中にほうり込む。そしてぼくの体もいっしょにガラガラとほうり込まれる。ぼくの体はトラックのゴミの中に混ざってしまう。やがてトラック後部の蓋が締まると、ぼくの目には囲りのゴミが見えなくなった。

またバタンとドアの閉じる音が聞こえ、トラックはグラリと揺れて動きはじめる。グラリと同時に、エンジンのシャカシャカという振動は消えたように感じられる。感じられる？　ぼくの体はゴミなのに……。

トラックの暗い背中に押し込められて、ぼくの体は輪郭が見えない。トラックはスピードを上げながら走りつづける。タイヤが溝や石ころを越えるたびに、暗闇はワサワサと左右に揺れる。揺れるたびに、ゴミは互いの位置を入れ変える。ぼくの体の隣には、野菜の屑が来たり、ひしゃげた空罐が来たり、丸めた新聞紙が来たり、魚の骨が来たり、穴のあいた靴下がきたり、煙草の吸殻が来たり、錆びた包丁が来たり……。

ぼくの体はまだ動けないのだろうか。ぼくの体は錆びた包丁などに当たって、薄い血が出ているはずなのだ。魚の骨が刺さって肉がむき出ているはずなのだ。傷口には煙草の吸殻がつまっているはずなのだ。だけどこの揺れる暗闇の中で、ぼくの目には何も見えない。ぼくの足はどのへんに埋まっているのかわからない。ぼくの腕はどのへんに転がっているのかわからない。いったいぼくの体はどのくらいの長さなのだろうか。どのくらいの大きさがあるのだろうか。これは皆目見当がつかない。ぼくの体はどれがどれだか、囲りのゴミと見分けがつかなくなってしまうのだ。いったいどこまでがぼくの体で、どこからが囲りのゴミなのか。

ぼくの右腕と左腕とはバラバラに離れて別々の隅に埋まっているような気がするし、ぼくの胃袋のあるあたりには、胃袋のかわりに折れたエモン掛けがあるような気がしてくる。その折れたエモン掛けは、ぼくの胃袋のように感じられる。ぼくがいま何か物を食べると、この折れたエモン掛けが消化作業をはじめるのではないか。ぼくの元の胃袋は、どこに紛れ込んだのだろうか。肉で出来た胃袋は、どこか別の所に行ってしまった。

ぼくの体の心臓のあるあたりには、心臓のかわりに四〇ワットの電球が転がっている。これはおそらく、アパートの廊下についていたやつだ。真鍮《しんちゅう》の螺子のそばのガラスには、埃が厚くこびりつき、中のコイルはもう切れているのだろう。もうじき囲りのゴミが押し寄せて来ると、パリンと割れる。だけどまだ、割れてはいない。

　ぼくの膝小僧の皿の骨は、ウィスキーの空壜の中に入り込んでいる。トラックが揺れるたびに、ぼくの骨は壜の内側をコトコトと叩く。割り箸が五本、ぼくの肋骨五本と入れかわっている。ぼくの肋骨は、柄の折れた傘にひっつき、傘から折れた柄は、表紙の剝がれた画集にひっつき、剝がれた表紙は、底の抜けた革靴の中にはまり込む……。ぼくの体は、どこまでいったら終るのだ？

　トラックの前を犬が横ぎり、子供が横切り、自転車が横切るたびに、運転席ではハンドルがぐるぐる回り、トラックの背中の暗闇はガラゴロと入れ混じり、ゴミは全部ぼくの体の隅々に滲み込んでしまい、ぼくの体はトラックの背中の見えない暗闇全域に広がってしまうのだ。ぼくの体の輪郭はバラバラと崩れ落ちて、ゴミの輪郭もポロポロと溶けて流れて、暗闇の中が全部ピチャピチャと均一の水のようになったところで、トラックは停車する。運転席の指がボタンを押すと、トラックの背中はグイーンとせり上がって蓋が開き、暗闇に染まったゴミの粒は、端から順番にダラダラとこぼれ落ちて、見渡すかぎりのゴミの平原、まぶしい光の夢の島に、粉々になって散らばって行き、ぼくの体も水蒸気のようになって、夢の島の全部の領土に滲み込んで行き、行方不明になって行く……。


　だけどぼくは、まだ寒い体の中にはいり込んでいる。もう夢の島から覚めて、ぼくの指は唐草模様を切り抜いているはずなのに、ここは絶壁の上。どこから歩いて来たのかわからないどん詰まり。岩。空気。鳥。雲。ぼくは絶壁の上に布団を敷いてもぐり込んでいる。これは何という寝心地なのだろう。下からシュウシュウと風が吹き込み、布団の裾がビランビランとだらしなくめくれる。肌色の体温が蒸発していく。ぼくは一所懸命手足を使って布団を丸める。布団の中にはザラザラと砂塵が舞い込む。それを背中で押し出しながら、敷布がずれて、絶壁に長く垂れ下がる。それを伝って小さな虫が這い上がって来て、布団にもぐり込んだ耳の穴をザワザワと横切る。その音がいつまでも布団の中にこだまして、目は暗闇の中でいつまでも開きっぱなし。胃袋は棒のようになって転がってしまい、心臓は速くなり、止まりそうなほど遅くなり、その音を一つ一つ数えながら、脳ミソは計算で泡立っていく。布団をめくれば明かりがあるはずだけど、電球の中には蟷螂《かまきり》が棲んでいる。机の角の突端からは目玉がはみ出し、布団の上をじっと見つめる。棚からも椅子からも本箱からも、器物の突端からは目玉がはみ出し、布団の上をじっと見つめる。だからいつまでもめくれない布団の中で、目ヤニだけが隅を埋めて、眠れない体は時計のゼンマイのように、どこまでも丸くなって巻き込まれていく。

そのゼンマイがカチカチの氷のようになったところで、遠くからザック、ザックと、軍靴の音が近づいて来る。だけどあれは軍靴ではない。警官隊だ。警官隊が模型の螺子釘を押収に来た。警官隊は木造の階段を上がって廊下を通り、絶壁の上の襖をポタポタと叩く。ぼくは布団の中から指も出さない。襖の音はポタポタからボタボタになってくる。敷居がガタガタとして外れそうになり、絶壁の下に落ちそうになる。仕方なしに、ぼくは一年振りか二年振りくらいの感じで、布団の中から何らかの声を吐き出す。声は喉の奥でゼイゼイと引っかかり、意味が壊れて咳といっしょにポロポロとこぼれ落ちる。襖を開けた警官隊は、絶壁の下に落ちそうによろけながら、ガラクタの部屋を両の目玉で一周したあと、二周目でやっと布団を発見し、その丸みに向けて書類を突きつける。ぼくの作った螺子釘は、偽造ではないけれど模造罪に該当するのだという。

ぼくは布団から手と顔だけを出して、警官隊にお茶を入れる。机の上の螺子釘の山はもうすっかり錆びついているけれど、警官隊はその錆びた螺子釘に一本一本荷札をつけて、袋に入れて運び去る。あとには出頭命令が、襖に糊で貼りついている。

ぼくは布団の中から腕を伸ばして、ブリキの望遠鏡を指先に取る。絶壁の窓の外、道の向うの電柱の上、あそこには子供用のズック靴が片一方、いつも見えていたはずなのだけど、望遠鏡はレンズが外れて、中には蜘蛛が一匹棲みついている。ぼくはその手を離してもう一杯お茶を飲んだ。窓の外で、風にざわめく硬い小枝が、ガラスをカタカタと叩いている。

ぼくは久し振りに布団をめくり、絶壁の上に立ち上がり、襖の出頭命令を剝ぎ取りながら、そのまま腕を伸ばして背中を伸ばし、腹を伸ばし、ぼくの体は風のない煙突の煙のように、そのままゆったりと上空に伸びて拡がっていく。拡がって消えてなくなりながら、ぼくの体はまだ横になっている。布団の中で伸びている。裾がめくれた布団のザラリと冷い肌触わり。そうだ、また夢を見た。あれは夢の警官隊だ。この場所で見るこの場所の夢。

十三

目を開けると少し楽になっていた。腹を上にして、体は真っ直ぐ一本に伸びている。どのくらい眠ったのだろうか。時間を時間をと思って、つぎの時間のために歯ぎしりしながら目を閉じていたのは覚えている。

顔を向けると、パネルにはまだ広大な砂漠がひろがっている。もう残された時間では埋めようがない。いままであそこにそそぎ込んだ無数の時間も、消えてしまうのではないだろうか。パネルの上から蒸発してしまうのではないだろうか。ただの模様になってしまうのではないだろうか。自分はいったい何をボンヤリしているのだ。こんなところで何をしている……。

伸びた体は不安に包まれている。その不安が煙草の煙のように、この部屋の中に立ちこめている。それが部屋のガラクタの隅々にまで滲み込んでいる。滲み込んでしまってなかなか出てこない。何か、人質を奪われてしまったみたいに、伸びた体の中から重力が希薄になっていくようだ。立ち上がろうとする手足から、畳の摩擦が消えそうになっていく。現金が必要だ。ほかには支えられるものがない。ここにいることを支えてくれるもの、次に来る時間をとっておいてくれるもの。手許に金がないと、この部屋の空気が逃げ出してしまう。

やっぱり某産党に電話しよう。あの看板屋には、金額だけは溜っている。ゴミのように溜っている。あのままにしておくと腐ってしまう。催促しよう。だけど電話のところまで行けるだろうか。腹を揺らすと、また胃の中で三角形の石膏が固まりはじめる。こういうのを、なだめ、すかす、というのだろう。ぼくは自分の体の痛くない隙間をあちこちに見つけながら、その隙間を縫って体を操縦していく。誤魔化しが必要である。嘘も方便だ。体は三角形になりそうになってはまた伸びながら、アパートを出て小さな十字路にさしかかる。

十字路の真中に、何故かエンジンをかけたままのオートバイが停めてあって、車体がシャカシャカと揺れている。どこかリズムのずれたような不安な駐車……。

何だろうと思って先を見ると、十字路の左手の垣根に向かって、木の背負子《しょいこ》で背中にガラスを背負った男が、立小便をしている。変な立小便……。ぼくは一瞬自分の胃袋を離れて、そのしたたる水と肉とガラスの関係に、不吉なものを感じた。するとこちらに背中を向けて立小便をしていたガラス男は、肩越しに右上の方を見上げながら「あ、あ、あ……」という声を出すように口を開けた。だけど声は出さない。そうやって「あ、あ……」という出さない声の口を開けたまま、男は上を見上げる目に引っ張られるようにして、ズルズルと横に動く。

ぼくは両足が硬《こわ》ばった。立小便をしながら、その水滴をひきずりながら横走りにオートバイに駆け寄るガラス男……。つまり男はガラスを背負ったまま、立小便を出したまま、エンジンをかけたままのオートバイに乗ろうとして上を見上げたまま、そして両手をハンドルにかけたまま、

「ガシャン！」

と倒れてしまった。男は大小粉々に割れたガラスの上で、痙攣しながらもがいている。ガラスが軋み、宙に浮いた車輪がグルグル回転し、男の口から白い泡があふれ出る。これは癲癇《てんかん》だ。むき出しのズボンの中心はどうなっているのだろうか。

ぼくは驚いて立ち止まり、止まるだけでなく後ずさりした。ぼくの次に来た通行人が、「病院だ、病院だ！」

といいながら走り出した。ぼくは割れたガラスで想像力が血まみれになり、一瞬の間、胃の中の

三角形を忘れてしまった。だけど忘れたものはまた強力に反り返りながら戻ってきて、ぼくの体をずんずんと縮め直す。ぼくは電話をしなければ直らないのだ。あの十字路を越えなくてはならない。あのガラスの破片をまたいで先へ行かないことには……。

三角形に押さえつけられて歩くぼくのゴム靴の裏に、小さなガラスがいくつも刺さる。そうだ、忘れもののゴム靴……、ぼくはその電柱の根本につかまりながら、十字路を通り過ぎる。電柱の上が気になるけれど、背中でしか見上げられない。ここで転んでしまったら、ぼくも血まみれの肉団子。

ぼくはまた三角形の頂点で、懸命に重心をとりながら前に進む。サイレンが近づいて来て、白い包帯みたいな救急車とすれ違う。救急車はぼくの方を見向きもしない。ぼくはやっとマーケットの前、金につながる電話ボックスにたどり着いた。

「あ、それはお大事に。早速書留で送りますから……」

いったいいくら払ってくれるのかしれないけれど、知っている人の声が頼もしくもあり、空々しくもある。

ボックスを出ると、また胃の中の三角形が強力に拡張してくる。少ししゃがんでなだめようか。それとも無理して早く部屋に着いた方がいいのだろうか。顔面はまた腰の位置まで下がり、ふだんは二、三分で歩くアパートまでの一本道が、はるか彼方に、気の遠くなるような遠近法で見えている。その途中の十字路はもう事が済んだのか、何の跡形も残されていない。さっきは道ですれ違ったけど、救急車は本当に来たのだろうか。ガラス男は本当に倒れて割れたのだろうか。

だけどそんなことより、ぼくの体はなおも深く折れ曲がる。腰よりさらに下に下がり落ちる顔面で、匂いを嗅ぐようにして十字路を通り過ぎる。やっとの思いでアパートの入口をくぐるとき、もう一度振り返って後を見ると、十字路は夜露に濡れた蜘蛛の糸のように、キラキラと白く輝いていた。

十四

ぼくは結局一日を無駄にした。だけどあの胃袋の硬直は、ぼくの体の休養命令だったのだろう。それとも中止命令だったのだろうか。あの命令はどの方角からやってきたのか。三角形の体の中の三角刑……。あれは本当に刑罰のようだった。

搬入の日、春の前日……、運送トラックがやってきた。もう雲井のやつが乗り込んできている。雲井はこんどは何を作ったのだろうか。裏返しに積んであるので全部は見えない。運転手はぼくが積み込む「千円札」をジロジロと眺める。芸術としては、これほど光栄な視線もないだろう。

「へェ、これはタバコが千個くらい買えそうだね」

「いやァ、百万個くらいは買えますよ」

「へっへっへっ、こんなの運ぶのはじめてだよ」

いつも経済の重力だけで生きている町の中を、この美術館行きの運送トラックに乗って通るときほど、軽い気持のときはない。運転手はきまって背中に積んだガラクタを気にかけている。

「こういう、その、芸術作品ちゅうのは、いくらくらいで売れるのかねェ」

「こんなもの、買う人はまずいませんね」

「またまた、こういう物は相当手がこんでいるみたいだし、こんな材料だっていろいろ変った物使って、相当金かけているんでしょう?」

「でもまァ、屑屋に行って拾ってくるような物が多いですからねェ」

「まァた、そんなこといって……、あのう、ホラ、画廊ですか、あれ借りるんだって、けっこう高いんだってねェ、五万とか十万とか……。やっぱりその、モトぐらいは取れるんでしょう?」

「そりゃぼくらだって、売れてほしいのはやまやまだけど、そんなことまず考えられませんよね」

「………」

こちらが真面目に答えていると、運転手はだんだん口が重くなる。

「もっとあんたたち工夫して、売れるように作らないと……。工夫しないとダメだよ」

こちらの口が重くなると、運転手はもういつもきまって憂鬱そうに黙り込んでしまうのだ。だけど今度は千円札である。

「しかしまァよく描いたもんだねェ。もうこれで、いつだってニセ札出来るでしょう」

「ええ、もう本物よりうまく出来ますよ」

「ウッハッハッハッ、作ったら少し分けて下さいよね、こちらにも」

「いやァ、こんなものいくらでもあげますよ。このトラックで往復して取りに来たら……」

「ウッハッハッハッ、頼むよッ、まったく、フッフッ……」

芸術として、これほど光栄な要望もないだろう。ここでは解説がいらないのだ。だけどこの楽しい冗談を剝ぎ取ってみれば、ハンドルを握りながら笑いつづける運転手と、しまいには黙り込んでしまう運転手と、これは結局同じことなのかもしれないと思う。

美術館に着いて搬入の手続きを済ませてから、ぼくは「千円札」を所定の場所に据えつけて見た。ガランとした広い鉛色の部屋の中……。まるで出撃前の軍艦の船底のような、もう後戻りのできない時間の端に飛び乗って、ぼくは着ている服の皺がソワソワと音を立て、足の裏がむずむずとしていた。ぼくはその広い部屋の外れから「千円札」を遠く眺める。ベニヤの箱から這い出して来たこのパネルには、まだ紙幣としての感情が足りない。ぼくにはまたせわしない気持が拡がってくる。これはぼんやりと見ている時間がもったいない。残念がっている時間がもったいない。もう道具立ては揃っているのに。もう分析と解釈を乗り越えて、あとはひたすら筆を動かすだけなのに、そうだ、今日は搬入の第一日目。明日もう一日搬入日がある。ぼくはこの上野美術館の近くに下宿している、高校の一年後輩を思い出していた。

電話でその声を確かめておいてから、ぼくはすでに搬入手続きの終えた「千円札」を、こっそり持ち出す。あらかじめ携帯していた作業箱とともに、上野の裏の古い道を歩いて後輩のアパートを訪ねる。魚屋のお兄さんが、釣銭の籠に伸ばした手を止めたまま、道を横ぎる「千円札」をぼーっと見つめる。八百屋のおかみさんが、チラと上げた上目使いの目のまま「千円札」をゆっくりとつけて回る。近所の子供たちが、

「うわァ、デカイお金だァ。お金持ち、お金持ち……」

といいながらついて来る。

後輩のアパートは古い建物だった。戦前のものだろう。何だか旅館のような階段と廊下。後輩の部屋は二階の八畳。隣は大学を卒業したばかりの勤め人。境界の襖の上は欄間があって、その上はスカスカの筒抜け。壁際の方にはカンバスと油絵具が身を寄せ合っている。カンバスの上の風景にはクロームグリーンがあふれ出している。パレットの上にもカンバスと同じようにクロームグリーンがあふれ出している。箱の上に並んだ筆の先も全部クロームグリーンでまぶされている。箱の汚れも、ボロ切れの汚れも、イーゼルの汚れも、全部クロームグリーン。ここはクロームグリーンの工場だ。

ぼくは空いている廊下にパネルを立てかけ、またその前に三角形の体を築いて、作業をつづけた。一日ではたいして砂漠は減らないだろう。だけどまだほとんど空白のままの聖徳太子の顔面に、少しだけでも手をつけておきたい。模写が続行する感情を張りつけておきたい。

クロームグリーンの、自然主義の後輩は、ぼくの持ち込んだパネルには特に奇異の視線も投げずに、懐かしそうにニヤリと笑っている。絵を描く人に奇人は多いが、この後輩も、おばさん用の買物籠で通学するという芸大生だ。高校のときからそのスタイルだった。何かその行為に自信あり気で、あまりしゃべることもしない。

夜になって、食事がはじまった。後輩は畳の上の新聞紙に大きな食パンをドシンと置いて、これも大きな徳用罐からサラダオイルを、焼かないパンにタラリとつけて食べている。それを何枚も何枚も食べつづけている。

「あのう、よかったら、食べませんか……」

　ぼくも作業の途中で、そのパンを一枚御馳走になった。だけど白い食パンにつけたサラダオイルは、透明でよく見えもせず、食べても何だか口のまわりが生温かいだけで、何の味もなく、食べごたえのないものだった。どうしてバターにしないのだろうか。

　言葉少い後輩の説によると、バターとサラダオイルとはほとんど同じカロリーだけど、味はともかく値段でいうと、サラダオイルの方がずっと経済的だ、だから徳用罐を買ってきて、こういう食事方法をとっているということらしい。

　うーん、しかしこれはやっぱりおかしな人だ、そうするとあのクロームグリーンの氾濫にも何か一説があるのかな？　ぼくは彼の眠っている部屋の廊下で、一晩中しゃがみ込んで作業をつづけた。こんな他人のアパートに潜り込んで、ここでもやっぱり住人の寝息に包まれながら、一人だけ起きて千円札を描いている。これもやっぱりおかしなことかもしれないけれど、ぼくはちゃんとパンにバターをつけている。せめて塩ぐらい振ったらどうなのだろうか……。そんな無駄な考えをいつまでも呼吸している頭の下で、指先だけが先へ先へと動きつづける。

　やがて外が明るくなって、目を覚ましたクロームグリーンの後輩が、顔を洗って学校へ出かけ、午後になり、それでも作業はもちろんきりのつきようもないのだけれど、しかし明日からはもう展覧会がはじまってしまうわけなので、夕方薄暗くなってきてから、ぼくはやっと作業をあきらめ、筆を仕舞い、パネルをまた美術館の壁面にそっと戻した。仮りにその模写を最後まで完成させるとすると、まだあと延べにして五百時間ほどは必要なようだった。だけどももし時間があったとしても、この模写は最後まで完成させる必要はないのではないか。最低限、最後の数本の線だけは描かずに残しておいた方がいいのではないか。ぼくは美術館に戻る道でそんなことを考えていた。

「千円札」を美術館に戻したぼくは、その夜ゆっくりと阿佐ヶ谷に帰り、木造アパートの自分の布団でグッスリと眠り込んだ。もうすることはない。唐草模様も、波型定規も、三角形も、いまはもうすべてが伸びて休息している。ぼくにはもう数字も見えなかった。筆も鉛筆も見えなかった。ガラクタも、ガラクタの埃も見えなかった。夜の闇も見えなかった。闇の中の夢も見えなかった。

明くる日はじつに壮快だった。布団がへこむ、綿のような熟睡のあと。きのうまで、時間の許す限りのところまで、全力を使ってしまったのだ。今日はもう力のいらぬ人間となって、道具も何も持たずに美術館へ行ける。ブラブラと会場を歩きながら、人の作ったものをのんびりと一日中見て遊ぶことができる。作業の外のユートピア。晴ればれとした気持のぼくは、下ろしたての運動靴をはく小学生の足取りで、するりとアパートを出て行った。

十五

頭が紙のように軽い。目の前を透明な空気が流れる。それがぼくの体の肉の中にも浸透してくる。それがまた町の裏通りにまで流通している。まるで正月のようだ。これで道の両側に白地に赤い日の丸の旗が垂れていても、少しも不思議ではないような気持で、ぼくは道路を一歩一歩踏みしめる。

午後の一時ごろ、アパートの前を滑るように歩きながら、あのガラス男が倒れた小さな十字路にさしかかったとき、頭上で何気なくジェット機の音が左右の方向に通過した。おそらくジェット機も爽快なのだろう。ぼくはそんなことを思うついでに上空を見た。するとその音の流れとは関係ないように、上空に白い円盤が、ヒラリと浮いている。ぼくの足は一瞬の間、宙に浮く……。

快晴の、春に向かう空の色、うっすらとしたライトブルー、かすかに混ざるチタニュウムホワイト、久し振りだ、空を見るのは……。だけどそんなことを思う間もなく、白い円盤はぼくの見上げる視線の方向に飛び去りながら、クルリと反転して陰の灰色となり、また同じようにクルリと反転して消えてしまった。

あとにはまたライトブルーがひろがっている。もういま見たものはどこにもなかった。それを見て考える暇もない一瞬の出来事……。

だけどその偶然のひらめきは、黄土色の疲労を剝ぎ落したぼくの体から、さらにもう一枚何かを剝ぎ取っていった。ぼくには透明な力が湧いてくる。これは透明な空気のせいだろうか。何か、見えないはずのものを見た。壁の向うを透視したような不思議な感触。……だけどあの見たものが、宙で消えたのがわからない。やはり一度立ち止まろうか。

だけどぼくは足を停めずに駅へ向かう。駅の向うの町の彼方、線路の先の美術館へ。あそこには、ぼくのきのうまでの最後の力がぶら下げてあるのだ。その鉛色の壁に預けた力に引っ張られながら、だけど、やっぱりぼくの頭は半分宙に浮いている。その浮いたところがいま見たものをもう一度再現しながら考えている。青い空、白い円盤、スーッと下がりかけてクルリと反転、スーッと上がりながらクルリと消えた。えーと、あのリズム……。

ぼくは十字路を通り過ぎながら考えていた。あれは魚を獲るときの海鳥だ。急降下して海面をサラリと潜り、また海面をサラリと出て上昇して行く。そんな海鳥の映画を見たことがある。あの海鳥を海面の下から見上げていたら……。

ぼくは水中にいるような気持になってくる。あの上空には水面があったのだろう。その水面をちょっと潜ってあの物が飛んだ。この町は水にひたされている。ぼくの体は海底を歩いている。頭上の空は水色なのだ。ぼくはだんだん涼しくなってきた。

ぼくは表通りで信号を待ちながら考える。いま見たものを、ほかにも見た人がいるのだろうか。どこかでぼくと同じあの瞬間に、偶然の空を見上げて……。そうだ、あとで天文台に電話しよう。そうすれば確かなことがわかるかもしれない。

だけどぼくは、造幣局への電話を思い出す。またあれと同じ会話になるのではないか。見ました……白い円盤……クルリと……まァしかし、よくあるんですよ……星や飛行機、観測気球の見間違いが……だけどぼくの見たのは、青空の中……たしかにクルリと……まァそのものを実際に観測してみないことには……どうしてもご不審でしたら近くの交番か、または……。

まさか交番は出てこないだろうけど、やはり天文台の電話係は、あの造幣局の電話係と同じように、質問馴れしているのに違いない。おそらく両方ともに、毎日たくさんの電話がかかるのだろう。どうも手触わりが少し違うんだけど……いままでに見たこともない光体が……印刷がちょっとずれているけど……あっという間に急角度で上昇して行き、インクの色が少し薄くて……飛行機にしては飛び方がちょっと……唐草模様のかすれ具合が……ピカピカとオレンジ色に点滅しながら……。

ぼくは駅で切符を買った。その釣銭を見ているぼくの目玉の中を、あの使い馴れた千円札の記憶の物差しがゆっくりと横切って行き、それと交差しながら白い円盤の記憶の物差しが、これもまたゆっくりと目玉の中を横切って行く。あの白い円盤は、何故この水の中をくぐったのだろうか。

ぼくは駅の階段を登りながら、あれは何かの間違いだろうと考えていた。何かが少し歪んで、ずれて、漏れてしまったのだ。隙間が発生したのだろう。この水を満たした世の中の包み紙が、小さくプツンと裂けたのだ。ほんのつかの間の、漏れた光。

ぼくはホームを歩きながら、何かの大きな目玉の中にいるような気持になってきた。手も足もとどかない大きな目玉の中に、この町があり、駅があり、電車が走る。ぼくも、ぼくの隣人も、その目玉の底に住んで眠り、食べ、働いている。

赤い電車がホームに滑り込んで来た。ぼくは目玉の底の町の凹凸を眺めながら、ゆっくりと乗り込む。空いている座席に掛ける気もなく、バタンと閉じたドアのガラスで頬を支えて立っている。動き出したドアのガラスの外を、いくつもの町が通り過ぎる。町と町が連なっていて、どこまでも町ばかり……、これはどこかで聞いたようなフレーズだ。山と山が連なっていて、どこまでも山ばかり……。ドアのガラスが頬の皮膚をプヨプヨと引っ張りながら、電車が揺れる。この海の底に刻み込まれた皺のような町の連なり。その一本の皺の奥にあるベニヤ板の箱の中で、レンズの中をくぐりながら、ぼくは千円札の模様の中に潜り込んでいた。あれは小さな、針の先のような目玉だった。だけどあの目玉の底にこの町が小さく沈み、ぼくはいまその電車に乗っている。この全天を包む大きな目玉は、あのレンズをくぐった針の先についていたのではないか。

ぼくはドアのガラスに頬の熱を移しながら、これは行き止まりの閉じた目ではないかと考えていた。ぼくたちは盲人の目玉の中に住んでいる。そのいつまでも眠っている目玉の中に、さっき、見えないはずの光が漏れて、それがまたぼくの目玉の中に漏れて、……やはりこの二つは同じ目玉かな……。

ぼくは乗り換えのホームに立って上空を見上げながら、もう一度あの白い円盤が見えそうな、ぜんぜんあてのない自信に満ちていた。今日一日、どこかにしゃがんでゆっくりと空を見上げていれば、きっとまた見えるのだ。どうしようか。だけどやはり電車は海底を進んで行った。目玉の底の皺の町並み、その黄土色の迷路を縫って電車は進み、ぼくは美術館の前に立っていた。

ぼくの頭はまだ上空を追いつづけている。この黄土色を包み込む空色の向う側、天国に経済はあるのだろうか。ぼくはそんな質問に苦笑いしながら歩きはじめた。美術館は青空の下で、鉛色の口を開いて待っている。ぼくはその入口の広い階段をゆっくりと登って行った。受付があり、上だけ制服のおばさんが机の陰の火鉢に手をかざしながら、これも芸術家かな？　という目付きをつくって顔だけ向けてぼくを見る。ぼくもその目付きに無言の返答をしてそこを通り、第一室、第二室と番号を追いながら、自分の力の置き場所に向かって館内を進む。だけどぼくの頭の方はまだ美術館の上空を追いながら、鉛色の壁の裏へまわり込み、道具の積み重なった倉庫の裏の階段を登り、蜘蛛の巣と埃にまみれながら、美術館の屋上への通路をまさぐる……。だけどぼくはとにかく歩いて行って、鉛色の会場をいくつか通り抜け、千円札のパネルの前にたどり着いた。友人の顔がいくつか見える……。

壁の裏にまわったぼくの頭は、デコボコと障害物にぶつかりながら、電球のない階段を登りつめ、「関係者以外立入禁止」という札の張りついたドアを開けて、美術館の屋上に出る。ぼくの頭を風が包む。屋上には無雑作なコンクリートの突起物がゴッゴッと立ち並び、床はコールタールのようなもので固まっている。これは使われていない屋上だ。誰も踏まない深海の泥板岩のような場所……。

ぼくは何だかがっかりしたような気持で、千円札のパネルの前に立っている。展覧会の初日というのは、いつもこんな気持だ。前日までの力を全部使い尽して、机の引出しに仕舞っておいた金、銀、飛車、角、スペードのエースも全部さらけ出して、いざというときの貯金さえもなくなったみたいで、無性に淋しくなってしまう。ぼくは会場をひと通り歩きまわる。友人と会って笑顔をつくり、ことさらに冗談を吐き、意味もなく他人の絵をのぞきこんだり……。

ぼくの頭は屋上の中央に出て、床の上に寝転がった。床というより屋根だろうか。黒い屋根は誰も踏まない砂埃でザラついている。このザラつきだけが邪魔な感触。ぼくの頭は思い出して、内ポケットから札束を取り出す。いつもポケットに持っている、裏白の千円札の束。ぼくの頭はそれを枕に敷いて、もう一度上向きに寝転がる。目の前は全天の青空。ふんわりと風が吹いて、枕にした札束がヒラヒラとめくれる。ときどき外れ出た一枚が、サラサラと屋上をこすっては飛んで行く……。

ぼくは会場をひと巡りして、また千円札のパネルの部屋に舞い戻る。子供連れの観客が立ち止まって、じっとパネルをのぞき込んでいる。

「うわァ、お母ちゃん、これ描いたの？」

子供が甲高い声を上げている。

「これは……、しかし……」

連れの親は、次の絵に去ろうとしながらまだのぞき込んでいる……。

屋上に寝転んだぼくの頭は、眠ったように青空を見つづけている。風が頬をなで、砂粒が小さく転がり、紙片れがチラと舞い、だけど見えるのはいつまでも青空。そのほかには何も見えない。屋上の目は、青空に目隠しされている……。

ぼくはそんな目玉に細い糸で吊るされながら、まるで操り人形のように歩き、しゃがみ、うなずき、笑い、そんな動作をいつまでも繰り返す。

2

意味が散る

きのうはちょうど四月一日なのだけど、エイプリルフールとは関係ない。きのうの雨の中、友人の展覧会を見て帰って来ると、電話の上の伝言板のところに留守中にかかってきた電話のメモがあった。中に一行、小学校二年の娘の文字で、

「やぎさん」

と書いてある。やぎさん……、ラブミー農場にやぎさんという人がいる。ラブミー農場って、あの深沢七郎さんのところだ。深沢さんとはこの夏に試合をすることになっている。カッターナイフと出刃包丁で勝負するのだ。私がカッターナイフ。まず勝ちめがない。向うは出刃包丁。だけど向うは老齢である。こちらもまあ中年だけど、少しは若い。瞬発力の差を持って飛び上がれば逆転もあり得る。いやこんなこと、関係ない話だけど。

「櫻子、このやぎさんの電話って櫻子が聞いたんでしょ」

櫻子は向うを向いて今日の日記をつけている。それが振り返らずに返事する。

「そうだよ」

「何か用事はいってなかったの？」

私は深沢さんとの試合の条件か何かをいって来たのではないかと思ったのだ。

「何もいってないよ」

「櫻子は何か聞かなかったの？」

「聞かないよ」

「だって何かはいったでしょう」

「いわないよ」

櫻子は日記帳に向ったまま背中で返事をしている。

「ちょっと櫻子、人に返事をするときはちゃんとこちらを向きなさい。大変な用事があったのかもしれないのだから、よーく思い出して」

櫻子はやっと背中を曲げて、こちらを向いた。

「だって……、お父さんいませんっていったら、何とかのやぎですっていって……、それでガチャンと切れた」

「何とかなんて……、ラブミー農場っていってなかった？」

「ラグビー？」

「ラブミー！」

「いってないよ」

「おかしいなあ」

しょうがない。櫻子は振返ったけど、まだ両手は日記帳なのだ。やぎさんか。何だろう。深沢さんまた入院したのかな。ふふ。入院したまま試合となると、こっちにも勝ちめが出て来るぞ。あ、いけない。ふふ、なんて。

「でもお父さん、やぎさんから電話なんておかしいね。何だかやぎさんがさ、お手紙ムシャムシャ食べちゃったみたい」

「え？」

「ほら、歌であるじゃない、〽さっきの手紙のご用事なあに？　って、それでやぎさんが電話してくるの」

櫻子はいまごろになってやぎさんのことを考えている。だけどやぎさん……、どうしたのだろう？

それがきのうで、今日になって電話があった。

「もしもし……、あ、思潮社の矢木ですが」

あ、思潮社の矢木さんだ。そうだった。漢字で書けばわかる。だけど櫻子が平仮名で「やぎさん」と書いてあったので、ついうっかりラブミー農場なんて思ってしまった。そういえばそうだ、試合の条件なんて、そうやすやすと電話なんかで話してくるわけがない。入院なんて、悪いこと思っちゃったな。ああ恥ずかしい。

「あのう、原稿……」

「あ、わかってます。桜のことですよねえ。いや考えてはいるんだけど、そうか、もう締切なんですねえ。うわァ」

桜の花に関するエッセイを頼まれていたのだった。ちょうど締切りが四月の始め、だからお花見でもしながらそこで原稿を渡しましょうか、あっはっはっ、なんていっていたのだった。それがもう四月。今年は三月の中ばごろからぐんぐん暖かくなって来て桜も早いぞといわれていたけど、このところまたぐっと冷え込んで、お花見にはまだ早い感じ。だから原稿もまだぜんぜん手をつけてない。とか何とか、とにかくこれは大変である。私は慌てながら聞いてみた。

「あのう、いや、もちろん桜のことを書くんだけど、これはあのう、やっぱり、桜の特集……なん……ですか……」

特集でなければ、もう一月くらい延ばしてもらいたい。桜についてなら書きたいことはたくさんあるのだ。だけど時間がないから困るのである。

桜は好きだった。国民学校の校庭にはたいてい桜の木が植えてあって、ちょっとおしゃれの洋服にいつもハラハラと花びらが散っていた。だいたいが終業式か始業式か、いつも全校生徒が校庭で式をしている最中で、毎年桜の花びらが散るときというのは、みんなほんのちょっとおしゃれなのだ。ほんのちょっとおしゃれの洋服で全員がきょうつけをしていて、そこにふーん、ふわーんと風が吹いて、桜の花びらがハラハラと飛んでいく。空は包み紙を破ったばかりのような青空である。

ああ、こんなことを思い出していると気が遠くなりそうだ。

「そうなんです。特集なんです」

矢木さんがいまごろになって返事をしている。

「ああ……」

「ずらせないんです」

「うーん……、やっぱり」

「残念ながら」

私は黙ってしまった。残念ながら、という語感に余裕のあるところが、何か、逮捕状を持った刑事のようである。いや昔でいうと質屋の親父というか、（あ、古かった。質屋なんてもういまの人は知らないかな。いやこれはまずい、まずい）

「そうですか。やっぱり特集ならずらせませんね」

「そうなんですよ。桜ですからねえ、もう今月過ぎたら散っちゃうんです」

「うーん……」

「唸ってますね」

そりゃ唸っている。唸っているからうーんというのだ。

「いや、本当はもう書き上がっているはずなんだけどねえ。たしかお花見でもしながら原稿渡しましょ、なんていってたんですよね」

「そうなんですよ。今日はそのつもりでいるんです」

「でも、まだ満開ではないですよね」

「いや……」

「ここんところぐっと冷えていたから、ちょっと満開は遅れそうだとか」

「でもきのうあたりからまたぐっと暖かくなってきたので」

「いや、ぐっと暖かくはないですよ」

「いやかなり、ぐっとですよ、この暖かさは」

「でも満開にはもうちょっと先ですね」

「え……、でも市ケ谷はねえ、もう満開ですよ」

思潮社は市ケ谷にあるのだ。市ケ谷の桜は、何というか、ちょっと焦りすぎだと思う。

「小平《こだいら》はねえ、まだほんの五分咲きですよ。いや三分かな」

私は小平市に住んでいる。小平の桜は落着いている。ここは市ケ谷あたりよりもずっと空気のいいところなのだ。だけど相手は反論してくる。

「小平はどうか知らないけれど、四谷の土手も満開だし、上野の桜はもうたぶん散りかけていると思いますよ」

「でもそういうところは……」

「いやあ、もう東京は満開といってもいいでしょう。本当に」

「あのねえ、東京はというけど、ちょっと東京都の地図を拡げてみて下さいよ。小平市は東京都のちょうどド真ん中なんですよ。その小平の桜がねえ、まだ五分咲き。いや三分かな」

「いや、それは……」

「二分かな」

相手はちょっと黙った。私は仕切り直しの横綱のような気分になった。

「やっぱりせっかく桜の原稿なんだから、満開になったときに渡したいですよね」

私はまた余裕をもって仕切り直しをしている。ぐっと相手を睨んだりする。塩をパッと撒いて、散ってくるところが桜のようだ。そうだ桜の塩漬けなんてあったな。お湯に入れるとふわあっと開いて、塩味がちょうどおいしくなる。桜湯といったか。京都の産だ。あれもコレクションに入っている。もうずいぶん前のコレクションだ。もう干からびて駄目だろうか。

あのころ桜をずいぶん集めた。桜の絵の湯呑み、桜の模様の封筒、優勝旗の旗竿の先につける金の桜、日本酒の桜正宗、浅草にある桜肉屋の下足札（いやこれは集めようとしたところを店の人に見つけられて取り返された）、そのほかもっといろいろあって、いまは全部ダンボールの箱に入れて仕舞ってある。最近はちょっと飽きてしまった。ちょっと意味に飽きてしまった。

私が桜に引っかかったのは、桜の意味の方なのだ。国民学校の校庭の桜は、あれはうむをいわさぬ情緒だった。あれはただ花吹雪の下にいるだけで、ああ美しい日本の私、という感じでぼーっとしていた。お正月の国旗の白地のような美しさだと思った。いっしゅ霊的なものがまじっていると思った。だけどそれは当時の当り前の空気だったのだ。真っ黒い夜空にくっきりと見える天の川も当り前のものだったし、桜の匂いの美しさというのも当り前のことだった。だから時代とともに自然にすーっとどこかへ行ってしまった。だけど私が引っかかった桜というのは、桜の意味の方なのだ。私は桜の意味をこね上げてしまった。そのこね上げ方が、いまでは環境破壊だといわれそうな気がする。

解説すると、私が最初に引っかかったのは野次馬だった。むかし、私がまだぜんぜん赤瀬川原平だったころ、一九七〇年をはさむ前後の年である。あちこちで敷石が剝がされて、みんなわいわいいっていた。わいわいという声のまわりにいつも野次馬がいた。わいわいのわいというのが何だろうかと、それをのぞき込もうとする野次馬である。それは好奇心というものを街頭で人体化したものだと思った。好奇心というのは私が実用化を目差して研究しているエネルギーである。それが街頭で人体化されているのを見て、私は「野次馬画報」というのをつくろうと思った。

ちょうどそのころ『朝日ジャーナル』という知的週刊誌に連載の仕事を与えられて、私は「野次馬画報」というのを紙面化した。だけどちょっと考えた。野次馬という名前はちょっと野次馬的ではないような気がする。露骨なのである。精神は露骨でも、野次馬というのはもっと外形をカムフラージュするものではないか。

そんなことを考えていたら、考えるたびに野次馬が拡大して来た。野次馬が大きくなって、どんどん大きく視野よりも大きくなると、視野の中に見えるのは野次馬の馬である。拡大された馬。目の前に迫る馬の皮膚。その馬の皮膚の上に桜の花びらが浮き出してくる。馬の肉は桜なのだ。桜肉という。その桜肉が馬の皮膚の中には詰まっているのだ。そうだ、桜だと思った。ハラハラと散る情緒の桜と、蛋白質の野次馬の桜と、それからその間を媒介するのに、もう一つ街頭の香具師《ヤシ》のサクラがあるではないか。そうやって桜の意味が三色にこね上げられていって「櫻画報」というのが生れてしまった。私にはそういう意味のこね上げ方があまりにも情緒的ではなかったような気がする。私はやはり言葉の環境破壊をしたのだろうか。

「櫻画報」の第一回目は、

「サイタ、サイタ、サクラガ、サイタ」

というものであった。これは考えるまでもなく当然のことである。ほかに第一回目を飾るものがあっただろうかと考えてみて、絶対に考えつかない。そうすると最終回は自動的に、

「アカイ、アカイ、アサヒ、アサヒ」

というものになる。これも考えるまでもなく当然のことである。これのほかに『朝日ジャーナル』での最終回を飾るものがあっただろうかと考えてみて、やはり絶対に考えつかない。これは私でなく、誰が考えても同じことである。「サイタ……」の方は尋常小学校一年の国語教科書であり、「アカイ……」の方はその次の国民学校一年の国語教科書である。つまり「サイタ……」にはじまって「アカイ……」に至るということは、戦前戦中からもう決っていることなのだ。ところがこれが後で物議をかもしてしまった。私はもう知らない。

だけどそうやって意味ばかりこね上げていくうちに、私はだんだん意味はともかくとして情緒の桜を思い出すようになった。社会人となってからはじめてのお花見をやったりもした。やってみると、桜の花は文句なしにそこにあるのだ。意味はともかくとしてそこにあるのだ。そんな桜の花の美しさを、小学校のときはともかく、若者になってからは意味ばかり追いかけて来て、すっかり忘れていたのだった。だけどその意味を追いかけた末にとんとんと町の外れの公園に来てみると、涼しい水をたたえた池があって、池にはぽつんとボートが浮かび、そのまわりに桜の並木があって、花びらがまるで幻の雪のように散りながら、ハラハラと水面に溶け込んでいく。ああ私は大人なのだ。私はいっきょに国民学校の校庭に舞い戻ってしまった。ズームレンズの中に落ち込んでしまったようだった。地球ほどの大きさのズームレンズの中で、桜の花が満開になっている。小さな湿っ

た花びらがいくつもハラハラと散って行く。そうすると、澄んだ空気が精密な光化学ガラスになってしまうのだ。その澄んだガラスの中を、小さな湿った花ビラがハラハラと通り抜けて行く、そんな感じが私にはたまらなかった。意味をこね上げた末に見ている桜の花が、意味はともかくとしてそこにあって、意味はともかくとしてハラハラと散っていくのがたまらなかった。

　桜の意味のこね上げの方は、二度目の千円札の事件によって危険に迫られた。それは先の「櫻画報」の延長線上にある「資本主義リアリズム講座」でのことだった。場所は『美術手帖』一九七三年のことだった。私は警察の危険に迫られたあげくの果てに、うーん畜生と、桜の意味をなおもこね上げた末にリンゴにしてしまった。リンゴは丸いし、いつも安全な絵画の象徴である。桜は花びらが五つもあって意味が三つもあるので、つい世の中と摩擦を起しやすかったけど、リンゴはただ赤くて丸い。セザンヌが静物画に描いているし、日展の会場にもリンゴの絵はたくさん並んでいる。これなら絶対安全だ。私は野次馬の馬から桜へとこね上げて来た意味を、さらにリンゴにまでこね上げきって、ほっと一安心していたのだった。

　そうしたら驚いた。辞書によると、リンゴもまた桜と同じ「バラ科の落葉喬木」の仲間なのだった。リンゴも桜も、一方は国を代表する果物であり、一方は国を代表する花である。そして両方とも「春、白色または淡紅色の五弁花を開く」という。じじつ桜の花とリンゴの花はそっくりだという。私は桜の意味をこね上げた末に脱却したと思ったリンゴの意味に、まだ桜の意味がもぐり込んでいるのを見て恐しくなり、その結果、飽きてしまった。

　そんなときに子供が生れた。子供の名前を考えようとして考えながら、考えつかないうちに生れてしまった。女の子だった。私はその様子を見ているうちに、意味はともかくとして櫻子という名前をつけた。それまでにもう桜の意味のこね上げ的産物を子供の名前に適用するのはやめようと思っていたのだ。そして実際の子供の顔を見ているうちに、意味はともかくとして、櫻子という名前をつけたのだった。

つけたあとで、むかし、私が生れたときの名前の予定が櫻子だったと聞いて驚いた。誕生日が三月の末というせいかもしれない。だけど生れたのが、私、つまり男の子なので、あきらめはしながらも、父はしばらくその名をつけたがっていたという。だけどやはり男の子にはゆくゆく可哀相だろうということで、やっとあきらめていまの名前をつけたのだという。そんな話をあとで聞いて、私は意味はともかくとしてつけた名前に、意味のわからぬ意味を見つけて不思議になった。

「しかし小平が真ん中といったってそれはただ地図の真ん中じゃないですか」

あっ。まだいっている。思潮社の矢木さんである。

「え？　あの……、小平？」

「いや、小平はまあいいですけれど、いずれにしても今日、明日、そうね、あさってにはもう全都満開ですよ」

「あ、全都ね」

「ええ、全都というか、もういまだったら、だいたい東京のどこだってお花見しようと思えば出来るんだから、もう原稿の締切りは全都ですね。全都で締切り……」

「うわあ、全都で締切り、ゼンシメね」

いってしまってから、これは、と思った。ゼンシメなんて、本当は下品なのではないだろうか。この間誰だったか、このところのベストセラーである『何となくクリスタル』というのが、最近は「何クリ」つまり「ナンクリ」と略す人がいて、この略語感覚というのが「パンティストッキング」の「パンスト」よりももっと嫌だと、何だかそんな話があった。

「すみません」

私は反省した。

「え？」

相手は「え？」といっている。

「いや、あの、締切りのことなんだけど」

「はいはい」

「まあそういうことでしたら東京の桜は今日が満開ということにしましょうか」

「あ、そうなりましたか。それはいいですねえ。それはいい」

しかし書き上った原稿を人に渡すというのはもったいないものである。だけどこれは仕事だから仕方がない。

「それじゃどうしましょうか。小金井公園の桜というのはいいんですよ。樹齢もちょうどいいしね。まわりがじつにね、気持よくひろびろとしている」

私は地元を主張した。

「うーん、そうですね、小金井公園か。でも市ケ谷の桜もいいですよ」

相手も地元を主張している。

「うーん、市ヶ谷か。しかし狭山湖の桜もいいですね。あそこは樹の本数だけはやたらにある」

私はちょっと主張を変えた。

「うわあ、狭山湖まで行きますか。原稿もらうのに」

「あ、京都の嵐山もいいですね。ぼくはあそこのお花見はまだなんです。京都の嵐山で原稿渡すって、これはいいよ」

相手は黙ってしまった。

「お父さん、京都へ行くの？」

いつの間にか櫻子が後に来て聞いている。

「うん、あのね、お仕事でね、京都へお花見に行けるかもしれない」

「うわァ、いいな。櫻子も行けるよね？」

「そりゃそうだよ。でもね、いまお仕事の人がね、電話の向うで考えているの」

「うわァ、いつかな。櫻子は何を着て行こうかな」

櫻子はもう行く気になって目を輝やかせている。

「もしもし……」

私は電話に向って声をかけてみた。

「…………」

相手は黙っている。

「もしもし？　もしもォーし……」

「…………」

相手はまだ黙っている。

果し合い

「ブー」

玄関でブザーが鳴った。玄関のブザーというのはときどき鳴るように出来ている。表を通る人がボタンを押せば、ブーと鳴る。押すのは簡単だ。ふつうは親指で押すけど、人差指で押す人もいる。小指でも押せる。押せば簡単にブーと鳴る。そういうふうだから、これはだいたい鳴りやすいものだ。いまも鳴っている。誰かが押しているのだ。

ここは自宅である。私の自宅。自宅といっても借家だけど、東京の都心部から電車で一時間半くらい乗ったところ。そこの駅からまた二十分くらい歩いたところに建っている平屋で3DKだ。お風呂もついている。庭はあるけど日当りはちょっと悪い。家賃は六万五千円。こういうところに住んでいるのはだいたい中年みたいだ。

若い人はもっと都心に近くて、駅にも歩いて近いところ、そういうところの階段をトントンと昇って行くようなアパートに住む。さもなければボタンをプッと押してエレベーターでスッと昇って行くようなマンション。そういうキチンとしたところに住んでいる。キチンといっても、何というか、キチンと四角いというか、構造がシンプルというか、若い人はついそういうところに住んでしまう。こういうふうに草の生えやすい庭があって、垣根みたいなボサボサしたものがあって、町会費がどうのとか、そういう一軒屋に住んだりするのはだいたい中年のようだ。

でこういうところに住む人にはだいたい子供がいて、お婆さんもいっしょにいたりする。一回くらいは離婚している。仕事も勤めをやめたりしていて、自由業みたいになっている。いや全部が自由業というのではないけど、何というか、中年でしかも自由業みたいな人というのは、都心からちょっと離れたこういう家に住む傾向がある。

「ブー」

また鳴っている。玄関だ。朝の九時半である。子供はもう学校に行っている。私も子供といっしょにトーストとか目玉焼とか食べて、そのあと誰もいない部屋でお茶を飲み、新聞を全部見てしまい、さて仕事……、とか思っていたところなのだ。さて仕事……、とか思いながら、じっさいには中年の住む場所というか、そういう立地条件みたいなことを考えていた。いや考えていたといっても、ただそういう問題が頭のなかにボーッと、便所の豆電球みたいについていただけなのだ。それもついさっき、そうだ、玄関のブザーを外から誰かが押して、それでこの豆電球がともったのだ。朝の九時半に、都心から一時間五十分のところに豆電球がともっている。

「ブー」

あ、また鳴った。いまじぶんのこういうブザーというのは、たぶんセールスマンとかそういうものだと思う。ブザーを鳴らしながら、そこに何かちょっと後めたいところがあるようなのだ。「ブー」という鳴らし方が、何か口ごもったというか、いやこれはブザーだからブザーごもったというか……、あ、これ駄ジャレになってしまった。

　でもホント、本当に用事のある人ならいきなり玄関をガラリと開けて、

「お待ちどーさまあ。松寿庵ですぅ。天井二つお持ちしましたあ……」

　とかいうふうに、ブザーとかそういう手続きを抜きにして、いきなり物件があらわれる。それが本当の実のある訪問者というものである。それがこれは玄関をガラリとも開けずに、もっともらしくツンとした指先でブザーを、

「ブー」

　なんて、何というかこれ、

「拝啓、つゆあけの空もすがすがしく、初蟬の声聞く頃となりましたが……」

　とでもいうふうに、なかなか話を切り出さない。これはやはり、何か心にやましいことがあるのだと思う。きっと何か変テコなものを売りつけようとしているのだ。だから玄関の外でブザーなんて鳴らしたまま、こちらが返事をするまでじーっと、覆面でもしたみたいに黙っている。何か本当に用事があるのなら、もっと、

「ブー！　ブー！　ブッブッ、ブー！」

　と堂々と鳴らすはずだ。郵便屋さんがそうである。郵便屋さんには何もやましいところがないので、いつも思い切りよくブザーを鳴らす。私はこういう郵便屋さんのブザーが好きだ。郵便屋さんの場合はブザーといっしょに大声も出して、

「書留でーす！　印鑑をお願いしまーす」

といったりもする。そうすると私は、

「はーい」

と返事をして、引出しから印鑑を持出してすぐ玄関に立って行く。それで玄関の戸をガラリと開けて何か書類に印鑑を押すと、郵便屋さんは必ず現金封筒をくれるのだ。現金でないときは小切手をくれる。いやそういうお金をくれないときでも、手紙とか雑誌とかはいった封筒を必ずくれる。私は玄関のブザーを鳴らす人の中では郵便屋さんが一番好きだ。あとデパートの人とか宅急便の人たちもいいと思う。あの人たちもブザーを鳴らすと何かくれる。それにあの人たちには「あげる」という自信があるから、玄関のブザーをいつも明るくハッキリと押すのだ。

「ブー」

また鳴っている。まだ口ごもっている。さっきから数えて四回目だ。鳴らすだけでウンともスンともいわない。これはもういよいよ怪しいと思う。何かはっきりとはいえないことがあるのだ。ひとことといえばすぐ何かバレてしまうようなことなのだろう。だから何とか礼儀正しいふりをしてごまかしながら、近くまでおびき寄せて、こちらがつい油断して玄関から出たところをグイと首筋をつかもうという、何か金魚すくいとか猫獲り職人のようなやり口である。やっぱり悪人だ。本当は後めたい気持をぎっしりと持っていて、それはピタッと後の方に隠しながら、何でもない指先をしてブザーを押して待ち構えている。

困ったものだ。ブザーのボタンというのは自宅の外側についていて、表通りにさらされているものだから、どんな指先に押されるのかわかったもんじゃない。だいたい新聞社の手先とか、銀行の手先とかいうのがそういう後めたい指先をもっている。布団屋の場合もある。いやミシン屋かもしれない。そうだ、宗教かもしれないと思った。宗教の場合はだいたい女の二人連れで、女一人の場合にはいつも小さな子供を連れていたりする。

「とってもよい話です」

とかいう。向うには何か話したいことがいっぱいあるようなので、こちらにヒマがあれば聞きたいと思う。こちらが七十か八十になってもまだ生きていて、だけど誰も話し相手がいなくなったとかいうようなときに来てくれるといいのだけど、たぶんそんなころにはもう来ないのだ。

「ブー」

また鳴った。今度で五回目だ。きっと向うも玄関の外で数えているのに違いないと思う。そういうふうな鳴らし方なのだ。最初は何かおずおずと、初々しい感じで鳴らしていたようだけど、ここへきて少し落着いてきているようだ。回数というものを重ねれば、何でもこういう経過をたどるみたい。男女関係というのがそうだし、国際関係というのもそういうふうだし、労使関係にしてもスポーツ関係にしても犯罪関係にしても、関係というのは回数が重なれば重なるほどなれなれしくなってくる。

「ブー」

ほら、また今度は一段と落着いて鳴っている。六回目である。もう気がねなどぜんぜんしていない。もうここの玄関が、自分の行きつけのスナックのカウンターみたいに思っている。ここの玄関にボトルでも入れたみたいな、そんな感じの指先の腹のところで、ゆっくりと「ブー」なんてブザーのボタンのところを押している。でもそうやって六回も鳴らすというのは、ちょっとこれ……。

　私はもう数えるのが面倒臭くなったので玄関に立って行った。立って行きながら、NHKかな……、とも思った。でも今日はNHKにしろ布団屋にしろ、相手のいうことをたっぷりと聞いてみようと思った。いま玄関の外で沈黙している相手の真似をして、開けたら今度はこちらがずーっと沈黙してみようと思った。で玄関をガラリと開けた。開けると中学生が立っている。見たとたんに、あ、暴力……、と思ってギョッとした。でもギョッとしたとたんに恥ずかしくなる。いやそうじゃなくても、いまじぶん、みんな学校とか会社とか行ってしまって、町には主婦と赤ン坊しかいないような時間である。こんな時間に玄関を開けて中学生が立っていると、やはり思わず一歩下がってしまう。

　よく見ると、やはり中学生だ。小学生でもなくて、高校生でもない。制服を着ている。果物のような顔をしている。梅の実、というより枇杷《びわ》のようだ。皮膚がまだ新しくて、ところどころプツンとしている。それがブザーを六回鳴らしたあとで沈黙している。これがセールスマンだったら、玄関を開けたとたんに沈黙が端から溶けてきて、それが糊みたいな言葉になってニュルニュルとからみついて来る。だけどそれが溶けもせずに、中学生はじっとしている。じっとして右手を差出している。右手には白い封筒を持っている。何かそれを私にくれるようである。私は思わず右手を出してもらってしまった。封を切る。封筒の中には手紙がはいっている。手紙というより書類のようだ。何か不動産屋か何かのチラシの裏に、墨で書いてある。

果し状

日時——一九八一年七月六日
場所——すばる美術展会場
武器——中学生暴力
追伸——逃げるなよ

絵布沢背文

うはっと思った。絵布沢さんだ。私の絵のお師匠さんだ。とうとう来た。本当にやるつもりなのだ。だけど「果し状」とは、しかも「武器——中学生暴力」なんて……、私はそんなもの持っていない。どこか、貸してくれるところがあるのだろうか。

でもだいたいこうなることはわかっていたのだ。この間日本橋の八木さんの個展会場で会ったときにも、

「おい、乙次郎、今度試合をしよう試合を」

といわれていたのだ。乙次郎というのは私のアダ名でむかし絵布沢さんにつけられてしまった。私も負けずに「背文」という絵布沢さんの名前をじっと見ていて、セブン親分とアダ名をつけた。セブンイレブンとかいうのをもじったのだ。

「そんな、セブン親分と絵の試合なんて、とんでもないですよ」

といったのだけど、向うはもういいだしたら聞かないようだ。

絵布沢さんは私の油絵のお師匠さんだ。お師匠さんといっても、じっさいに習っていたのは昔の話で、私が高校時代にはじめて会ったときには歳が倍以上も違う人だった。風景画の、特に田んぼを描かせたら日本一という人で、そのくせ大変な毒舌家である。毒舌が高じて雑誌にいろいろ書いたりしてるし、本も何冊か出している。田んぼの絵の力量からいうと画壇の重鎮なのだけど、そこをちょっと外れて、脇のところでみんなに恐れられているような人だった。でその絵布沢さんのアトリエがたまたま友人の家の隣にあったのだ。私たちは美術科のある高校に行ってたのだけど、高校の絵の先生というのがどうも尊敬できなくて、私たちはいつもその絵布沢さんのアトリエにおずおずと絵を持って行っては見てもらっていた。玄関をはいった暗い廊下のところに、絵布沢さんが学生時代に描いたという大きな田んぼの絵があって、そのアトリエにある絵の中では私はそれが一番好きだった。それは田植えの前か後か、田んぼのことはよく知らないけれど、土の表面に水が浮いて沼のようになっていて、それがたっぷりとしてしかも滑らかな油絵具で描かれていて、絵の中に足を入れると本当にズボッとはまりそうな感じだった。絵布沢さんは自分でもその絵が気に入っているらしく、

「ズボッていう感じがいいだろ、ズボッていう……」

といっていた。で私たち同級生の有志三人くらいが絵を持って行って壁に立てかけ、板の間に固く正座していると、絵布沢さんの奥さんがおせんべいを出してくれる。それが物凄く固いせんべい

で、絵布沢さんはそれを左手の掌に乗せて、それを目がけて右手で空手みたいに、

「ターッ」

と割ってカケラを食べる。でみんなもそうしろといわれて、私たちも、

「ターッ」

とやってカケラを食べた。いやこんなこと、話の本筋には関係ないのだけど、若いときに尊敬している人のことというのは、話の内容なんて忘れてしまっていて、そういう端っこのことばかり覚えている。


でもそれは高校時代の話で、私は高校を卒業すると東京に出て来て、自分で生活をしていくうちにイラストレーションを描くようになった。絵と生活を最短距離でつなげていくと、どうしてもイラストレーションになってしまう。これは経済の問題でいたしかたのないことだ。だけどその後ときどき絵布沢さんに会うと、私が油絵をやめたことを批難される。そうすると私も意地で、

「いや、いまに描きます」

というのだけど、そうすると絵布沢さんに、

「いまに……なんて、描けないよ」

といわれてしまうのだ。でも私のイラストレーションの仕事はちょろちょろと見ていて、それが今度、

「おい、乙次郎、今度試合をしよう試合を」

ということになったのだ。これはそもそもがノーパン喫茶のせいである。それとその前に原子爆

弾の問題があるのだけど、それがあちこちに引っかかって、世の中というのは複雑だ。

発端は何かというと、そうだ、ライシャワー発言だった。ライシャワー発言というのがあって、もうずいぶん前に引退してアメリカに帰っていたライシャワー元大使が、最後の御奉公という感じで、

「日本には核が持込まれている」

と発言したのだ。それが大きな活字で新聞の一面に載り、その後も核をめぐる問題が毎日一面を賑わしていた。だけど私にはぜんぜん緊迫感がないのだ。そうか、核の問題ね、と簡単にわかってしまう。でわかったはずなのだけど、何もわかっていない。そういう感じがどうも変だ。自分の感じが変なのだ。核、という言葉に引っかかりがない。そこのところがどうも怪しい。昔は原子爆弾といっていたのに、いまは核という。東京の近くに原子爆弾が隠されている、といわれると、うわっ大変、と思うけど、核が隠されている、なんていわれると、ああそうか、と思ってしまう。核というとそんなに大変なものではなくて、何かボタン一つで全部すんでしまうような、小さな簡単なことのように思われてしまう。だけど本当は原子爆弾というのはその後水素爆弾とかいろいろどんどん発達して格段の破壊力をもってきていて、種類もたくさんふえてきて、もう最初の原子爆弾という名前では間に合わないらしいのだ。で今ではそういう種類の爆弾を全部まとめて「核」といっているらしいのだ。つまり人類がちゃんと滅亡できるほどの巨大な爆弾がたくさんにふえてきたところで、その名前も「核」という簡単な記号になってきている。ここのところの関係が妙なのだ。何か変に理屈が合っている。これはやはり滅亡に向かう人間の智恵というものだろうか。

ははーんと思った。いや人類滅亡のことはともかくとしても、日本の国民が「ああ、核なのね」と簡単にいえるようになったところで、それではというので「日本には核が持込まれている」とライシャワー元大使が発言したのだ。これも人間の智恵というものだろうか。でいまはもう日本には核があって当然ということになっている。だけど本当はないということになっている。あると思っても見てはいけないことになっている。あるぞ、あるぞといいながら、絶対に見えないようにしっかりと隠されている。これはもう完全にノーパン喫茶である。日本全国がコーヒー一杯千五百円である。

で私はノーパン喫茶のイラストを描いた。中央にノーパンのムチムチウエイトレスがコーヒーを運んでいる。この女体はもう見ているだけではとてもたまらないというほどの肉感をもって描かなければいけない。肌色も重要である。その肌の色を見ているだけでもうどうにも指が離れなくなるというような色温度でなければならない。でノーパンウエイトレスはほとんど裸体なのだけど、腰のところにほんの短かい白地のスカートをつけている。それがもうほんのちょっとで見えそう、だけど見えないという感じ。そのスカートは中央に赤い日の丸があり、後側には小さく赤い日本地図が描いてある。で画面の下の方ではノーパン喫茶のお客様諸君が、椅子に坐ってビニ本やビニ新聞ビニ雑誌を読書している。だけど読書のふりをしながら、その視線は何とかしてスカートの内側にはいろうと、全員が上目づかいに見上げている。でヒソヒソとささやき合う言葉がフキダシの文字になっている。

「おい、核は見えたか？」

「うーん、もうちょっとで見えそうなんだけど……」

その核という字に別の振り仮名をしたのも問題だったかもしれない。いやそうでなくても、その店のマスターをライシャワーにしたり、壁に掛けた絵を原爆の図にしたりで、やることなすこと全部つじつまが合ってしまい、これは傑作だと思ったのだけど、じっさいには右からも左からも物議をかもして、それを載せた雑誌は回収されてしまった。それがまたちょっとハードな雑誌で発行部数もかなり多いものだったから、評判になってしまった。良くいえば賛否両論、悪くいえばただのスキャンダル。でもそれをある週刊誌が記事にしたとき、記者が毒舌のお師匠さんのところにも取材に行ったのだ。そうしたら絵布沢さんはその事件をちゃんと知っていて、

「いやね、お目出度うっていいたいけど、それもまあおかしなもんだし、あたしはね、乙次郎さんとそういう絵で試合をしよう」

なんていってしまった。

すばる美術展というのは公募展なのだけど、絵布沢さんは名誉会員である。本当は審査員のはずなのだけど、審査なんて面倒だといって出ないのだ。だけど名誉会員の権限で、私を招待出品させるという。そこで師弟が同じ大きさのキャンバスに同じテーマで勝負するのだという。ボクシングみたいに審判三人たてて、勝った方には賞品を出すのだという。そんなことを、この間八木さんの個展会場で会ったときにいっていた。で私が、いやあ……、といっても、絵布沢さんはニヤリと笑ったまま表情がぜんぜん変らない。私なんかもうずいぶん油絵具なんていじったことがないので……、というと、「いや俺だって、油絵なんて描くの久し振りだよ、ホント」といって嬉しそうな顔

をしている。これはもう逃れようがなさそうである。そうしたらとうとう果し状が来てしまったのだ。これはもうしようがない。しかも「中学生暴力」なんて、テーマまで決まっている。私はその果し状の文字をゆっくりと読んでから、また折り目にそって折り直し、それをまた白い封筒にそっと戻した。で、

「だけど、あの……」

といいながら顔を上げると、もう中学生はいないのだ。ギョッとした。玄関から中学生が消えている。私はずいぶん長いこと果し状に見入っていたのかもしれない。いやそんなことはない。一瞬にサッと見てすぐに顔を上げたのだけど、玄関の中学生はそれより早くサッと消えてしまったのだ。いや、どうかな。わからない。私は玄関からそっと顔を出してみた。玄関を開けた横のところに中学生が隠れている気がしたのだ。何しろ相手は中学生だ。新聞によると暴力を持っている。毎日のように先生を足蹴にしているらしい。土下座させる場合もあるという。女教師の場合にはいつ肉体を奪われるかわからないという。毎日のように肉体をジロジロと見られて、教室にノーパン喫茶の緊張感がただよっているという。で触わってはいけないことになっているのに、触わってしまう中学生もいる。だけど先生はそれをつまみ出せない。いまはまだお昼前で、授業中である。ちょうどいま全国の中学校でそういうことがおこなわれている。足蹴と土下座が繰返されているらしい。

私は玄関を閉めて鍵をかけた。窓も閉めて鍵をかけた。台所のドアも閉めた。ブザーのボタンだけが玄関の外にさらされている。キャップでもかぶせようかと思ったけど、それはやめた。また誰もいない部屋で、もう一度新聞を見ながらお茶を飲んだ。新聞には今日も一面に、

「核……」

という字が印刷してある。後の方の社会面には、

「中学生……」

という字が印刷してある。最近は、両方とも大きな活字だ。

私は新聞から手を離して仕事部屋に行った。鍵をかけた窓の外で日が照っている。机の上に絵布沢さんの手紙をポンと置いた。封筒には切手が貼ってない。宛名だけが書いてある。それが何か本当に果し合いという感じで緊迫している。切手が貼ってあって、それに消し印が押してあれば何となく安心できるのに……。

私はハンチングの男を思い出した。玄関にふっと立って、封筒を置いて行く。むかし私が被告人になったときのことだ。ふとした事件が書類送検されて、まあしかしそんなことはと自宅でお昼ご飯を食べていたら、玄関に人の気配がとんと立った。その住まいにはブザーがなかったのだ。？と思って出て行くと、郵便屋さんではなくてハンチングの男に封筒を差し出された。中には起訴状がはいっていた。封筒には切手が貼ってない。そこのところの空白が凄いと思った。封筒が切手を無視して目の前にあらわれる。国鉄とか地下鉄とか西武線とか京王線とか、そういうのとはまったく違う秘密のトンネル網をゾロッと見せられたような感じだった。そのときのハンチングの男は、ちょっと小肥りの中年男だったのだけど、今度は中学生である。

だけどこれ、どういうふうに絵に描けばいいのだろうか。キャンバスは百号である。この六畳の部屋にぎりぎりではいる。だけどぎりぎりだから、まず本箱とか机とかをどかさないといけない。

百号のキャンバスといえば相当大きい。中学生だったら等身大で十人か十二人くらいは描ける。でも最近の中学生は大きいから十人くらいかな。でも凄い。この部屋に中学生が十人並ぶのだ。少し重ねて群衆にすれば百人くらいは描ける。この部屋に中学生が百人並ぶのだ。でもただ描いてもしようがない。そりゃあそうだ。だけど考えてみて、まわりにモデルがいないのだ。私には最近中学生の知り合いというのがほとんどいない。いやこの歳になって中学生の、

「知り合い」

というのもおかしいかもしれないけれど、でも本当にいない。うちには娘が一人いるが、まだ小学校の三年生だ。友人の家庭を考えてみてもまだ中学生というのははいないようだ。もちろんずーっと昔の同級生とか調べてみたらかなりいると思うのだけど、そういうのは学校を出たらすらりと社会人になって、そのまますらりと結婚をして、結婚したとたんにまたすらりと子供をつくったような人たちだ。だけどそういうすらりとした人たちは、何故だか私のまわりにはぜんぜん見えない。だからまわりには中学生がぜんぜんいない。いやこれは本当に困ったものだ。

そうだ、写真があった。写真を見て描けばいいかもしれない。私は本箱の奥の方からアルバムを取って来た。私だって昔は中学生だったのだ。パッと開くと茶色いピンボケの写真があった。ずいぶんピンボケだ。静岡に住んでいた少年時代だ。たぶん中学生だと思う。中学生の友だち三人で波止場にいる。背景は海である。大きな鉄のブイみたいのがあって、二人がそこにしゃがんでいる。しゃがんでいる一人が私。隣がそのときの親友の和井野君。立っているのは橋本君。これは親友というほどでもなかったけれど、三人とも何かカメラの方に照れた笑いを浮かべている。三人とも白

いシャツに黒いズボンで、学生帽をかぶっている。橋本君はかぶっていない。私は肩が下がってい て、顔は垂れ目でぷくんとしている。見るからに弱々しい。枇杷というよりももっと、何というか、ソラ豆の茹でたのみたいだ。皮膚もちょっと青白くてペシャンとしている。皮膚のこまかいところは写真がピンボケでよくわからない。私の目に半分は記憶が重なっている。でもだいたいはそんな感じだった。そのころは頭の中で考えることも、この写真のピンボケみたいにボンヤリしていた。ただ時間がたつのをじっーと待っていたような気がする。

アルバムは途中までで、後の方には白いページがつづいている。貼ってあるのは高校を出たところまでで、そのあと何枚かバラバラなのが後の方に挟んである。だいたいそのあたりでもう貼るのが面倒になったのだろう。だけど最初の方のページはきちんと順番を考えたりしながらていねいに貼ってある。家族全員の記念写真があった。みんな靴を穿いて庭に出ている。これはまだ戦前、いや戦争のはじまったころか、うちがまだ裕福なころだったと思う。自分の家の庭なのにヨソユキを着て、これはお正月なのだ。だけどお正月なのに、みんな不機嫌な顔をしている。その日写真屋さんが来る前に、何か家族でもめごとがあったのだ。私はまだ幼稚園くらいなので事情がよくわからずに、でも何となくみんなの雰囲気に同調しながら、やはり垂れ目でぷくんとしている。そのときはまだ兄弟六人、下に弟が産まれたばかりだ。それが母親に抱かれて、中央に父だけが籐《とう》の肘掛椅子に坐っている。額が広く、眼孔がぐいと引込み、カイゼル髭をピンと生やしている。大変な権力的な父親のように見える。

「お宅のご主人は刑事さんですか」

と母がいつも聞かれたそうだ。だけどそれは見かけだけで、この父にはまるで恐しさがなかった。父は鹿児島の出身である。鹿児島というのは男尊女卑の傾向があり、そのせいなのか、写真に写ると父はいつも中央に聳えて堂々としている。だけどそれだけなのだ。

父が暴力を振ったのは一回だけだ。子供の一人が修学旅行に行くとか行かないとか、何かそんな問題だったと思う。要するにお金が足りなかったのだ。で夕食の前だったか、子供の一人がふてくされてベソをかいた。で父は縁側に向ってお鍋の蓋を転がした。蓋は縁側をコロコロと転がって行って庭に落ちた。落ちたところでガランガランとバレリーナみたいに回転して静かになった。それだけである。だけどそれを見て家族全員が真っ蒼になった。父は気が狂ったのではないかと思ったのだ。

うちはそういう家族だった。もうそのころは貧乏のどん底に落ち込んでいたけど、それでも父はずうっとおとなしかった。そうだ、もっとだいぶたって私が高校生のころ、屋根を直したことがあった。市営住宅だったのだけど風呂場を増築したのだ。私はそのトタン屋根に登って釘を打っていた。父は下で溝か何かを直していた。トタンの屋根は斜めになっていて、私がちょっと置いた金槌がシャーッと滑り落ちそうになった。あっと思って、私は五十センチくらい滑ったところで慌てて止めた。そうしたら屋根の下で、

「アイタタ、タ……」

と声が聞こえる。何かと思って屋根の端から顔を出してのぞいてみると、父が両手を頭の上にかざして、腰をかがめている。

「どうしたの？」

と聞いてみると、父はちょっとバツが悪そうに姿勢を直しながら、

「落ちたのかと思ったよ」

といっている。だけどそれでもまだバツが悪いので、

「気をつけろよ、トタン屋根は滑るから……」

といっている。

とにかくそういうふうなのだ。父はお人よしで真面目で優しいのだけど、逞しさというものがない。強さというものもなかった。だから戦後の乱世がはじまると、もう世の中に何も手出しができない。将来を疑ったりしないから貯えというものがないし、子供は多いし、ずるずると貧乏のどん底に落込んでしまった。私は貧乏を憎んだけれど、父を憎むということがおこってこなかった。憎んでも仕方がないのだ。だから友だちなどが「親父が恐い」というのが不思議だった。「父親に反抗する」などと聞くと羨ましかった。反抗したくても重圧というものがない。重圧の上には何か財産的なものが乗っかっているのだろうけど、そういえばうちにはそれがなかったな。

最近は新聞などで家庭内暴力が問題になっている。父親の権威というものがなくなった、とかいう。あれ？　と思う。

私はまたアルバムをめくった。小学生のころの写真はけっこうあるけど、中学生のは少ない。だからどうしてもまたさっきの茶色いピンボケ写真に戻ってしまう。波止場に中学生が三人いる。三人とも照れ笑いをしている。この照れ笑いの内側に中学生暴力というものが潜んでいたのだろうか。

そうすればそれを分解して取り出してこの試合に兇器として使用できる。だけどそれがさっぱりわからない。何しろ写真はピンボケなのだ。表情を見分けようと接近しても、ボンヤリとした写真の輪郭がいっそうボンヤリとひろがってくるだけだ。何もハッキリ見えない。そのころのスナップ写真なんてみんなそんなようなものだった。そのころの私の頭の中だってそんなようなものだったのだ。どこにもピントが合わずにボンヤリしていた。中学生といったって、この三人ともが、何だか豆腐の茹でたのみたいに……、あ、違った、さっきはそら豆だったか……、とにかくそんなのが、ピンボケ写真の中に三つ浮かんでいる。私は肩が下がり、顔は垂れ目でぷくんとしている。いつも腹六分目くらいで、体の中に余っているものがない。中学生には違いないけど、これはどんなに絞っても暴力は出て来そうにない。いや人間だから最後には一、二滴は出るにしても、私はそんなものを出すのが恐かった。暴力なんて出して死ぬのが恐いと思っていた。死ぬのが一番恐かった。

でもこれは当り前かな。恐いというのは死ぬから恐いのだ。死ぬなんてことがなかったら恐い気持なんて何もなくなる。

でも小学校のころから、いつもクラスに一人ぐらいは暴力を絞り出すのがいた。手に白い包帯を巻いたり、短刀を持って見せたりしていた。死ぬのがちょっと好きなような感じだった。それがどうにも不思議でわからないのだけれど、私みたいにピンボケではなくて、何かにピントが合っているようだった。何か一つ、ハッキリとピントが合って見えたものがあったのだろう。そこのところに暴力を絞り出す穴が開いていたのだ、きっと。

最近の暴力中学生というのはどうなのだろうか。最近はカメラも発達して、オートフォーカスというのも出来てきて、どこにでもピントがバッチリ合ってしまう。だからこんな茶色い写真みたいにボヤボヤではなくて、みんなハッキリと見えているのだろうか。そうすると暴力を絞り出す穴というのも、あちこちにたくさん開いてしまっているのだろう。昔はピントが合う方がむしろ特別のことのようだったけど、いまはもうそれが当り前になっているのだ。最近は印刷も発達してきて、印刷物のイラストレーションもピントがバッチリ合っている。テレビの画面もピントがバッチリ合っている。時計の針だって遅れもせずにバッチリと合い、それがさらにバッチリとした数字にまでなっている。世の中の見るもの全部、表面だけが鮮明に見えている。中学生にもそうだろう。全部が見えていて、それがあまりにも鮮明で、固くなるほどハッキリしていて、視線がもうその表面から中にはいっていけない。

あ、表面か……。表面を濡らしたことがある。ちょうど中学生のころだ。家の庭に鯉のぼりが垂れている。風がなくて垂れ下がったままになっていて、私はそれに水鉄砲でピュッ、ピュッと水をかけている……。

その鯉のぼりは紙製なのだ。鯉のぼりといえば本当は布で出来ていて、それが風に吹かれてフワフワと柔らかく泳ぐのだけど、そのころは貧乏人のために紙製の安い鯉のぼりが売られていたのだ。私が中学生だから、戦後四、五年はたっていたのだろうか。

紙で作った鯉のぼりというのはよほどうまく風が吹かないと泳がない。軽いことは軽いのかもしれないけれど、紙の場合はあの丸い口から中にフワリというふうには風がはいりにくいのだ。だから図体だけは一人前の大きなものが、いつもペシャッとなってバサッと垂れている。それが何だか哀れで、つぎには滑稽になってくる。

でもそれだって私の家では大変な贅沢品で、本当はそんなもの、とても買えないはずだった。でも何かの事情でムリヤリ買ってしまったのだ。それが何か凄く理不尽な事情だったような気がする。その年のはじめにお産婆さんが来たばかりで、何か肉親のねじれた関係が含まれていた。外部からの男女関係が、その鯉のぼりといっしょに家の中まではいり込んでいたのだ。だからそれは庭に大きく垂れ下がったものの、ほとんどの家族はそれを見ないようにしていて、見るときはチラッとだけ白い目で見ていた。私もジロリと白い目で見たのだけど、白い目だけでは物足りなかった。私にはその鯉のぼりにかこつけて、いっさいの不満の気持が盛り上っていたのだ。

私はその庭に誰もいないときに、縁側から水鉄砲でピュッとやった。中学生だ。鯉のぼりといっても紙だから、水は絶対に禁物である。雨がポツンとでも落ちて来たら、すぐ入れなければいけない。だけどその日はほとんど快晴で、雲が消ゴムみたいにいくつか浮いているだけだった。そんな青空を見ながら、私はまたそうっと台所に行って、水鉄砲に水を入れて、それでまた縁側に戻ってピュッとやった。真鯉の腹のあたりに水がかかり、紙にじわじわしみ込んでいき、青いウロコを描いた顔料が少しずつ溶けて流れ落ちてくる。それを見ていると、それがまた小さな罪悪感になって私の体の中にもしみてくる。だけど私はまたピュッとやった。それが露見するのが恐しいと思いながら、でも露見してほしいとも考えている。体にしみてくる罪悪感が、水鉄砲の引金を引くたびに裏返しになり、また裏返しになり、そうやってぐるぐると回転しながらふくらんでくる。それがだんだん体の脇についたコブみたいになって、切って棄てたくなってくる。だけど私は棄てられずに、水鉄砲を下に向けて、残った水を庭の垣根の根元にピュッとやってみたりするのだった。ああ、あれが私の家庭内暴力、中学生暴力だったのだろうか。

「ブー」

玄関でブザーが鳴った。

「ブーッ、ブッ、ブッ、ブーッ」

ブザーがつづけて勢いよく鳴った。

「ガン、ガン……」

玄関のガラス戸まで叩かれている。

「ただいまーっ、お父さん、いないの？」

しまった、胡桃子が帰って来た。いや、しまったわけではない。でも、あ、玄関の鍵が締まっている。私は慌てて玄関に立って行って鍵を開けた。ガラス戸が開いて胡桃子のピンクの顔がコロリと飛び込んで来る。

「どうしたの？　お父さん、鍵なんか締めて……、いないかと思った……」

「ああ、ごめん。ちょっとね……、鍵締めたの」

「何……、出かけるの？」

「いや、そうじゃないんだけどね、今日からちょっと油絵を描くんだよ」

「ふーん、油絵を描くの……」

「そう、油絵」

「水彩も鍵締めるの？」

「いや……そういうわけじゃないんだけどね、研究だよ、研究……」

「……………」

胡桃子は自分の机のところに行って、赤いランドセルをポーンと置いた。「水彩も……」というのは、どうも胡桃子がわざと聞いてきた様子である。油断がならない。いや、別に何も隠しごとをしているわけではないのだけど、こちらの心理の揺らめきを全部読み取っている。だけど揺らめきは読み取っていても、それをまだ具体的な言葉では考えられない。たぶんそうだと思う。それを言葉でいおうとすると、だんだん揺らめきが消えていってわからなくなるのだ。胡桃子はまだ小学校の三年生だ。

私は押入の襖を開けながら胡桃子に声をかけた。

「あのね、今日から油絵を描くんだよ」

胡桃子は冷蔵庫の中をのぞきながら返事をしている。

「油絵って、何か、額縁にはいった大きいやつでしょ」

「まあね」

「ふーん、お父さんああいう油絵描けるの」

「描けるよばか」

「鉛筆だけかと思った」

「昔はずーっと描いてたんだよ」

私は押入の奥に首を突込んでいる。下の段の一番奥の方に、学生時代から使っていた油絵具の箱が押込んである。全部手製なのだけど売っているのとそっくりに作って、使っているうちに汚れてきたので真っ白に塗った。白だとかえって汚れやすいのに、何でまた真っ白なんかに塗ったのだろうか。それをやっと探し出して、押入の奥から引張り出して来る。

「ほら」

「え？」

「この絵具箱はね、お父さんが高校のとき自分で作ったんだよ」

「お父さんうまいね」

「はは、うまいよ、三脚だって作ったんだよ」

私は留金具をカチリと外して蓋を開けた。蓋の内側には折畳式のパレットが格納してあり、箱の中には使い古した油絵具のチューブが、指でぐにゃぐにゃと曲げられたまま詰まっている。鉛色の化石みたいだ。ほとんどのものがレッテルが取れていて、口をひねって開けてみないと色がわからない。だけどその口のキャップというのがセメントで固めたみたいになっていて、そのまわりに中の絵具の油精分だけがにじみ出して、プリンプリンのゴムみたいになってこびり付いている。それを思いきりぎゅっと、チューブがねじ曲るくらいにひねってみると、ガリッと動いて、あとはネジにそってキャップがするすると外れていって、そこに新品同様の、鮮やかな油絵具の切口があらわれる。

「ほら、キレイでしょう」

「うわァ、ホントだ。中はキレイなんだね。ツヤがあるね」

私は指先にちょっとつけて、箱の縁に少しツーっとのばして塗ってみた。

「うわ、指なんかで」

「うん、でもキレイでしょう」

「キレイだけど」

「油絵具はね、口をきちんと締めとけば何年でももつんだよ」

しかしもう何年、いや何十年振りかな、これはもう期限切れで開けてみた玉手箱みたいなもので、半分くらいはチューブの中身が固まっていた。口の締め方にもよるし、それぞれの絵具の成分にもよる。

「ほら、この折畳式のパレットはね、中学生のときはじめて買ってもらったんだよ」

「うわ、きったない……」

「キレイだよ、これ絵具なんだよ」

だけどそうはいっても、パレットの端の方にはその絵具が何層にも盛り上って、分厚いカサブタみたいになっている。

「これはね、お兄さんが買ってくれたの。お父さんのお兄さんが学校をやめて働きはじめたときにね、パレットだけ買ってくれたんだよ」

「ふーん……、これ全部絵具なの？」

「そうだよ。ここに絵具を出して混ぜたりして使うからね、だんだん盛り上ってくる」

「使ったあと、ちゃんと掃除すればいいのに」

「いや、そりゃ、するけどね、しょうがないんだよこれは……」

筆は十本ほどはいっている。いつも洗う習慣をつけていたせいか、穂先だけは固まっていない。ここに最後に仕舞ったときも、たぶんキレイに洗ったのだ。これもまだ充分使えそうだ。

「ほら、筆だよ」

「うわァ、固いね」

「いや、固くなってはいないよ」

「でも、こんなに……」

「うん、そりゃ水彩の筆とは違うんだよ」

溶き油を入れる油壺も健在である。でもこちらの方はもう油の滓《かす》が大々的に付着していて、プリンプリンどころか何だか公衆便所の壁みたいな、とにかく物凄い感じになっている。

「ほら、これが油壺だ。水彩は水で溶くでしょ、油絵具はここに油を入れて溶くんだよ」

これもまた「ほら……」というふうに、ついつい自慢する口調になってしまう。

「うわァ、これは一番きたないねェ」

「そりゃ使っているうちにはこうなるんだよ。でも出来上る絵はキレイなんだよ」

「そうかなあ……」

「そうだよ」

「何を描くの」

「あのね、今度ね、油絵で絵布沢さんと試合をするの」

「あ、絵布沢さんってセブンイレブンね」

「セブン親分だよ」

「あ親分か」

「そうだよ」

「うわ、あれと試合を？　するの？」

胡桃子は半分驚いている。

「あれなんて」

「あ、ホント、あれなんていっちゃった」

胡桃子は前に一度会ったことがある。だけど絵布沢さんは何しろ毒舌家だから、子供の胡桃子に向っても、

「こら、割って食べちゃうぞ」

といったのだ。胡桃子はそれを聞いて本気になって固くなってしまった。まだ胡桃子は幼稚園のころだったから、それはまあ仕方がない。でも胡桃子はそれ以来、絵布沢さんという名前を聞くたびに、食べられないように気をつけているみたいなのだ。

「本当に試合をするの？」

「うん、同じ大きさのキャンバスに同じ題の絵を描いてね、同じ展覧会に出すの」

「キャンバスって……」

「油絵を描く、あの、ほら、白いやつ、水彩は紙だけど……」

「ああ、それのことか」

「白くて大きいのだよ」

「うんうん、どのくらいの大きいの？」

「百号。これは大きいよ、お父さんの仕事部屋のぎりぎりいっぱいくらい」

「うわァ、そんなに大きく描くの？」

「うん、そのキャンバスをね、今日買いに行くんだよ」

「あ、行く、胡桃子も……」

「ははは、じゃあ連れて行ってあげよう」

で玄関の鍵を外から締めて、二人で出かけた。玄関の鍵というのは外から締めると、締めたとたんに家が何か巨大な手提げ金庫の固まりみたいになってしまう。それをそこの地面に置いたまま、歩き出した。

「でもお父さん、野球とかバレーなんかは試合をするけど、絵の試合ってあるのかな」

「ねえ。でもそれをね、今度はじめてやるの。テーマは中学生暴力だって。胡桃子知ってる？　中学生暴力……」

「うん、聞いたことあるよ。先生を殴ったりするんでしょ」

「うん、土下座させたりもするらしい」

「ドゲザって？」

「うん、とにかくね、中学校でね、中学生が暴れているらしいんだよ」

そういったけど、何しろ新聞で読んだだけなので、それ以外には何ともいえない。

「ドゲザって何だか凄い感じだね」

胡桃子は土下座に興味を持ったようである。歩きながら、またその意味を聞こうとしている。私は聞かれないうちに発言をした。

「でも本当はお父さんもわからないな。先生なんて殴ったことないから」

「胡桃子だってわからない」

「そりゃそうだ、胡桃子は小学生だもんね」

「中学生になっても先生なんて殴らないよ」

「そうかな」

「そりゃそうだよ。殴るなんて……」

まあそりゃそうだと思うけど、思うけど……、思わぬところでそれははみ出して来るようなものらしいのだ。

「でもそんなの、どういうふうに描くの？」

「それがまだぜんぜんわからないんだよ。まわりに中学生もいないし……」

駅に着いた。私は切符売機に百円玉を入れてボタンを押した。もう一つ百円玉を入れると、胡桃子はそれを見てから「こども」という薄いプラスチックの蓋を上げて、その下のボタンを押している。改札を通ってホームに上ると、目の前に中学生が五人いた。ドキンとした。ドキンとしてからトタン屋根の下の父親を思い出した。胡桃子もハッとして、歩調が固くなっている。私たちは思わず神経をそっちに集中しながら、五人の横をそうっと通った。やはり枇杷だった。枇杷とか梅の実、桃なんかもあるみたいだ。そういうものが制服を着ている。声がぶつ切りになっている。

「でもそれはよう……お前の……」

「……だから……カンペーの……」

「違うんだよ……」

「……このお」

「キャッ……」

一人が膝蹴りの真似をしたのだ。そうしたら一人が蹴られた真似をしている。それがさらにヨロヨロとホームに落ちそうな真似をしている。通り過ぎてから胡桃子が伸び上がって、何かないしょ話をしようと口を突き出している。私が背中をかがめると、

「……真似だよネ……」

と耳もとにささやいた。私が目でうなずきながら姿勢を戻すと、また伸び上がって口を突き出している。仕方がないのでまた背中をかがめると、小さな声で、

「……ドゲザかな……」

といっている。あっと思った。私は驚いて胡桃子の顔を見る。そうだ、これはドゲザかもしれないぞ……。

「うーん」

といって私は笑った。

明くる日、百号のキャンバスが届いた。六畳の部屋に入れるとさすがに大きい。何かワクワクとした気持になってくる。だけどここに中学生暴力を描くのだと思っても、何をどう描けばいいのか、形がぜんぜんわからない。考えているとだんだん目の前が真っ白になってくる。いや考えなくたって、目の前には白くて大きなキャンバスがあるのだった。中学生が等身大で十人分、重ねれば百人分。百人分の中学生暴力というのはどのくらいのエネルギーだろうか。それをうまく活用して発電所に使ったり、電車の車輪を動かしたりできないのだろうか。ああ、私はすぐに冗談を考えてしまう。百号のキャンバスの上に発電所があらわれ、その中にぎっしりと中学生が詰まっている。一階が国語、二階が数学、三階が歴史、四階が図工……、そうやって各階で中学生暴力が発生しながら、それが地下室に溜って電気に変えられ、そこから電線が伸びて町の中にひろがり、各ご家庭内に豊かな電力が供給されている……。でもそんな妄想が去って行くと、目の前の百号のキャンバスはやはり真っ白のままである。

二日目。とにかく何か描かなければと、私は木炭を手にとった。黒くて細長い木炭棒は久し振りの感触である。一番いい木炭は柳の枝だとか……、そんなことをいいながら、昔はこれでよく石膏デッサンをやっていた。はじめて手にしたのは中学生のときだ。暴力なんて一滴も出ないような体の先っぽで、右手がいつも木炭の粉で真っ黒になっていた。それでペタンと触わると相手の顔が真っ黒になるのだけど、その手で木炭紙にばかり触わっていた。で油絵というのも最初の下描きは、白いキャンバスにこの木炭の先で淡く描くのだ。だけどこれはただの木炭の粉だから、はたけばすぐに落ちて描き直せる。私は百号のキャンバスの中央に、中学生を一人、木炭でそうっと描いてみた。シルエットである。木炭の先がほんのかすかにキャンバスの表面をこすりながら、サーラ、サーラ……、と音を立てている。ちゃんとキャンバスに描くのなんて、本当ははじめてなのだ。学生のころはお金がないのでベニヤ板にばかり描いていた。そうでなければ麻布を買って来て、それにニカワを塗って、胡粉《ごふん》を塗って、自分でキャンバス状のものを作っていた。新品の、しかも百号のキャンバスなんて、何とこの歳ではじめてなのである。だから右手に持った木炭の先がどうしてもソワソワと震えて、引いていく線が針のように細くなってしまう。そうやってほんのかすかにシルエットを描いたのだけれど、シルエットでは中学生なのかふつうの人なのか、ぜんぜん見分けがつかない。

三日目。きのう描いた中学生のシルエットを見ていて、これはキャンバスの中央よりも右端に寄せた方がいいと思った。百号のキャンバスの右端にピッタリと一人だけ描いて、あとはキャンバス全部、空白の方がいいような気がする。その方が中学生暴力に見えるような気がする。でそうやってみたのだけど、何かそこに意味が見えたみたいで嫌になった。リンゴが落ちるのは地球の引力のせいですよという、そういう理屈だけが浮き出してくる感じなのだ。私はまたキャンバスをぽんぽんとはたいて消してしまった。

四日目。百号のキャンバスは真っ白だ。真ん中に一人分と右端に一人分くらい、ボンヤリと木炭の粉で汚れが出来ている。絵布沢さんはもう描いているのだろうか。あの人はまた田んぼを描くのだろうな。でも田んぼと中学生暴力とをどう結びつけるのだろうか。それがよくわからない。空は真っ赤な夕焼けで、その色が田んぼの表面に映えていて、そこにぽつぽつと中学生が立っていて、田んぼの真ん中で先生が土下座している。でもこれじゃちょっと劇画だな。もっと内面的に、百号の画面いっぱいに、はみ出すほどに中学生が描かれていて、その中学生が断面図になっていて、その断面図の胸のあたりに例の田んぼがひろがっている。それがたっぷりとした質感の油絵具で描かれてあって、足が本当にズボッとはまりそうな感じ。あ、これいいな。内面的で。自分で描いてみたい。でも田んぼは絵布沢さんの専売特許だからな。

「おい、胡桃子」

私は娘の部屋に行った。

「アヤちゃんのお兄さんは、たしか中学生だったたな」

「うん、中学の三年生だよ。でも、先生なんて殴ってないよ」

「いいんだよ、それは。あのお兄さん制服着てるよね」

「そりゃそうだよ。中学は制服だもの」

「もう三年だから、昔の古くなったので余ったのあるかな」

「どうかな」

「胡桃子ちょっと借りて来てくれない？　お父さん電話しておくから」

「ええ？　……」

五日目。壁に中学生の制服をかけておいて、それをとりあえず木炭でそうっと写生してみた。百号のキャンバスに中学生の制服を描くのだ。これがやはりいいと思う。中学生の制服を描いただけで、観るものがそこに中学生暴力をただよわせてくれる。あ、横に枇杷の実もコロリと描こうか。制服を脱ぐと枇杷の実の皮がむける。これいいな。あ、制服を半分だけ脱いだ枇杷の実はどうだろうか……。でも……、結局駄目だった。私の考えは制服の構造をたどりながら制服をどんどん切りつめていって、とうとうノーパン喫茶まで行ってしまった。これではまたこの間の事件と同じことになる。

六日目。床屋に行って坊主にして来た。やっぱり私には描けない。あの絵布沢さんと試合なんてこれはムリな話なのだ。百号のキャンバスは白いままで、優柔不断の木炭の痕跡だけがモヤモヤと残り、真ん中には新聞から取った、

「中学生暴力」

というゴチック活字の切抜きが、ピンで留めてある。もうそれ以上には描いてもしょうがないようなのだ。私は鏡に向ってお化粧をしている。胡桃子の部屋に、ときどきやってくるお婆ちゃん用の鏡台がある。中にクリームとか白粉《おしろい》とかいろいろはいっている。それを自分の顔にペタペタと塗って、顔面を枇杷色にしている。顔の表面がだんだん伸びていくような気がする。そうすると背骨や肩や腰の骨も、軟骨になっていくような気がする。私は顔面が枇杷色になってから制服を着た。最近は栄養もいいものだから、中学生の制服がこの歳にピッタリなのだ。若いときに不良もできずに、いま不良をやっているような気持になってくる。私は鏡を見てニヤリと笑ってみてから、胡桃子に置手紙を書いた。

〝胡桃子へ　お父さんは今日絵布沢さんのところへ行って来ます。どうしても絵が出来ないので、もういきなりじかに中学生ぼう力になって行って来るのです。でもなぐったりはしないから大丈夫です。ほら、あのドゲザをするんです。夕方までには帰ります。学校から帰ったらいぞうこにメロンがあります。あわてずにしっかりとるすばんをしていなさい。お父さんより〟

それから思いついて、私は白い名札を作ると「土下座」と書いて、それを制服の胸につけた。もう一度鏡を見ると、それがちゃんとした名字のようだ。土下座さん。

私はふと思いついてまた新聞紙を探した。一面に「核拡散防止……」とかいう記事がある。私はその「核」という字を切抜いて、それでまた何かしようと思ったのだけど、何ともしようがなくて、その文字をまた切抜いた新聞紙の穴に戻した。

玄関は鍵をかけずにそのまま出かけた。胡桃子が帰って来たら中から鍵を締めるだろう。だけどやはり鍵をかけずにそのまま家を出るというのは、これもまた手提げ金庫だ、手提げ金庫を開けたまま道端に置いてくるようで、気持が半分落着かない。

静岡駅で降りる。ふんわりと懐かしい気持がこみあげてくる。家から東京駅まで一時間五十分、新幹線で一時間。夕方まで帰れるだろうか。もういまごろは胡桃子が置手紙を読んでいるころだ。

駅を出て絵布沢さんの家へ行く途中、玩具屋へ寄った。水鉄砲を一つ買う。やはり果し合いに行くのに、これがないと気分が出ない。

「すみません、水を貸してもらえますか」

そういうと、玩具屋のおばさんがあらためて私を見直した。そこまでは当り前に水鉄砲を中学生に売っていたのに、いまの言葉でその表面が少し崩れたようだ。私はおばさんがコップに入れて差し出した水に、水鉄砲の先を突込み、引金を戻してツツーと水を吸い上げた。

「どーも」

とお礼をいって店を出たけど、やはり言葉づかいが化けきれない。だいいち水なんてものを貸して下さいなんて、それは社会人のいうことだ。

絵布沢さんの家の前に来る。シュロの木が少し伸びているような気がする。玄関のガラス戸が少し変っている。全部波模様だったのが、一枚だけ花模様になっている。そのガラス戸に、ボンヤリと中学生が映っている。私はもう一度自分の服装をあらためた。顔面の枇杷色のクリームをもう一度なでてみる。水鉄砲にはちゃんと水がはいっている。引金をちょっと引いてみると、水が少しだけピュッと出る。それが玄関の前の地面にポツリとしみる。そのしみを見ていると、私の体の中にポツンと小さな罪悪感がふくらんでくる。それが小さくて、淋しくて、懐しい。

私はそうっと玄関へ近づいて、右手を差し出し、人差指の腹でブザーを押した。

風倉

一

　彼は身長百五十センチくらい、コーヒーみたいな皮膚をしている小柄な男だ。額が丸く盛り上がり気味に前に突き出していて、それがナチスドイツの機能的なヘルメットの曲線のようである。その額の下に垂れ下がる鼻は、これはユダヤ人のような曲線をしている。その鼻の下には髭が生えていてそれが顎の先までつながっているのだけど、そこのところは中国人的な曲線になっている。で顔の全体はというと、これはアラビアンナイトに出てくるような、インド大陸、プラス、アフリカ大陸みたいな感じで、顔面はいつもニヤリと笑おうとしているようである。

　体の全体はというと、両脚がX型をしているので、きおつけをすると完全な楔《くさび》型になる。Yシャツの第一ボタンを外した第二ボタンのあたりには、胸毛が五、六本のぞいている。だからその下は相当毛深い胸に思われるのだけど、じっさいにシャツを脱ぐと胸はツルツルで、胸毛というのはちょうどその第二ボタンのあたりの五、六本が生えているだけなのだ。風倉《かざくら》はそういう種明かしをしてからまたニヤリと笑いそうになる。

煙草をすうのは左手である。右手は人差指が抜け落ちていて、その指の付根が縮んだところにほかの四本の指がつられてかぶさるようになっていて、要するに右手はいつも人差指を中心にしたグーのような形になっている。これは終戦直後の爆弾でやられたのだ。

アメリカの落して行った不発の焼夷弾である。当時彼は小学校の四年生か五年生くらいで、そういう焼夷弾を触わって遊んでいたのだ。後に彼は工業高校に進むくらいだから理科が好きで、焼夷弾のことについても、その先っぽの信管を叩いたら爆発するというくらいは知っていた。それは当時の少年たちの常識である。その常識の上に立って、少年たちは焼夷弾を解剖したり、中から油脂を取り出したりして遊んでいたのだ。だけどそのときはもう終戦になって何ヶ月もたっていた。日本の軍隊は解散してしまって、町に軍服姿を見てももうそれは兵隊ではなかった。アメリカ兵もぽつぽつと歩いていたけど、もう鉄砲を撃ってはこなかった。で風倉少年は町外れの河原に転がっている不発弾を見ながら、これももう戦争が終って時効になっているのだろうと思ったのだ。町のあちこちに落ちている不発弾も、終戦と同時に爆弾の役目をやめてしまっているような、何だかそんな感じになったのだ。だからいままでは絶対に叩かなかった不発弾の信管を、ポンと一回だけ叩いてみた。そうしたら爆発して人差指が吹っ飛んだ。

二

私が風倉匠にはじめて会ったのは、新宿駅の西口の焼鳥屋の二階である。西口といってもいまのような高層ビルは一本もなく、駅の近くに焼鳥屋や天丼屋がべったりと集っているだけだった。その端の方にはラーメン屋も並んでいて、ラーメンの値段が長い間ずーっと三十円だったのがついに三十五円に値上りして、ほんのりと淋しく時代の流れを感じていたころである。いや時代の流れというのはいつだって淋しく感じているけど、勘定してみるとその風倉に会った年というのは一九五六年ということになる。

たしか寒いときだ。そこにいたみんな、ジャンパーとかコートとか着て、背中が丸くなっていたような気がする。五、六人で梅割り焼酎を飲んでいた。私はまだ十八か十九のときだ。私は高校のときから着ていた黒い布のジャンパーに、米軍の戦車隊の古靴を履いていたと思う。

この古靴のことは、重くて重くて、よく覚えている。これも高校の三年のときから履いていた。物凄く重い。トラックで轢かれても中の足は大丈夫という、そういうズングリと四角っぽくて頑丈な靴である。名古屋で高校に行く途中のお堀端に靴磨きがいて、道路に二、三足米軍の靴を並べていたのだ。友だちがそこで買ってそれが戦車隊の靴だというので、私もマネして買ったのだ。友だちはそこでずいぶんまけてもらったというので、私もマネして少しまけてくれといってみたら、靴磨きの男はだんだん怒り出して、この値段で高いんだったら買わなくてもけっこうだといって真っ赤になった。高校生の私はそのケンマクに恐れをなして、もう買わないわけにもいかず、そのままの値段で買ってしまった。履いてみたら物凄く重い。だけどもう買ったのでぬぐわけにもいかず、それを高校のときからずーっと履いて、それをゴトンゴトンと履いたまま東京へ出て来て二年目だった。だいぶ擦り減っていたけどまだまだ物凄く重いので、そのときも焼鳥屋の二階の床にしっかりと乗っていた。私の体の重りのようだった。その上にテーブルがあって焼酎のコップが並び、私も梅割りの焼酎を飲んでいた。

そのころはよく梅割り焼酎を飲んでいたけど、私は焼酎をうまいと思ったことは一度もなかった。嫌な液体という感じだった。その液体を飲むと口の中の粘膜がいっせいに後ずさりするようになり、喉の筋肉がそれを押し出そうとしてじわじわとねじれはじめる。だけどそれでもやはりみんないっしょに酔わなければならないわけで、私はいつもその液体の一口一口を、ブツリ、ブツリと、苦虫を噛み潰すようにして飲んでいたのだ。飲みながら、焼酎のコップの底の分厚いガラスの感じが嫌だった。それから梅割りの透明な黄色も嫌だった。黄色……、そうか、黄色か、いや、そのとき飲んでいたのはビールだったかもしれない。ビールも黄色だな。透明な黄色だけど、泡がある。そのときのテーブルの上には泡があったような気がする。たぶんそうだろう。風倉匠の顔はビールのコップのいくつか並んだ、その向うにあったのだ。たしかにビールだと思う。ふだんは梅割り焼酎だけど、その日はビールだったのだ。白い泡がふくらんでは縮み、ふくらんでは縮んでいた。それが少しずつこぼれ落ちて、テーブルにいくつか丸い島をつくっていた。そのときの酒盛りというのは、何か反省会のような、何かが終った打上げのような、ちょっと何か儀礼的な気分が混じっていたようだ。私の記憶では、それは砂川闘争というものの直後だと思う。砂川という米軍基地の反対闘争というのがあって、それの終りの締めくくりの意味をもった数人の集りだったと思う。その中にはじめて風倉の顔を見たのだ。

砂川には友人と二人で行った。私は武蔵野美術学校の二年生だった。砂川で何か大変な闘争がおこなわれていて警官隊が暴虐をはたらいているというので、何かじっとしていられず、友人と二人で行ってみたのだ。中央線の立川駅で降りて、バスに乗ったり、歩いたり曲がったりして砂川八番というところにたどり着くと、人が大勢いた。大学の学生がたくさん来ていて、労働者も来ていて、宗教の方の人たちもいてうちわ太鼓を叩いたりしていた。文献によると共産主義と宗教というのはたしか反するはずだけど、この場合は土着というか民族的な問題も混じっているのでいいのに違いないと思った。とにかくそういういろんな人があちこちで集会をしたりスクラムの練習をしたりしていた。畑の間の道を大勢の人が行ったり来たりしていて、それが何か、周囲を取り囲まれて籠城中の陣地のような雰囲気だった。ふつうと違うお祭りのような賑やかさの中に、戦闘を前にした軽い悲愴感のようなものもあった。友人と私はそんな中をあちこちと歩くうちに、いつの間にかどこかの列の端でスクラムを組んでいて、危機感と闘争心の中にはまり込んでいた。明日も警官隊が攻めて来るということで、もう帰るわけにはいかなくなっていた。

夜になって何百人か何千人かの学生たちが小学校の講堂に集まり、全員が民家に泊る配分を決めていた。みんな大学の自治会ごとに固まっていくのだけど、私と友人はどこにも固まるところがなくて、とりあえず炊き出しのお握りをもらいに行った。講堂の一角で大きな釜を三つくらい並べて、飯を炊いてお握りをつくっていたのだ。みんな列をつくってもらっているようなので、私たちも並んだのだ。列に並んでいるのはみんな何かまとまった班の代表のようだった。私たちは別に代表ではなくて自分そのものなのだけど、その大釜のそばにいる係の人は、仕方がないというような感じでお握りをくれた。

そのうち講堂のあちこちに出来ていた大学の固まりが一つ一つどこかに消えて行くと、私たちみたいにどこにも固まれない学生がポソポソと残り、見るとその中に武蔵野美術学校の生徒が何人かいた。

「何だ、君来てたの……」

というわけで、十人くらいが固まって、私たちにも泊る家が割当てられた。そしてそこに一週間泊った。

昼間の警官隊との衝突で、目玉がドロリと流れ出ている学生を見た。警官隊との衝突は何回かあった。スクラムを組んで阻止するというのは要するに土地の測量を阻止するわけで、こまかいことはよくわからない。だけどとにかく道路いっぱいにスクラムを組んで坐り込み、そこへ警官隊が列をつくってやって来て一人ずつ腕や足をつかんでむしり取る。むしり取られると警官隊で囲まれたトンネルの中を歩かされて、それをトラックの上から目を光らせて選別する警官がいて、

「あ、そいつ!」

とかいうと、そいつが逮捕される。リーダーとか重要人物に何か目印でもついているようだった。じっさいにスパイとか私服が白墨で服の背中あたりに目印をつけていたのかもしれない。で「そいつ」といわれなかったものは、警官隊のトンネルを出たところで釈放される。だけど必死に抵抗したあと強引にむしり取られて、ぐったりとしてその警官隊のトンネルを歩く気持というのは、何だか失恋して呆然と町の中を歩いているような、さんざん泣きはらしたあとの頬がそのまま乾いたような、ジーンと力の抜けたような感じになってしまう。でもそれは半分演技なのだ。ロマンと現実

の交差するところ、トンネルの警官を睨むと捕えられそうだし、といって義勇軍としては卑屈な表情をするわけにもいかず、結局は失恋のあとの顔になってしまう。

　でトンネルを抜けると釈放されてまた駈け戻ってスクラムの後につくわけだけど、そんなときに両脇を仲間にかかえられてヨロヨロと戻って来た学生がいて、見ると目玉が一つ流れ出ているのだ。丸い目玉が卵の白身のようなブルンとした軟体を引きずりながら、眼孔からぶら下がって揺れている。そんな状態はいままでにマンガでしか見たことがなかった。それが目の前で、本当にマンガに描いてある通りになっている。衝突のときたぶん警官に下から警棒で突き上げられたのだろう。私はそれを見てから自分の両目を必死でかばった。

　スクラムの前列をむしり取りに来る警官隊は、数人で切込隊を構成していて、その数人は酒の匂いがプンプンしていた。最初はそれが何故だかわからなかったけど、よく考えたらその当時は警官もまだ市民に暴力を振うのにそれほど慣れていなかったのだろう。だから酒の力で悪人志願をしていたのだ。その上で覚悟をきめて、

「テメエら！」

「このウ！」

　といっては一人ずつむしり取り、ストレート、フック、アッパー、キックと繰り出していた。まだそういう時代だったのだ、そのころは。まったくこういうことを書き出すときりがない。結局一週間たって、雨の中でみんなが赤トンボの歌を歌いながら、びしょ濡れになって闘争が終ってしまった。

それから何日か何週間かたってから、その闘争の締めくくりのような、反省のような、総括のような、そういうデモが新宿であって、それが終って小さな固まりが出来て、それがまた分かれて数人の固まりになり、それが新宿西口の焼鳥屋の二階にいたのだと思う。その中ではじめて見る顔があり、その男が金髪なのでギョッとした。それが風倉匠である。はじめて見る顔の上に、その金髪というのが、その場所にはどう見ても唐突な存在だった。で誰かに紹介されながら、私にはその金髪の政治的な意味がはかりかねた。でもそんなことをはかりかねるなんて、私も馬鹿な頭をしていたものだ。あとで風倉匠に聞くと、私はじつにうさん臭いものを見るような目でその金髪男風倉匠を見ていたという。そういわれてその自分の目付きを想像すると、私は本当に恥ずかしくなる。深い自己嫌悪におちいってしまう。たぶん私は相当に真面目だったのだろう。きっと面白くもない人間だったのだ。

三

風倉匠は、そのころは風倉省作という名前だった。私は赤瀬川克彦という名前だった。ネオダダの第一回展のパンフレットには、たぶん二人ともその名前で印刷されてあるはずである。

ネオダダというのは、最初は「ネオ・ダダイズム・オルガナイザーズ」という大変な名前の絵のグループだった。でその名前の大ゲサはいいのだけど、ダダにイズムをつけてオルグにつなぐなんて、じつは意味的に論理矛盾しているのではないかという意見もあって、二回展からは「ネオダダ」というふうに改められた。

これは絵描きのグループではあるけれど、そのダダという破壊的な名前の通り、いわゆる絵らしい絵なんて誰も描いていなかった。第一回展は一九六〇年四月の銀座画廊で、風倉は建築現場にあるようなコンクリート固めの汚ないパネルをいくつか拾って来て、そこに昆虫針をプップツと刺していた。私はベニヤのパネルに石膏を塗り込んで、そこに割れたコップの底をずらりと張りつけた。メンバーは十人くらいだったけど、作品というのはみんな観るものに向けた挑戦的な表情でギラギラしていた。画廊の外では、

「……アンポ……アンポ……」

という声でわいわいしていて、国会議事堂の前では毎日数千人のデモがうねっていたときだ。私たちはそちらには行かずに、その画廊の中で手当り次第の物を叩いて騒音を作った。それをテープレコーダーに録音して、再生して、ボリュームをいっぱいに上げて画廊の窓から外に向けて放送した。その騒音を作るのに画廊にあったバケツや洗面器やストーブというものを全部金槌で叩いてへこませてしまった。もちろんあとで怒られた。だけどそれ以後二年ほどの間、ネオダダのグループはそういうスキャンダリズムを礼儀作法としながらガツガツとした無差別表現に燃えていった。でもそういうのはまだだいぶ先のことで、話は風倉に出合ったころのことであるが、その第一回展の「ネオ・ダダイズム・オルガナイザーズ」が、つぎに「ネオダダ」と改称したときには、風倉省作は風倉匠になっていた。私も克彦が原平になっていたのだ。

この名前のことについては、話はまたちょっと先へ行ってしまうが、ネオダダのメンバーの篠原

有司男《うしお》というモヒカン刈りの男の家が久我山にあって、みんながよく遊びに行っていた。家には篠原の御母堂がいて日本人形を作っている。この御母堂が姓名判断もやっていて、その話を聞いているうちに、この際みんな名前を変えてしまおうということになったのだ。何しろそのころの私たちはいつも破壊工作に燃えていた。破壊と工作に燃えていたのだ。それが自分たちの名前にまで及んでしまったのだ。

私はちょうど胃潰瘍の手術をしたあとでちょっと体がひ弱になっていた。で克彦という名前が少しきゃしゃな感じなので、どうせ変えるのならこの際何か強そうな頑丈な名前にしたいと思った。で篠原の御母堂に聞いた字画の数に当てはめながら、原平という名前を考えたのだ。風倉もやはり御母堂に聞いた数に当てはめながら、省作を匠に変えたのだ。そのほかにも何人かが新しい名前に変えてしまった。だけどその何人かは一回だけ新しい名前を使っただけで、その後またもとの名前に戻ってしまった。結局そのまま本当に名前を変えてしまったのは、風倉と私の二人だけである。

で話はまだその名前を変える前の風倉省作のことであるが、焼鳥屋の二階で見た金髪がだんだん伸びて、根元から黒い毛が出て来て髪がまだらになるころには、私は武蔵小金井の風倉のアトリエを訪問していた。ちなみにその金髪の原因というのは、友人と何かのカケをして風倉が負けたので、そのときの罰則通りに髪の毛を染めたのだという。だけど本当は一度染めてみたかったのだともいう。染めるといってもこの場合は脱色であって、オキシフルを混ぜたビールを洗面器にたたえて、そこに髪の毛をひたしたという。そうやって一晩眠り、明くる朝目が覚めて、いよいよ鏡を見る瞬間というのがたまらなかったそうな。

で、風倉のそのアトリエ訪問だけど、アトリエといっても彼の先輩との二人で借りている六畳くらいの部屋で、たしか入口をはいってすぐの壁際に木製の二段ベッドがあった。なるほど、ベッドか、と思った。こちらもまだ東京へ出て来てから二年目くらいのことであり、自分で自分の生活をするというはじめての経験をしているころだ。だから私は風倉の部屋にはいったときも、どんな生活方式なのだろうかと部屋の中を見回していた。で見回しながら、どこかしら生活用具の揃え方が自分と違うのを見たような気がする。何か一つ、物品は忘れたけれど、それほど必要もないのに豪華な物があったりして、この人は金持なのか貧乏人なのかとはかりかねた。話しながらニヤリと笑う顔が、ニヤリとしたままなかなか戻らずに、この人は利口なのか馬鹿なのかということもはかりかねた。だけど壁にかかっている風倉の絵は、はじめて見るような色をしていて驚かされた。少し紫がかったピンク色と、黄緑色というのを覚えている。だいたい私は色を塗るのが下手であり、リンゴは赤、ミカンは黄色、葉っぱは緑、そういう決まりきった色からいっこうにふくらんでいかない。そのくせ色が嫌いではないのだから、人の塗った絵の中の微妙な色の溶け合いを見ていると、それに陶然としながら自分の無力に圧倒される。だから私は風倉の絵にコンプレックスを持ってしまった。色だけではなくてその技法というのも新鮮で、あ、こんな方法があったのかと、発見を見せつけられてショックだった。すぐに真似をしたくなった。だけどそのショックから立ち直ってよくよくその絵を見ていると、全体のどこかに技法がまだ未解決のまま描いてしまったところがあって、その部分が投げやりの感じも受ける。それがズバリとした投げやりではなくて、その投げやりを途中から取り繕おうとしている感じもあって、そこのところがひどく幼稚なものに見えてしまう。

でそれはたぶんその絵がまだ未完成だからだろうと思っていると、その絵がそのままアンデパンダン展に出品されていたりして、見る方としてはそれが実に残念だった。だからそんなことで、いったい上手なのか下手なのかということもはかりかねた。

四

そうだ、厳密にいうと私が「風倉省作」という名前を知ったのは、その彼が最初に出したアンデパンダン展の会場ではないかと思う。それまでは金髪のとき以来「橋本正己」という本名で知っていたのだ。だから私は「ハシモト、ハシモト」とか、名前の方をアダ名にして「マンサン、マンサン」とかいって呼んでいた。ところがその上野美術館のアンデパンダン展を見に行ってみると、あの二段ベッドの部屋で見慣れていた油絵が、

「風倉省作」

の名前で会場にあるので驚いた。不思議に思って聞いてみると、それが彼の筆名だといわれてショックだった。筆名をもつなんて、まだそのころは武蔵野美術学校の一年生か二年生である。そんな青二才が筆名をもつなんてことは、私にはとても思いつかないほどのイキというか、シャープなことである。私などは乳離れをしていないのか、ふだんの自分の名前に執着していて、筆名を別にもつなんて考えもしなかった。いつも使っている自分の名前が松葉杖みたいになっていて、それが折れたり消えたりしたらもう歩くのが嫌になるのではないかという感じであった。だから彼の筆名

を知ったときにはいっぺんにコンプレックスを持ってしまった。

　ところが聞くとその名前にはさらに前があって、最初は高校のころだそうである。私も風倉も同じ大分の出身だけど、その大分にキムラヤという画材屋があって、その店の裏の倉庫を根城にして「新世紀群」という絵のサークルがあり、私も風倉もそこのメンバーだった。だけど時期が違っていて会うことはなかった。私がそこに行っていたのは中学生のころだ。同級生の雪野恭弘といっしょにおずおずと出入りしていた。中学生の小僧がどうしてそんな場所を知ったのか。たぶん雪野が聞いて来たのだと思う。それとも雪野と二人でその画材屋へ絵具を買いに行ったときに、何となくそのサークルの存在を聞いたのだろうか。

　そのころ油絵具を売っている画材屋なんて大分ではほとんどその一軒で、市外の遠いところからもわざわざ汽車に乗って、画学生みたいな人たちが油絵具を買いに来ているみたいだった。一度それを目撃したことがある。中学生の雪野と二人、金もないのにその画材屋に行って、まるで本屋の立読みみたいにコッソリと油絵具に触わったり見たりしていると、レジのところで筆や絵具をごっそりとまとめて買っている画学生みたいな二人連れがいたのだ。凄いなあと思って、私たちはそういう光景をまるで有名人でも見つめるみたいに、遠くから眺めていたのだ。で私たちは「立読み」を終り、その近くの遊歩公園というのを何となく歩いていると、ベンチにさっきの画学生たちが坐っている。二人ともお弁当をひろげてお握りを食べたりしながら、今日の絵具の買物を一つ一つ見せ合っている。

「この間来たときは……バーントシェンナーが……」

とか、

「やっぱり……マツダのヴィリジャンは……」

とかいって油絵具のチューヴの蓋を開けてみたりしている。その様子は年に一回か二回の晴れ晴れしい買物、という雰囲気なのだ。やはりずいぶん遠い所から買いに来たのだ。雪野と私はそれを脇から盗み見ながら、その絵具類が、物凄い、舶来のご馳走のように思われた。二人ともそのご馳走に少しでも近づきたいと思った。そんな思いが、その画材屋の裏の倉庫にあるサークルの存在を嗅ぎつけさせたのだろう。そこに小さな顔を二つ出して、出入り自由の許可を得ると、自分たちはもう中学生を越えた存在、というような自意識をもって、そのサークルの末端に坐って石膏デッサンや人物デッサンをやらせてもらっていた。測候所に勤める人、九州電力に勤める人、デパートの宣伝課に勤める人、不動産をやっている人、大学生、薬局の息子で武蔵野美術学校へ行っている人、そういう人たちがいろいろな絵を描いていた。

私は中学を卒業すると名古屋に引越したのだけど、それと入れ違いに風倉がそのサークルにはいって来たらしい。そのころから「新世紀群」はだいぶ人数がふえたようだ。でそのサークルで展覧会をやることになり、彼は最初、

「凡倉大作《ボンクラタイサク》」

という筆名で出品をしたのだ。(最近になってもう一度本人に聞いたところでは、タイサクは「大作」ではなくて「堕作」だといっていたけど、アテにはならないと思う) でそうしたらサークルのボスのシゲちゃんというのに「不真面目だ」

と怒られてしまった。そこで凡の字に点を一つふやして凡=風とし、大を小とするかわりに省として「風倉省作」としたのだという。

私はそこまで聞いて、もうコンプレックスどころではなくなっていた。名前をそういうふうに作品みたいに扱えるなんて、この人は私などよりずっと大人で頭も良い人なのだと思いはじめた。聞いてみると「カフカ」とか「シュールレアリスム」とかいう名前を自分の言葉の友だちのようにして知っている。そのころの私は、そんな言葉の魅力くらいは感じていても、その意味については知らなかった。だからどうしてそんなことをいろいろ知っているのか不思議だった。やはりこの人は賢いのだと思った。だけどそんなことを話しながら、自分で発音した、

「カフカ……」

という言葉に酔ってしまうのか、ニヤリと笑った顔がなかなかもとに戻らずに、戻そうとしてもどうしてもまたダラリと崩れてしまうという感じのところが、これは本当に賢いのだろうかともう一度疑念を起こさせてしまう。

五

風倉のアトリエは武蔵境だった。中央線の武蔵境の北口で降りて、線路に平行している北側の道を、武蔵小金井の方に向って二十分ほど歩いて行く。左手には線路にそった大きな空地があって、ピアノ工場か何かの材木置場がえんえんとつづいていたと思う。右手には畑がつづいたり林がつづ

いたりして、人家がぽつん、ぽつんと建っている。そしてだんだん竹林が見えてきて、その竹林の中を分け入って行くと湿った庭があり、朽ちた木戸を開けてはいって行くと古い人家が建っている。昭和初期に多く建てられたという方式の木造家屋で、玄関の横に必ず洋間がついている。風倉はその四畳半の洋間を借りて住んでいた。窓の外には古い雨ざらしの机が置いてあって、たいていは窓ガラスを爪の先でツンツンと突いてみるのだけど、いないときはその古机に足をかけて、窓から部屋にはいって待っている。窓には鍵も何も掛かっていないのだけど、それはまるでしっかりと鍵をかけたような窓だった。本当に鍵を掛けて外出したのだろうかと思いながら、単に上下とか左右だけでなくもっと複雑な方向の力を入れてグイとやると、その瞬間を待っていたように窓が開いて、生ぬるい空気といっしょに油の匂いがプンとする。その油の匂いには、油絵具の油と、石油ストーブの油と、汗の油とが混ざっている。だけどそれがだんだん薄れていって、その匂いに鼻先が応じなくなってくると、私はいつもその部屋の中で何か神聖な気持に打たれるのだった。

芸術という言葉は、電車の中とか焼鳥屋とかラーメン屋などで使うときは大変恥ずかしいものである。だけどそれの語源というものを考えてみれば、それは非常に神聖な言葉なのだ。その武蔵境の竹林に囲まれた四畳半の洋間の中では、その芸術という言葉の語源が薄汚れた部屋のあちこちで、ジリッ、ジリッと、まるで黴《かび》のように発生していた。小さなキャンバスにも、石油コンロにも、スケッチブックの切れ端にも、折れ曲ったスプーンにも、油のしみた座布団にも、その上にある貯金通帳にも、芸術という言葉の語源がビッシリと付着している。壁にかけた作品といわれるものにも、それ以前の床に転がったガラクタにも、それを取り巻く生活用具にも、芸術という言葉の語源が均一にしみ込んで光っている。何故か理由はわからないけど、その湿った部屋の中のどれもこれもが美しいのだった。それも神聖な光で輝やいている。これを生活感覚で見ることができれば、たぶん不潔で汚ないのかもしれない。メッキのポロポロ剝げたような古いトースターが開きっぱなしになっていて、そこに一切れの食パンが載せてあって、その表面にフンワリと黴が生えている。それが美しい水色を発している。それが何か物の価値を照らすというか、そういう光の光源のようである。それが軟らかくて中まで湿っている電球みたいだ。それはたぶん風倉の手で保護され、培養されているものである。食用としては汚ないものだろうけど、それはもはやとても食用とは思えない。キャンバスの絵具よりも美しく、その場所で霊的な光で輝やいている。

でもそういう芸術という言葉の語源の問題は別にしても、風倉という人物が、いくらボロを着ても汚なく見えないのが不思議なのだ。たとえば何人もの人が着古して古着屋でも売れないようなジャンパーを私が着ていて、袖口がほつれて糸が何本か垂れていたりしたら、それはもう本当に貧相なしなびた恰好にうつるだろう。私の場合はとくにそうだ。だけどその着古したジャンパーを風倉が着ると、その袖口からほつれて垂れる何本かの糸が、まるでキリストの指先のように光るのである。といって大袈裟であれば、そのほつれた袖口がまるでルネッサンスの泰西名画のように輝やくのである。

たとえば目の前の道路に転がる東京の乞食のまとうボロは汚ないと思うけど、レーピンの描いたヴォルガの舟曳き人のまとうボロは、霊的な光の塊りとして輝やいている。もっと下世話にいうと、フランス映画の乞食がそうだ。フランス映画の中のフランスの道路に転がっているフランスの乞食のまとったボロ服というのは、モノクロームの陰影の美しいフランスからの舶来品として輝やいている。たぶんそれと似たような関係だろうか、風倉がいくらボロ服を着ていても、そのボロがボロのままましっとりと光り輝やいてしまうのである。

風倉がその武蔵境の四畳半の洋間に住んでいたころに、私は風倉と定期券の偽造を競い合ったことがあった。数字の6を3にしたり、3を8にしたり、私のは一番正直な方法で、ポスターカラーをあれやこれやと混ぜ合わせながら、その定期券の地色に近い色を作り出し、それを塗って数字を消した上に新しく数字を描き込むのである。ところがそのピンク色の地色を出そうとして定期券をよく観察すると、それは本当はただのピンク色ではなくて、猛烈に細かい文字を並べたような模様が、白っぽい紙に赤い色で印刷してある。それが遠くから見る紙の地色と溶け合ってピンク色に見えるのだ。だから同じようなピンク色が出来たと思って塗ってみても、どうしてもそこの部分が違ってしまう。それにポスターカラーというのは乾くと色が変るし、それを克服しながらやっと何とか同じ色に合わせたと思っても、やはり印刷インクとは材質が違うので、よく見るうちにはどうしてもその修整個所が露見してしまう。

ところが風倉がニヤリと笑って差し出したのを見て驚いた。どこにもその痕跡が見えないのだ。変えたという数字の下のピンク色の地色を見ても、細かい地紋まではっきりと、細密に、本物通りである。

私は降参した。すると風倉はまたニヤリと笑い、絵具など使わずに道具は剃刀の刃一枚だと教えてくれた。古い定期券を二枚重ねた上から数字の囲りを大きめに切り取り、開いた穴に目標の切り取った数字の紙をピタリとはめて裏打ちをする。だから数字のすぐ近辺に絵具で消した跡を探してみても、何も見えないわけなのである。その注意の目のいかないもう一回り外側に、見ようとしてやっと見える剃刀の線が、うっすらと四角形に走っている。

この場合の問題は、使用する二枚の定期券の古び方の問題だといっていた。定期券というのはやはり古いものほど日焼けしている。風倉はその日焼けの度合いを一致させるために、切取った定期券の切れ端を持って四畳半の洋間の屋根に登り、それを屋根瓦の上に置いてジリジリと日に焼いたのだった。焼くといっても二枚の定期券の色の差というのはほんのわずかなもので、風倉はそれが焼けすぎぬように一方の定期券の色と照らし合わせ、そうやって十分おきに日光を監視しながら、結局そのそばに裸でしゃがんで一日中日光浴をしてしまったという。風倉はそういいながらニヤリと笑った。それがあの「カフカ」という言葉を発したあとのニヤリのように、崩れた笑顔がもとに戻ろうとして戻れないでいる。でもそのとき屋根の上の光景をもしも付近の住民が見上げたならば、そのときの屋根は芸術という言葉の語源的な光で蒼く輝やいて見えたはずである。

六

その武蔵境の洋間の四畳半に、風倉はだいぶ長いこと住んでいた。彼は働くのがあまり得意ではない。創意工夫や発明発見は得意だけど、それは生活にはむすびつかないものばかりだし、あと得意なのはぶらぶらしていることだけだ。もし彼が会社員になったとしても、絶対に出世しないだろうと思う。私も彼といっしょに行動するときには、彼に勤勉さとか事務能力などはいっさい期待しないようにしている。そういうふうだから貧乏は当然である。だけど大分にある彼の実家というのは私の家ほど貧乏ではなく、けっこう土地財産とかあったようで、ときどきいちおうの送金があったようだ。だけどその送金の隙間にはいり込んで、じつは隠された事件があったのである。

私が千円札を印刷したのは二十五歳のときだった。千円札の模型は全部で四種類作ったのだけど、最初の一枚はグリーン一色で、その裏側が私のコラージュの展覧会の案内状を兼ねていた。私はそれを現金封筒に入れてあちこちに百通ほど郵送し、風倉のところにも送った。風倉がまだこの武蔵境の洋間にいるときである。送金生活者の彼は、その現金封筒を見て一瞬ホッとしたことだと思う。私も高校を終って東京に出て来た当初、二度くらいは家から送金を受けたことがあったけど、そういう送金の来るころというのはだいたいもうポケットの中も胃袋の中も空っぽのときである。だからあの現金封筒の丈夫な紙質と緑色のふち取り、いかめしい印紙といくつもの赤い判こ、そういうものがじつに心強い味方のように、ホカホカと熱く輝やいて見えたものだ。風倉も私の送った現金封筒に、一瞬だけそんな輝やきを見たはずである。でそのあとで封を切って、取り出した中身にがっかりしたことだろう。そしてその表一色刷りの緑色の千円札を何度も指で触わったり裏返したりしながら、そのあとでやっと私のその千円札の模型というのに共感してくれたはずである。

ところがあとで聞くと、彼はそのとき犯罪者の入口のカーテンに指をかけて、もう少しでそれをグイとめくるところだったという。私の現金封筒が到着したとき、ちょうど実家から来るはずの送金の予定が遅れている最中で、うどん束の残りもなくなり、メリケン粉の袋をはたいてそれを水で練ってダンゴ汁を作ったり、夜中に近所の畑でジャガ芋を掘ったりして生命をつないでいたそうだ。だから私からの「送金」を受取ってからというもの、いつもその現金封筒から緑色の千円札を取り出しては両手でこすって眺めていた。これが本物だったらなあと思い、でもこんなペラペラな印刷物が、と思い、しかし毎日そうやってそれを見ているうちには、これはひょっとしたら使えるのではないかと思いはじめた。何しろ比較してみる本物の千円札がないのである。あるのは頭の中に放りっぱなしの、漠然とした記憶だけである。その記憶の千円札というのが、取り出そうとすると伸びたり縮んだり、固くなったり軟らかくなったり、どうにもわからなくなってくる。はっきり思い出そうと目をつぶると何も覚えていないのだ。で目を開けると、とにかく目の前にはちゃんと印刷された千円札がある。この場所ではこれほど確実なものはない。そうだ、これだったと思う。大きさもこれだったと思う。形はこれに間違いないし、色だってこんなもんだと思う。

で一週間もすると、これはもう本物そっくりだと思ってしまった。もう食料は一カケラもなく、胃の中にはその残留物もなくなっている。目の前の千円札の緑一色が、緑一色のままユラユラとした本物の極彩色に見えてくる。その感じに不安になって、気をまぎらそうと外に出る。ヒマ潰しに駅の近くの道路を曲り歩いて、町の食料品店をチョロチョロと横目で見て歩きながら、あんなものは簡単に買えると思った。千円札をスッと渡して、品物をスッと受取ればいい。千円札はうちにある。そうだ。そうしよう。そう思って帰りながら、使っても絶対にわからないと考えていた。で竹林を通って洋間の窓に近づきながら、今日こそ絶対に使おうと決めてしまった。窓を開けて部屋にはいり、私の送った現金封筒から緑色の千円札をスッと出した。見ると希望がわいてくる。力強い印刷だと思う。もうほとんど本物である。ちゃんと千円札に見えている。数字も文字も模様も全部あるし、聖徳太子もそのままである。これはもう完全に本物である。偽物なんかではないと思った。偽物なんて世の中にあるはずがない。そう思ってその千円札をきちんと折り畳んでポケットに入れた。そして部屋の中で靴を履いて深呼吸をした。そして片足を窓の外の古机に乗せて窓から出ようとしていると、もう一つの窓の方から、家主の声がした。

「ハシモトさん、書留が来てますよ」

風倉はしばらく動けなかったという。犯罪者のカーテンに指をかけたまま、しばらくはうつむいて、その見えないカーテンの端をチリチリと丸めたりしていた。

家主から受取った現金封筒の封を切り、そこから本物の千円札を取り出してみると、その横に並べた緑色の千円札からはみるみるうちに極彩色が消えていき、それはただの一色刷りのただの印刷物になり果ててしまったという。きっとそれは、太陽の光を浴びてしまったドラキュラ伯のマントのように、端から順番に萎びていってしまったのだ。

七

そんな洋間にいいかげん住み飽きたころに、風倉は銀座の村松画廊で個展をやった。そのころの村松画廊というのは、銀座の松坂屋の横の村松時計店の二階にあって、前衛の方の画家たちがよく個展やグループ展をやっていた。ネオダダのグループが最初に会合したのもこの画廊である。画家たちが画廊代を踏み倒すことでも有名であった。風倉もあとで踏み倒してしまったのかどうか、そのところはわからないけれど、彼の個展会場というのは、結局武蔵境の部屋の中のものを全部そのまま画廊に運んだという形になった。大小さまざまなオブジェ、デッサン、コラージュといったものが、壁面の全部をモザイクのように埋めた。私はその飾り付けを手伝いながら、わずかながらガッカリしていた。あの竹林の奥の部屋で何か根源的に光っていたものが、画廊の中へ来て少しずつその光を失っていくのである。その光の消えていくところに、世に向けた作品としての末端の未熟さがあらわれてくる。あの部屋の中ではもっと何か、発見と驚きと、未知への期待だけが支配していて、黴や塵や埃さえもが霊的に輝いていたのに、それが画廊の光の中では消えていってしまうのだ。画廊というのは邪悪な場所だと思った。

私はたしか短い詩みたいなものを書いて贈ったと思う。片目を胃袋に埋めろ、とか、何かそういう短いものだった。風倉はその紙切れを画廊の入口にピンで留めてくれた。飾り付けが終り、手伝いの数人で喫茶店に行ってコーヒーを飲んだ。風倉は個展の初日にイヴェントをやりたいという。みんなはいろいろなことを発案した。私は何かやるのなら、狭い画廊をいっぱいにしたいと思った。昆虫針の先のような、何か思いもかけぬ小さなものが、みるみるうちに膨張し、観客を壁際に圧迫する。そんなものが頭の中にふくらんでいると、

「バルーンね」

と風倉が呟いた。アドバルーンだ。私は驚いた。二つの頭脳の間の空間を、何か細い電線が走ったようだった。風倉の顔はニヤリとしている。あの「カフカ」という言葉のあとのニヤリのように、

やっぱり崩れた笑顔がもとに戻ろうとして戻れないでいる。笑顔がどうしてもドロドロとひろがっていく。

初日、画廊の床にはたくさんの新聞紙が敷きつめられていた。観客はそれを靴底で踏みしめて、壁の作品をのぞき込んでいる。

夕方になり、風倉のイヴェントの宣告がなされた。何かはじまるのだと思って、観客が床の新聞紙に丸くしゃがみ込んだ。コーヒー挽きのような赤い鉄器が持出され、風倉がコンセントを入れると、サイレンが響き渡った。猛獣のような機械音。B29が画廊に飛んで来たようだった。私は飛び散った風倉の人差指を思い出した。もう一つ灰色の蝸牛《かたつむり》のような機械があって、風倉がコンセントを入れると、どこかで空気がふわりと揺れた。生温かい風のような音がした。ふわァーという巨大な溜息のような、とらえどころのない音である。床の中央がゆっくりと持ち上がる。観客がびくりとして壁際に寄る。床はさらにゆっくりと盛り上がり、敷きつめた新聞紙がカサリ、コソリとすれ合っている。床の中央が象の背中のように盛り上がり、それがもっと盛り上がり、新聞紙がその盛り上がった床から一枚、二枚と滑り落ちると、真っ黒なアドバルーンが顔を出した。まるで寝過した大男がやっと起き上がったというように、送風機の大アクビはいつまでもつづいた。黒いアドバルーンはもう終りか、もう終りかと思ってもまだふくらみつづけ、画廊の空間いっぱいになってなおも壁面を押しつけ、観客はとうとう場所を失って外に出た。風倉の手にした最初のアドバルーンである。一九六一年のことである。

八

だけどあとで聞くと、風倉のはじめてのイヴェントは一九五七年だと聞いて驚いてしまう。大分の公民館か劇場か何かのステージだという。彼の昔の友人の属する劇団の公演のときで、その幕間に突然やったのだ。ステージにあったピアノ用の椅子に坐ってそこからステージの床にコトンと落ちる。落ちるとまた起き上がって椅子に坐り、またグーンと傾いていってコトンと落ちる。椅子から落ちるなんて簡単なようだけど、これはまったく無抵抗で倒れるので物凄く痛いそうだ。考えたら相当危険なことである。それを何度も繰返した。途中で主催者の方からやめろやめろと何度もいわれた。観客にもやめろやめろといわれた。結局一時間くらいつづけて、とうとう主催者のひとに蹴飛ばされて終った。その後十年以上たって気管支炎をしたときにレントゲンを撮ってもらったら、これはきみ、鎖骨と肩の骨を相当やられてるよ、といわれたそうだ。風倉は答えて、そういえばいつも腕を回すとコキン、コキンと音がするなあ、といったそうだ。

でもその椅子から落ちるイヴェントが一九五七年ということは、まだ青二才だった私がまだ青二才だった彼に焼鳥屋の二階で会った明くる年である。私は知らなかったけど、そんなときに彼はそんなことをやっていたのだ。

行為をモトデとするハプニングとかイヴェントとかいうものが、はっきりと形をもって表面に浮き出してくるのは一九六二、三年のころだけど、風倉のこの行動はそれに先駆けてプツンと水中にあらわれたおそらく最初の小さな水玉である。これは公の美術の歴史とか美術評論家の文章とかにはどこにも記載されていない。この小さな水玉を水中にて発見し、それを水玉だと認めるというのは、やはり至難の業なのである。

風倉はこの椅子から落ちるイヴェントを、その後も労音のステージなどで何度かやった。やはり椅子を持ち出して、飛び入りで、幕間に突然はじめるのだという。その結果、主催者と観客にはいつも罵声を浴びたという。それはまあいたしかたのないことだ。

銀座の村松画廊ではじめて空気を吸い込んだアドバルーンも、それが終ってからは空気を吐き出し小さく折り畳まれて、その後は風倉の持物となった。彼はその折り畳んだアドバルーンと送風機の一式を持ってあちこちに出没した。床でふくらますだけでなく、その上に天井裏から飛び降りたり、破って中にはいってレクチュアをしたり、口を結んで湖に浮かべたり、アドバルーンは風倉の文字通り風倉になったのだ。

風倉のイヴェントの中で一番きついのは焼印である。自分の裸の胸に焼印を押したのである。一九六二年の八月十五日、国立公民館での「敗戦記念晩餐会」だ。そのころはもうネオダダのグループも、そのグループとしての境界線のなくなりかけていたころだ。でこの晩餐会のメンバーは、ネオダダのほかにグループ音楽や暗黒舞踏の土方巽など全部で十何人かいたと思う。

私たちは「晩餐整理券」というのを二百枚ほど印刷し、それを一枚二百円くらいで売ったと思う。敗戦記念といっても本当は敗戦にはぜんぜん関係なくて、たまたま会場を借りた日が八月十五日で、あ、これは敗戦の日だというわけで、それでつい敗戦を記念してしまったのだ。

当日の国立公民館にはかなり大勢の人が集まった。その会場はふつうの学校の教室くらいの広さがあるのだけど、お客さん用の椅子というのは全部畳んで外に出しておいた。そして真ん中に大きなテーブルを置いて、テーブルのまわりには椅子が十いくつか、主催者の人数分だけ置いてあって、メンバーが着席している。テーブルの上には鳥の丸焼きその他ご馳走をたくさん並べる。公民館だからその会場は料理教室にも使ったりするらしく、壁際にはガスや水道の流し台がついている。そこで主催者の一人がご馳走をたくさん作ってはまたテーブルに運ぶ。観客にはそれをまわりに立って見てもらうのだ。でも観客は自分たちが食べるつもりで来たらしくて、そのせいかずいぶんむくれた感じで晩餐を見ている。

「俺にも食わせろ」

と叫ぶ観客もいる。だけど「晩餐整理券」というのは晩餐を見るのを整理する券だから、これは仕方がない。

私たちは芸術家としての信念をもって黙々とご馳走を食べた。一時間も絶え間なく食べつづけていたら、もうお腹がはち切れそうである。メンバーの吉村益信がパンツ一枚になって起立し、歯磨きをはじめた。歯ブラシに白いのをつけてゴシゴシと、十分、二十分、三十分とやっていて、はじめ白かった歯磨きの泡がだんだんピンク色になって、しまいには真っ赤になって、顎をつたわってしたたり落ちた。そのころからむくれた観客がむくれた順番に帰りはじめた。グループ音楽の演奏や土方の舞踏があったころにはもうほとんど観客がいなくなっていた。そして最後に風倉の焼印があった。小さな錨《いかり》を鉄棒の先に溶接した焼きごてを風倉は自分で作って来ていた。私がそれをガスレンジで赤く焼く係だった。真っ赤になったので、

「焼けたよー」

といった。風倉は裸になって椅子から二回くらい落ちたあとで、私から焼きごてを受け取って自分の胸の真ん中に押した。何かがジュッと縮んで固まった。土方がいつの間にかつかまえた油蟬が、土方の指の間でジージーとはばたきして鳴いていた。時間はいつの間にか深夜になっていた。その光景を見た観客は、もうご馳走を食べたりするのを完全にあきらめきったほんの数人の人たちだった。焼印は中心が離れればなれのバッテン印になった。例の第二ボタンのあたりに五、六本生えている胸毛の、そのもうちょっと下のところだ。風倉はその焼印のイヴェントのことを、サドの遺言執行式だといっている。その後焼印の跡が化膿して、ずいぶん長いこと苦しんだ。

その傷跡も固まった明くる年、私は草月会館に土方巽と暗黒舞踏派のステージを見に行った。そこに風倉が出るというのだ。客席にはいって行くと、ステージを出た上の方の天井近くの高い梁のところに、包み紙で梱包した等身大の人形が置いてある。あ、梱包……、と思った。その年のはじめ、私も読売アンデパンダン展にキャンバスを梱包した作品を出品していたからだ。だけど幕が上がって、私はそのことを忘れてしまった。風倉がどこかに出るらしいというので目をこらすうちに、私は土方巽とその一派が巻き起す舞踏に目が眩んでしまったのだ。とにかく何というか、不思議なものである。で会のなかば、一時間ほどたったところで休憩が入った。客席がホッとしてガヤガヤとざわめいていると、梁の上に置いてあった梱包人形がちょっと動いて、

「水をくれ、水をくれ」

といったのだ。風倉の声だった。

「ちょっと喉が乾いた」

といっている。客席はまた一瞬息が止った。係の人が長い梯子を持出して来て梁にかけ、コップに一杯水を運んだ。梱包の風倉は口のところに穴を開けてそれを飲んで、

「もう一杯」

といった。係の人はもう一度コップに水を入れて上まで運んだ。飲み終ると梯子を外して、ステージではまた土方一派の舞踏が巻き起こり、風倉はまた梁の上で最後までじっとしていた。だけど会場の中は舞台と観客と風倉との三角関係になってしまった。

その同じ年に、何の会だったか、風倉はその同じ草月会館のステージでロープの洗濯をした。ステージに小さな洗面器を置いてしゃがみ込み、運送屋の使うような太くて長いロープを端から順番に石鹼でゴシゴシと洗っていったのだ。これは風倉のイヴェントの中でいちばん好きだ。ところがロープを端まで洗い終ってから、そのついでに自分の顔と頭もいっしょに石鹼で洗ってしまったのだ。客席にいてちょうどそこまでをじーっと見ていたナムジュン・パイクが、

「あーあ、折角いいパフォーマンスだったのだが最後で山谷ムードになっちゃった」

と残念がっていた。そういわれて私も少し残念になり、その二年前、風倉の作品を村松画廊に並べながら少しがっかりしていた気持を思い出した。風倉はいつもそういうふうなのだ。

ロープではもう一つ作品があって、日比谷公園の中にある日比谷画廊でネオダダの第三回展をやったときだ。みんなやたらに張切っていた。飾り付けの日、風倉はほかの誰かと共同で運送屋の車をチャーターしていて、人の作品の搬入を一所懸命に手伝っていた。で作品を降し終って運送屋の

車は帰って行ったのだけど、風倉の作品がない。よく考えたら彼は人のを手伝ってばかりいて自分の作品を積み込むのを忘れていたのだ。風倉は自分で自分の忘れ物にあっけにとられてしまった。でボーッとしながらふと見ると、地面にロープが落ちている。運送屋の忘れ物だ。車に備え付けの予備のロープなのか、きちんと束ねてそれをまた横向きにぐるぐるときれいに巻いている。あ、これはいいと思った。これは作品みたいだ。風倉はそれを拾って眺めながら、顔面が少しずつゆるみ、例の「カフカ」のあとのニヤリになった。で自分の大作がかかるはずだった広い壁面の真ん中に、釘を一本ツンと打って、そこに運送屋の忘れたロープをチョンとかけた。

風倉の作品は会期中ずーっとそのロープだった。その第三回展で誰がどんな作品だったか、いまはもうほとんど忘れてしまっているけど、風倉のそのロープの「作品」だけははっきりと覚えている。そうだ、草月会館のステージで洗濯したロープというのは、このときの作品、運送屋の忘れ物だったのだ。

九

風倉は間違いの天才なのである。時間を間違えるし、場所を間違えるし、人も間違えることがよくある。間違った結果間違われたりする。だけどそういうそれぞれの間違いというのが、なぜか凄いのだ。

九州の美術の集団に九州派というのがあって、そこでやるフェスティバルに東京の連中が何人か招待された。風倉はその招待を受けてグループ音楽の刀根康尚と小杉武久と三人で行った。風倉は例によってアドバルーンを折り畳んで送風機といっしょに持って行った。私は行かなかったけど、私はたぶん千円札を作るのに夢中になって忙しかったころだと思う。一九六二年の終りころか。

風倉たち三人は途中下車してイヴェントをしながら九州まで行くという計画だった。で、帰って来て刀根から聞いたのだけど、途中降りるたびに風倉が失踪して大変だったという。風倉は別に失踪したかったわけではないのだけど、時間を間違えたり場所を間違えたり問題を間違えたりというそういうたくさんの間違いが複合的にあらわれた結果の現象なのだ。その最大のものが大阪でのことだった。

大阪で降りて、三人である美術館に行って、いまイヴェントをやらせろといったら断わられた。そりゃあ急にいったってムリだろう。で仕方ないのでどこかの橋の上で何らかのイヴェントをおこない、駅まで帰って来ると風倉がいない。またいないと思って二人で探した。演奏用の荷物が重いので駅に置いて、一人が番をしながら交替で探しに行った。だけどなかなか発見できず、予定の電車は出てしまった。仕方なく小杉が次の電車の時間を調べたりしながら刀根がもう一度もとの場所に戻って、風倉の行きそうな道を考えながら探していると、

「おーい、トネちゃん、こっちこっち……」

と声がする。見るとエンジンをふかして走り出そうとしているトラックがあって、荷台に大勢の人が乗っている。その中に風倉がいて手を振って叫んでいるのだ。

「何してんだよ、こんなところで」

と刀根がいささか腹立ち気味に声をかけると、

「いや、この、トラックが……、俺……」

と風倉はあまりいっぺんにいろんなことをいおうとするものだから言葉がつづかない。そうしたらトラックに乗っている男の一人が、

「何や、お前ら友だちか。もうえ、おりろおりろ」

といっている。風倉が荷台からふうふういって降りると、トラックはブーッとエンジンをふかして行ってしまった。風倉はぐったりと肩を落としている。

聞いてみるとこういうことだ。気がついたらはぐれていた。ということはそれまで気がつかなかったわけなのだけど、とにかく気がつくと刀根と小杉がいなくなっている。でどうしたのだろうとあちこち探したけど見当らず、知らない土地だし、どの道をどう曲っていいかわからず橋の上でボーッと立っていた。そうしたら男が一人手を上げて「こっちだ、こっちだ」といっている。それがじつは手配師のお兄さんだったのだけど、風倉はこっちだといわれてつい足が向いた。まわりにいる人たちもみんな「こっちだ」といわれる方に歩いて行く。みんな俗にいう立ちんぼ、日雇い労働者なのだった。でもそうとは知らず風倉も思わず歩いて行った。で行ったらトラックが待ち構えている。これは違うとさすがに思い、みんな乗るのに一人だけためらっていると、「早よ、早よ」とせかされ、「違うんだ」というと「仕事がないんやろ」といわれる。風倉は思わず「うん」と答える。そうするとまた「早よ、早よ」といわれて、違う違うと思いながらいつの間にかトラックにずるずると乗せられてしまったのだ。いろいろいおうとしても理解してもらえず、これはいったいど

うなるのかと不安でしようがなかったという。ちょうどそこに刀根があらわれたからいいようなものの、そのままトラックが走っていたら、風倉はもう糸の切れた風船みたいに飛んだまま戻って来られなかったかもしれない。

「うんなんていうからだよ!」

と刀根が怒ると、

「でも考えたら無職だからさ、つい……」

と風倉はうなだれていたという。

そんな風倉が時限爆弾の製造を頼まれた。頼んだのはある映画の助監督である。何かギャング映画か何かの小道具でいるといわれて、風倉は工業を出ていて「メカにくわしい」というので頼まれたのだ。でも映画で使うのだから時限爆弾とはいっても見かけだけでいいわけで、風倉はそれを当座のアルバイトに引き受けた。芸術家だから見かけを作るのはお手のものだ。ブリキの菓子箱の中に古いラジオの裏側の部品を詰めて、目覚し時計をいっしょに入れたら、あっという間に時限爆弾そっくりになってしまった。蓋を開けて見るたびに物凄く危険な感じだ。風倉はそれを持って電車に乗って、ドキドキしながら渡しに行った。助監督は蓋を開けて「凄い」といいながらも、シナリオの関係で見かけだけでも爆発してほしいといわれた。見かけの爆発なら花火でいいと思った。間違いの天才といっても風倉は工業だから、そのくらいのものはやればできる。

ところがそれが真冬の十二月のことで、花火なんてどこにも売っていない。寒い町をいろいろと歩き回って、ぜんぜん繁盛しそうもない小さな駄菓子屋の棚の上の奥の方からやっと一つだけ見つけてもらって買ったけれど、ぜんぜん足りない。見せかけとはいっても、爆発に見せかけるにはもう少し花火がいる。町をふらふらと歩いたあげくに、交番で聞いてみた。だけど真冬の交番にはいって行って、この近くに花火を売っている店はありますか、なんて、これはやはり大変な質問である。しかもその質問者というのが、芸術家風、といえば聞こえはいいが、髭面といい服装といい歩き方といい、これはやはり交番から見ると浮浪者風、ということになってしまう。で風倉はそうやってつい一歩交番の中にはいったまま長い時間出られなかったそうだ。根掘り葉掘りいろんなことを聞かれたという。交番の前を通行人がジロジロと、もうちゃんとした犯人を見るような目で見て行ったという。こういうのを、飛んで火に入る夏の虫、というのだと思う。そのときは冬だったけど。

でそういう苦労を重ねながら、何とか逮捕されずに見かけの時限爆弾が出来上がった。風倉はそれを約束通り助監督のアパートに届けに行った。助監督は留守で、家主のおばさんが出て来た。風倉はブリキの菓子箱を差し出し、これを○○さんに渡して下さい、といった。

「何ですか?」

といわれた。時限爆弾……、というわけにもいかずに、

「いや……、頼まれたものです」

と適当にいった。

「どなたですか?」

といわれたので、

「いや……、仕事頼まれたものです」

とまた適当にいった。家主のおばさんはブリキの菓子箱を両手で遠ざけて持ったまま、じっと風倉を見ている。

あとで助監督に聞いた話では、家主のおばさんはその菓子箱が薄気味悪くて、よほど警察に電話しようかと思ったという。見も知らぬアラビアンナイトの浮浪者のような男が突然やって来て、古物みたいなブリキの重い菓子箱を渡されて、しかもそれが手に持つと複雑な重さで、妙なマッチのような匂いもするし、しばらくしてからもう一度耳を近づけて見ると、中でカチカチとセコンドを刻む音まで聞こえる。ところが助監督はその日徹夜の撮影で、アパートに帰って来たのは明け方だった。家主のおばさんはそのブリキの菓子箱をアパートの廊下の端の方に置いたまま、そのカチカチという音に一睡もできなかったという。

風倉はまた間違われてしまったのだ。いやこれも結局風倉の間違いなのだろうけど。

十

そんないろいろなことが過ぎて行って何年くらいたったのだろうか、私は風倉に会う機会がだんだんなくなっているのに気がついた。ときどき何か凄い間違いに出合ったりすると、そこでつい風倉のことを思い出したりするのだけど、気がつくと近くにはいないのだ。どうしてだろうか。やはり時間がたくさん過ぎていくと、付き合う人間も少しずつ変っていくものらしい。私の方は自作した千円札で裁判がはじまることになってしまって、大変な緊張に襲われていた。風倉のことは噂だけがつたわって来る。だけど結婚したという噂を聞いて一度新居に行ってみた。そうしたら本当に結婚をしていて、パイプ煙草を吸いはじめていた。私も久し振りに影響を受けて、それからしばらくパイプ煙草を吸ったりした。だけど自分の千円札の裁判がはじまるとまったく会うことがなくなってしまった。

そのうちまた風の噂があって、田舎の実家の財産整理で何千万円とか何億とか、そういう遺産がはいって困っているという。それを聞いて、私は久し振りにあのとんでもない間違いの感触を味わった。本当か嘘かわからないけど、やはり風倉は風倉のままいるんだなと思った。そうしたらまた風の噂があって、もうすでに赤坂とかどこか大変なマンションに住んでいて、スウェーデン人のお妾さんまでいるという。私はギョッとしてこの野郎と思った。私もいつの間にか結婚をしていたのだけど、スウェーデン人はおろか日本人のお妾さんさえいないのだ。その後風の噂はさらにエスカレートして、風倉が一家をあげてロンドンに移住するとか、いやウィーンだとかいっている。私は武蔵境の薄暗い洋間の四畳半に溜っていた部屋代を思い出して、さすがにその噂の真偽を考えはじめた。そうしたら北海道の網走から絵葉書が来て、網走に住んでからやっと一年たちましたという。私はまた久し振りに風倉というものを味わった。ロンドンとかウィーンとかいうのが、じつは最果ての網走だったのだ。ちゃんと網走の消印があるので嘘ではないようである。はがきにはカフカの「流刑地にて」の映画化が目的なのだと書いてあった。風倉が「カフカ」というのを久し振りに文字に見て、私は自分の顔がニヤリとなった。本当だとしたら、それは凄い計画だ。カフカの砂漠を網走の雪原に移し変えたのだ。文面によるともうすでに二時間分を撮影していて、あとは処刑機械を撮るだけだという。それは相当大きなセットになるのでいずれ東京で撮るという。とにかく秋に一度東京に行くので訪問したいと書いてあった。

秋になり、風倉が来た。奥さんもいっしょだった。網走からのお土産は中古の柱時計だった。網走の古道具屋で二つ買ったので、音のいい方を私に持って来てくれたのだという。網走の柱時計……、というのも変なお土産だけど、本当はもっと凄いのがあるのだそうだ。その古道具屋で風倉が柱時計を二つも買ったので、いっしょに行った網走の友人に、そんなに柱時計が好きならもっといいのがあるぞといわれた。その人は町の教育会館か何かに勤めているのだけど、そこの地下の倉庫に特大の柱時計がいらなくなって放ってあってもうずーっと何年も放ってあるので、ただで持って行ってもいいはずだという。風倉の目が輝やくと、でもいちおう公務員だから勤務時間ではまずいといって、夜中の十二時に風倉を連れて行ってくれた。懐中電燈を照らしながら、それがあるという講堂のステージの下にもぐり込むと、そこに人間の等身大くらいのズドーンと大きな柱時計が埃をかぶって横になっていた。

風倉はそのありさまに息を止めた。顔面が「カフカ」という感じに垂れ下がってくる。だけど友人は自分の立場上、早く持って行けといってせきたてる。とにかく二人背中を丸めて、まるで深夜に墓穴から棺桶でも運ぶみたいにゴトゴトとその巨大な柱時計を持出して埃を払った。物凄い大きさである。風倉は自転車で来たのだけど、これだけ大きくては乗せようがない。いろいろ考えたあげくその友人に手を貸してもらって、それを背中に背負う形で風倉の体に縛りつけてもらった。で

そのままそうっと自転車にまたがり、

「じゃあね」

と手だけ振って、深夜の道を走り出した。ハンドルは両手で握れるものの、さすがに重くて自転車がヨロヨロとする。そうすると背中で大きな振子が、

「ゴーン……ゴーン……」

と揺れ動いて、その低い音が夜の闇の中に響き渡る。ここは網走である。まわりは見渡すかぎりの雪原である。刑務所が近いせいか、道の向うにポツンと明かりがあって、交番が建っている。風倉がスーッと横切って行くと、やっぱり後から当然のように呼び止められた。

「待て……」

といわれて仕方なく風倉が自転車を止める。自転車から地面に降り立つと、背中に縛りつけた等身大の柱時計もゆっくりと地面に立って、

「グァラーン……ゴーン……」

と音を立てる。そのありさまに警官もギョッとなり、

「どこへ……」

とだけいって「行くのだ?」までの声がつづいて出ない。風倉の方はまた、まだ住みついたばかりで町の名がすぐには出ない。仕方なく時計をおんぶしたまま右手を伸ばして、

「あっち……」

と指さした。警官が固くなって目を見開いていると、もう一人横にいた警官がその同僚の顔を見

ながら、右手をクルクルッと回してパッとひろげたそうだ。

こんな話をして風倉はまた網走に帰って行った。私はその話の中の光景にのめり込んで例の網走での映画のことを聞くのを忘れてしまった。風倉は結局網走に二年間住んでから東京に帰って来た。そしてまた東京で四年間住んでから郷里の大分に帰ってしまった。帰るとき女の子が一人、四つくらいになっていた。あとで誰かに聞いた話では、網走で回したフィルムには全部右半分に光がはいって白くなっていたそうだ。網走で何があったのかはぜんぜんわからない。

私はきのう、大分の風倉の家へはじめて電話してみた。こんど小説に書いたぞ、というつもりでいたら、電話には奥さんが出た。風倉はいまアルバイトに出ているという。当座のアルバイトで店内装飾の会社だという。帰るといつも日記をつけて、夜は早く寝ているという。億とかいう数字はどうなったのか、それは聞かなかったので真相はわからない。ちょうど夜の九時半で、東京で家の柱時計がボーンと鳴ると、電話の向うの大分でもボーンと一つ鳴っていた。

山頂の花びら

私は都会人である。東京という大都会に住んでいるので大都会人かもしれない。だけど東京の都内ではなく、細かくいうと都下の小平市なので、都下人ということになるのだろうか。厳密にいうと大都下人……、などと考えたりしている。

お花見は四月の六日に小金井公園でやった。だけどまだやり足りなくて、十八日には高尾山に登ってお花見をした。私はお花見が一回ですまずに、どうしても後を引くたちなのだ。

高尾山は去年の秋に登ったとき、頂上から城山に行く尾根づたいに桜の並木があるのを見つけていたのだ。秋なので最初は気がつかなかったのだけど、頂上を過ぎて人間もすいてきた山道で、一休みしながらよく見ると、ズラリと並んでいるのが桜の樹だった。これは春は壮観だろうなあと思った。シメシメと思った。絶対にここでお花見をやろうと思った。私が先生をしている絵学校の暗い生徒たちにその話をすると、やろうやろうといい出した。

ここの生徒が何故暗いかというと、目的がハッキリとないからである。ふつうの大学みたいに「野球」とか「医学」とか「経済」とかいう目的がない。とくに私のやっているクラスは「考現学」というとりとめのないものである。これは考古学の「古」を「現」に変えたという学問で、考古学的な視点でもって現代の身の回りを観察するという、どちらかというとシニカルな勉強なのだ。だからお金儲けにもつながりにくい。いやにくいというより、このままではまずつながらない。生徒たちもそれには気がついていて、

「暗いね」

と話し合って照れ笑いをしている。何故照れて笑うかというと、何かがバレそうな気がするからだ。自分の興味でこういうところに来ていながら、自分でも目的が茫漠としている。その目的の見えないところから、何かしら現代に生きる自分の悩みのようなものが露見してしまいそうな気がするからだ。だからみんなことあるごとに、

「暗いねえ、うわァ暗い」

と大騒ぎして、暗い遊びを楽しんでいる。

今年の生徒は十人だけど、長欠が二人いる。そのうちの一人は一度も顔を見せていない。月謝はちゃんと払っているのに一度も出て来ないというのが、よくわからない。ちゃんと払われている月謝が、何か無気味だ。ひょっとしてこれは、札束の投込み魔ということになるのかな、と考えたりしている。

お花見の幹事はヨシノ君にした。一番熱心だったからだ。ヨシノ君は生徒の中では一番きわ立っている。何がきわ立っているのかというと、何だろうか。熱意ということだろうか。自分を認めてほしいというその熱意かもしれない。私の教室は週に一回なのだけど、ヨシノ君はそれに毎回服装を変えて来る。白衣を着て来たり、黒いスーツに黒いネクタイをして来たり、どこかの旅館のユカ

タを羽織って来たり……。服装だけではなくて、毎回何か新製品、珍製品を手に入れて来る。声の出る電卓の和英辞典、五段式の折畳み傘、点字の世界文学全集……。タネがつきると、学校の雑談の中で話題になった新しい物品を、必ず次の週に手に入れて持って来る。生徒のみんなは、さあ来週はヨシノ君が何を着て来て、何を持って来るのかと、それが学校に来る一つの楽しみにもなっているのだ。

ところがヨシノ君としては、毎回授業が終ってから撮る記念撮影というのが、その努力の励みにもなっているらしい。これを撮っているのはオカダ君で、オカダ君は埼玉の医学の大学に行っている。まさか医学の生徒がこの教室に来るとは思わなかった。医学部の学生といえば、いずれは人に麻酔をかけてお腹を切ったり足を切ったりする人である。それがこの暗い学校へ来て冗談をいってカラカラと笑っているのを見ると、何か凄惨な気持になってくる。でも医学をやる人はむかしから芸術家が多いようだから、こういうことでもいいのかもしれない。

オカダ君は毎回授業が終るとみんなを並べて記念写真を撮っている。見学者にしろOBにしろ、その時点で教室にいた人はみんな並ばされるのだ。それでオカダ君がポラロイドカメラを構えて、大きなボタンをブツンと押すと、ストロボがハッと光り、ジュイーンといって写真が出てくる。それが一年間に何十枚とあるわけだけど、その写真にオカダ君は一枚も写っていないわけだ。いつも真中には先生の私がいて、その前景に必ずヨシノ君が異相をこらして写っている。それから先生の横にはナカノさん。これはオカダ君と同じ医学部の女学生。いつも埼玉からオカダ君の車に乗って来る。だからみんなもう、何となくこれはそういうものだと思っている。それからカトウ君。この人は広告代理店勤務。クラスではいちばんの社会人だ。いつもむかしの蛇腹式のカメラをぶら下げているというキザな一面もある。それからオカモト君は暗黒舞踏。この人は眉毛を剃り落していてちょっと無気味。暗黒舞踏というのは両手両足を蛇のようにゆっくり動かす踊り方で、ときどき指や腕の関節を曲げてキッと止まったりする。まあカマキリみたいな動きだと思えばいい。大変暗い踊りで、この人は絵学校と両面にわたって暗いわけだ。だけど笑い声はいつもキカカカコ……という激しい感じで、オカモト君のがいちばん大きい。笑い声でつぎに大きいのが医学のオカダ君。社会人のカトウ君のはクスクスという笑いを顔面の中に押さえ込む感じで、ヨシノ君のはさらに音もなくニヤリと顔面が動くだけで、ヨシノ君の笑い声というのはあまり聞いたことがない。

面白いことに、この連中が去年の春に入学して来たときにはまだみんな長髪だった。それが今年の春卒業するときにはみんな短い刈り上げになっている。その変移がオカダ君の写真にははからずも写されている。暗い学校に来ながら、みんな時代感覚には敏感なのだ。いや敏感だから、あえてこういう暗い学校に来るのだろう。それでみんなが刈り上げに切り変ってからは、町を歩いて長髪を見たりすると、

「暗いねえ」

と囁やき合ったりしている。もう自分たちは一瞬前に卒業したので、その点では一歩先の明るい気持になっているというのだろうか。

冬にはオーバーが流行《はや》った。分厚い毛布で作ったような大昔のオーバーである。私などは学生時代に父親のお古のそれを着ていたけど、重くて肩がこるほどだった。いいかげんに擦り切れて、軽

いコートが売り出されたときにもう棄ててしまった。そんな大昔のものがいまになって流行るのだ。長髪を刈り上げに切り変えたときもそうだったけど、オーバーもいちばん最初に着て来たのはカトウ君だった。さすが広告代理店だ。私は最初見たとき、

（おっ）

と思った。一瞬に、この時代に置かれたその古オーバーの切れ味を見たのだ。

「な、つ、か、しい、なあ……。俺も着てたよこんなの。よくあったね」

と私がいうと、

「ええ、古物屋で見つけて。安いんですよ」

とカトウ君はさり気なくいっている。だけどそのさり気なさに、時代感覚の先端をいこうとする自負心があらわれている。みんなもそれを一瞬に感じて、

（おっ……）

という顔をしている。だけどそれを評価していいのかどうなのか、まだその評論は差し控えている。

次の週にはヨシノ君が早速オーバーを着て来た。もう教室にはいってもオーバーを脱がずに得意気な顔をしている。

「あれ？」

と私がいうと、ヨシノ君は、

「いやちょっと、風邪を引いたものだから……ゴホン、ゴホン……」

といいわけみたいなことをいい、わざと咳をしている。

「いや着てるのはいいんだけどさ、それまた、よく見つけたね」

というと、

「いえ、うちのタンスにお父さんのが棄てないであったから……」

といっている。でもそういってしまってから、その「お父さんの……」ということがヨシノ君にはちょっとヒケ目になったらしい。それがつぎから多少の争いを引き起す。

つぎの週はオカダ君もオーバーを着て来たのだ。この教室での第三弾である。ところがヨシノ君がこの日、新しい装いとして黄色いビニールコートを着て来ているのはいいのだけど、それがなぜかブスッとしている。この人はもともと無表情が多い人なのだけど、このときは無表情を超えてブスッというのがあらわれている。オカダ君はちょっと横を向いて、

(まいったなあ……)

という顔をして苦笑いしている。あれ？　どうしたのかな……、と思っていると、ヨシノ君が抗議の声で、

「先生、所有権というのはどういうときに発生するのですか」

といった。私はいきなりいわれて驚いた。驚いていると、ヨシノ君はどんどんつづける。

「契約したらもうその段階で所有権があるんじゃないですか。まだ買い取ってなくても契約しているものはほかの人が買うことはできないんじゃないですか。だから契約しているものをほかの人に売ったら契約違反になるんじゃないですか。そうしたら買った人は返さないといけないんじゃない

ですか……」

　これはヨシノ君のしゃべり方の特徴である。いつも落着いたような感じで黙っているのだけど、しゃべるときは一から十まで全部の説明を流し落とす。ふつう友だち同士の会話というのは、主語述語の全部をいったりはしないものだ。だけどヨシノ君はそれを文章のように全部いう。だからこれは会話というよりも、相手の反応を考慮しない、報告ないしは演説である。最初はそんな話し方に驚いていたけど、半年もするともうこの人はこれ以外に話せないんだと、みんなあきらめて聞くほかはなくなってくる。

　要するに話というのはこういうことだ。暗黒舞踏のオカモト君が関係している原宿のスナックで、古物市があったらしい。古いトランクや編上げ靴、古オーバー、蛇腹のカメラなどがたくさん並んだ。やはりいまはそういうアンチックが流行りなのだ。そこへ私の教室の生徒たちも遊びに行ったらしい。みんな教室の外でも交流があるようである。で問題は、まずヨシノ君が行って薄紫のオーバーを見つけて、店の人に買うといった。前に着て来たヨシノ君のオーバーはうちにあったお父さんのものなので、やはり自分で新しく買わなければ本当に新しいとはいえないと思ったのだろう。でそれがきのうのことで、今日お金を持ってその店に受取りに行ったら、その前に医学のオカダ君が行って買っていたのだ。しかもそれをもう体に着込んで絵学校に来ている。これはやはり問題である。で私は正論をいってみた。

「そういう売買の契約はさ、アパートの手付金なんかにしても、その倍額を返せば契約は無効にできるんだよ。だから手付金だってある程度多くないと意味ないんだよ。ヨシノ君いくら払ったの？」

ヨシノ君は黙っている。どうも何か、そのことに関してはまずいらしい。暗黒舞踏のオカモト君がちょっと間をとりなすように、

「いや、ヨシノ君は別に手付金は払ってないんですよね。買うつもりではいたらしいんだけど……」

といった。そうしたらヨシノ君は、

「ぼくは店の人にちゃんといったんです！　これを買うって」

そうだ。いっただけなのだ。

「なんだ、じゃあ別に手付金を払ったわけじゃなかったのか」

「でもハッキリいいました！」

これである。ヨシノ君はすぐこうなのだ。

（困ったなァ、ヨシノ君は。いいましたって、自分一人でいったのじゃないのかなァ。ちゃんと相手の人に向って、社会的にいったのかなァ）

とオカモト君は思っている。

（でもいまの男の人って、何でまたあんな古いオーバーなんかがいいのかしら）

とナカノさんは思っている。

「でもさあ……、ヨシノ君は別に、これに、こだわらなくても、あの焦茶色のでもいいじゃないの」

と医学のオカダ君はいった。その店にはまだオーバーはたくさんあるらしい。だけど薄紫のはこれ一着なのだ。

「そうだよ。俺なんかあの焦茶色のオーバーよかったけどな」

とオカモト君も同調している。何とかヨシノ君をなだめようとしているのである。だけどヨシノ君はブスッとしている。無口以上にブスッとしている。ヨシノ君は焦茶色ではダメなのである。いまや世界でそれが最高なのだ。ヨシノ君は皮膚が光ってきている。ヨシノ君というのはカマキリみたいに痩せていて細長い体で、顔にしても頬がペタンとした逆三角形なのだけど、そんな皮膚に冬の汗がにじみ出ているのだ。ちょうど風邪を引きかけているときだったのである。それが今日はたまたま薄いビニールコートなど着て来てしまって、シンシンと冷え込み、しかもこの精神的激動をくぐるうちに、とうとう発熱、発汗を促進させたらしいのだ。困ったもんである。まったく。ヨシノ君は。

でも医学のオカダ君も、その蒼ざめた皮膚の発汗を見ては放置できなくなった。

「おい、ヨシノ君大丈夫？」

「いや寒いです」

「まいったな。まずいよ風邪なんか引いちゃ」

「いえ、いいんです」

「いやまずいよ。あの、とにかくこのオーバー着てなよ。いや、譲るわけじゃないよ。でも俺セーター着てるからさあ。授業終るまで貸してあげるよ。帰るとき返してくれりゃいいから」

「あ、すいません」

とそのまま借りて着てしまうところがまたヨシノ君である。ヨシノ君はその冷たそうなビニールコートの上から、オカダ君の羽織ってくれたオーバーに袖を通して、それから病弱そうな顔をしながら、いちばん上からいちばん下までオーバーのボタンを全部留めてしまった。そしてそれからやや不安そうに見守っているオカダ君の前で、ズボンのポケットから千円札を一枚、二枚……、四枚取り出した。ちょうどそのオーバーの値段である。オカダ君はギョッとした。

「あ、何これ?」

「いや、代金です。差額があればあとで」

ヨシノ君はもうボタンを全部掛けたオーバーの、しかも両手をしっかり腕組みしている。

「あ、いや、ちょっと、違うんだよヨシノ君、それはないよ。だって、まずいよそれは……」

医学のオカダ君は慌ててしまった。机に置かれた千円札の固まりを摑んで、それをヨシノ君に返そうとする。だけどヨシノ君は手を腕組みの中に丸め込んだまま絶対に出さない。オカダ君がお札の固まりをその腕組の隙間に入れようとすると、ヨシノ君はギュッと腕組みを強くして、その隙間をなくしてしまう。

「もう……、ちょっとォ、ヨシノ君。まずいよそれは……」

オカダ君は困ってしまった。オカモト君も困ってしまった。カトウ君もナカノさんも困ってしまった。

ヨシノ君にはこういうところがあるのだ。いつも学校の帰りにオデン屋に寄る。五人のところにオデンが一皿来たとする。その中でたとえば卵がいちばん高価そうだったとする。そうするとみんなちょっと遠慮気味に、まずはチクワを食べたりダイコンを食べたりするものである。私だってまずコンニャクを食べる。いやこれは好物だからなのだけど、でもメインである卵は何となく避けながらちょっとした雑談をしたり、とりあえずお通しのシオカラをちょっとつまんだりしている。そうするとヨシノ君は仮りにいちばん遠い席にいたとしても、ゆっくりと箸を伸ばして、その中心の卵に向う。みんながその箸の方向に気がついて、それがまぎれもなく卵に向っているので、さすがにちょっと色めき立って、

「あ……、ヨシノ君、それ、一人で食べちゃうの？」

といってみても、ヨシノ君の箸はいささかもスピードを鈍らせずに、そのままゆっくりと卵に到達し、それを挟んでまたゆっくりと引揚げて行ってしまうのだ。それを慌てて取るというのならヒンもなくハシタもないが、そうやってゆっくりと、まるで当然に定められた天体の運行みたいに箸がそれを持って行ってしまうと、もうみんな何もいえなくなってしまうのだ。その周囲の喧騒にいささかも惑わされぬ悠久たる態度は、それが天体でなければ、まるで天皇のようなのである。

いや、学校の最初の日からそうだった。はじまる一時間も前に来て、白衣で机の前に坐っていた。それでいささかも惑うことなく、まず最初の日に自己を表明すべき大きな切紙細工を作っている。で新入生はみんなおずおずと教室にはいって来るわけだけど、全員がその白衣の男を学校の何かの先生だと思ったそうだ。それで、

「あのう、考現学の教室はここですか？」

というと、白衣の男は作業をつづけながら目だけチラリと上げて、

「そうです」

と悠然と答える。聞いた生徒はまだまごつきながら、

「あのう、考現学の先生は？」

と聞くと、また悠然と、

「もうじき来ます」

と答えたという。まるでその人が学校の運営者のようだったという。それが授業がはじまっても教室から出て行かずに、結局はみんなと同じ生徒だったのだ。

そういうふうで、ヨシノ君は何か別格だということになっていた。だけど学期がだんだん進むうちにはそんなことも一般化してきて、それは別に別格ではなく、ただの性格だということになってくる。それがこのオーバーである。

「まずいよ、それは。ダメだよ、ヨシノ君……」

とオカダ君にいわれながら、とうとうヨシノ君がオーバーを着たまま授業が終った。もうヨシノ君の皮膚は光っていない。帰りまたみんなでオデン屋に向いながら、ヨシノ君は歩調が速い。病人のくせに元気なのだ。オカダ君も最初は天皇だからと思って譲っていたけど、その歩調をみてはそうもいかなくなった。

「おい、ヨシノ君。冗談じゃないんだよ、本当に……」

オカダ君が追いついてオーバーの袖に触わったとたんに、ヨシノ君は急停止した。もう真夜中の

道路なのだ。ヨシノ君は何もいわずにボタンを外し、オーバーを脱ぎはじめた。分厚い毛布のようなオーバーを脱いでいくと、中から黄色いビニールコートがあらわれてくる。これはやはり異様な光景である。ヨシノ君の細い顔がまたジットリと光ってきている。オカダ君は困ってしまった。オカダ君はどっちにしても困ってしまうのだ。

「まいったな。ヨシノ君、風邪引いちゃうとまずいしなあ。それじゃあさあ、今日だけなら着て帰ってもいい……けど……」

オカダ君も、しかしこの発言の後尾の方は積極性がなくなっている。

「いやいいです。ぼくはビニールコートでいいんです」

ヨシノ君は細長く黄色い姿で、キヲツケの姿勢をしてうつむいている。これではどうやっても、悪人はヨシノ君の相手の方になってしまうのだ。

それからみんなでまたオデン屋に行った。ヨシノ君はもう風邪を引いているんだからお酒なんか飲まずに帰りなさい、といったのだけど、ヨシノ君もやはりオデン屋に来た。その日はもうあまり卵にも関心を示さず、ビールばかり飲んでいた。私がビールをやめて酎ハイにすると、ヨシノ君もすぐマネをして酎ハイにした。ヨシノ君は病弱そうなわりにはよく食べるしよく飲むのだけど、その日はとうとう倒れてしまった。倒れたというより寝てしまったという方が正しいのかもしれない。目をつぶってニヤリと笑った表情である。ふざけているのかと思うとそうではなくて、頬ペタをピシャンと叩いても、

「いやむにゃん……」

とかいってニヤリとしたままである。ふつうならちょっとぐらいは目を覚ましかけたりするものだけど、ヨシノ君はもう全身が無警戒になり、完全に安眠しきっている。もう当然誰かが送り届けてくれるものという、そういう体になりきっている。やはり天皇である。

仕方なく、ヨシノ君をのけたみんなのワリカンで勘定を払うと、結局オカダ君とオカモト君がヨシノ君の両脇をかかえて、タクシーに乗せて送って行った。

つぎの週はやはりヨシノ君は風邪を引いて学校を休んでしまった。私は、

「先週はどうだった？　ちゃんと送って行けた？」

とオカダ君たちに聞いてみた。

「いやあ、会いましたよ、お母さんに」

「あ、見たの？　どんな人だった？」

「いや、それが別にふつうのお母さんなんですよね」

「ふつうか……」

「ええ、ふつうの、何か可愛い感じの……」

「ふーん……」

「でも何ていうか、送り届けたのが当然みたいで、いや別に嫌味じゃないんだけど、家に連れてはいったまま出て来ないんですよ」

「あれ……」

「だからぼくらもう一度ブザー押して、おそるおそるタクシー代のことをいったら、あ……なんて

気がついて払ってくれたけど……」

とにかく私はちょっと興味があるのだ。このお母さんに。夏休みのことだけど、生徒たちに宿題を出した。二つあって、一つは一円玉考現学の五種。これは一円でどんなものが買えるか、それをじっさいに五種類買って来て、領収書もちゃんとしたのを受取り、そのときの店の様子、店員の様子などを考現学的にレポートする。これはじっさいにやってみると大変に難しい宿題で、まず一円で買物をするということで店員に苦い顔をされ、それがうまくいったとしても領収書をくれというところでほとんどが立腹の表情をする。だからこれはたいていの生徒がくじけてしまう宿題である。

もう一つは作文で「私の体に触わってきたもの」というテーマ。これは何か嫌らしいことを想像されがちだけど、別にそうではなくて、触覚的な身の回りの考現学が狙いなのだ。

で夏休みが終って、みんな日焼けした顔はしていたけれど、宿題は？　というと小さくなった。みんなぜんぜんできていないのだ。ヨシノ君をのぞいては。

ヨシノ君は全部の宿題をクリアしていた。買物はお米を一円分、毛糸を一円分、虫ピンを一円分、センベイを一円分、それと一円切手。これは素晴しい眺めだ。ふつうはどうしても妥協して三円とか五円のものが混じるものだけど、この場合は完璧である。領収書も小さいレシートではなくて、ちゃんと大きな正式な領収書。すべてが指示通りだ。美しい。私は見直した。病弱だったり我儘だったりするけれど、粘りはあると、それは前から感じていたけど、そのことをもう一度見直したのだった。それでこんどはヨシノ君から提出された作文の方を私がみんなの前で朗読していると、ヨシノ君が、

「あれ？」

という。何か書き間違えたような感じである。私がただしてみると、

「いや、そんなことはいわなかったはずなんだけど……」

といっている。

「え？　いわなかった？」

と聞き直すと、

「いや……」

といってちょっと苦笑いしている。いや楽しいのかもしれないけれど、この人の笑いは全部苦笑いに見えてしまう。

「何……、どうしたの？」

「いや、あのう、母が間違えたみたいです」

「え、母……、何、これ、ヨシノ君が書いたんじゃないの？」

「はい。お母さんが書いてくれました」

ヨシノ君はスガスガしい顔をしている。私は頭の中がポカンと空いてしまった。聞いていたみんなも一瞬ポカンとしている。それから、

「ええーっ？」

という大合唱がまき起った。最近はなかなか驚くものもなくなったけど、これは別だ。何しろテーマは「私の体に触わってきたもの」である。「私の」である。いやそのくらいのことはいいにし

ても、お母さんにやってもらうといったって、小学校の宿題ならともかく、いや高校や大学の宿題だってともかくとして、こういう物好きで行っているような暗い学校の宿題をお母さんにやってもらうとは。

「じゃあ、この、一円玉は、これはまさか……」

「はい。お母さんが全部買って来てくれました」

私はもう黙ってしまった。絶句というのだろうか。みんなも絶句している。教室中が無気味な絶句。ヨシノ君だけがゆっくりとタバコを取り出して、ポケットから大きな台所用のマッチを取り出して、マッチ棒を五本まとめて、プシュッ、と火をつけている。

でお花見のことだけど、最初はこのクラスで行く計画ではなかったのだ。四月の六日に小金井でお花見をしたのが、ロイヤル天文同好会の仲間だった。そのときはお天気がすぐれなくて、ちょっと不満なお花見だった。それで高尾山のことを思い出したのだ。秋には桜の樹の幹を見ただけだけど、あの尾根づたいの眺めはきっと素晴しいだろうと思った。それに平地ではもうとっくに桜が散っているときに山の上でまだゆっくりとお花見をしているというのが、とてもイキなことのように思えた。

そんなことを、私は学校でチラと話した。

「いまはもう平地でお花見なんて古いね。やっぱり雲の上のお花見だよ、これからは」

高尾山で雲の上というのはちょっと大げさだけど、私は少しハデにいったのだ。いや、高尾山だって、気象によっては雲の上になることだってあり得る。

そうしたらみんなやろうやろうといいだした。クラスのお花見も一度は計画していて、結局都合で流れていたのだ。だからやろうというのも無理はない。でも私は、

「だけどそれはロイヤル天文同好会でやるんだからさあ、やっぱりみんなに聞いてみないと……」

とちょっと難色を示しておいた。

そうしたら明くる日、ロイヤルの会長さんから電話があった。

「いやあ、まいったよ。何？　あの人……」

「え？」

「いや知らない人からいきなり電話があってさあ、高尾山のお花見はいつやるんですかって、ダシヌケに」

「あ、ヨシノ……」

「うん、何かそんな名前で、いやまいったよ。立板に水っていうか、何だかロボットみたいにダラダラーッとしゃべって、こちらはただ聞くほかはないというか……」

ヨシノ君だ。どこから会長さんの電話を調べたのか、かけてしまったのだ。例の演説をしてしまったのだ。

で会長さんは電話で話したのだけど、会長さんだってまだじっさいには高尾山でお花見をしたことがないので、満開がいつごろなのか、平地とどのくらい時差があるのかよくはわからない。

「それはどこで聞けばいいんですか」

とヨシノ君はいった。そういわれても、会長さんだって高尾山の桜の番人ではない。どこで聞け

ばいいのか、会長さんだってまだわかっていない。うまく日にちが合えばやりたいなあという、願望があるだけなのだ。

そうしたら明くる日の夜、小さな声で、

「あ、絵学校の、考現学教室の、ヨシノです……」

と電話があった。あんまり声が小さいので、

「ああ、どうしたの」

と私がいうと、ヨシノ君の声はとたんに大きくなって、

「あのう高尾山の満開は四月の十八日です。東京近郊の平地の開花が三月の二十八日で満開がだいたい四月の四日ごろで、高尾山の山頂はそれより二週間ほど遅いそうで、だから四月の十一日ごろ開花して四月の十八日ごろが見ごろだそうです。どこでわかるかと思って高尾山のケーブルカーの会社に電話したら、シーズンには毎日係の人が上まで調べて行って観察してくるそうで、教えてくれました」

そういってヨシノ君は電話の向うで黙った。これは非常に困る。急にしゃべられても困るけど、急に黙られても困るのである。何か答えなければいけない。じっと黙って待っているのだ。

私は考えてしまった。お花見といっても平地なら問題はない。だけど高尾山はいちおう高い。ケーブルカーに乗るにしても、やはりかなり登らなくてはいけない。それを、宿題をお母さんにやってもらった人が、登れるだろうか。それに、私はカトウ君たちに聞いた話を思い出したのだ。夏休みに、生徒たちみんなで富士の麓の山小屋に行ったらしい。三泊してあちこち歩いたらしいのだけ

ど、ヨシノ君はすぐしゃがむんだという。山ともいえないほどの坂道だけど、もうしゃがみ込んでしまって、カトウ君たちが叔父さんの家の幼稚園の子供でもなだめるみたいに、

「ほら、ヨシノ君、もうだいぶしゃがんだんだから、行こうよ。ほら立って。もうすぐなんだから」

というのだけど、ヨシノ君はもうしっかりとしゃがみ込んでうつむいてしまい、

「いや、もうダメです。ぼくはもうここで一人で待っているので、みんな行って来て下さい」

といって、こんどはお尻をついて足を伸ばして、本格的に動かなくなってしまったという。私は考えてしまった。その場合なら置いて行って帰りにまた拾えばいいのだけど、高尾山の場合は、行くとしたら頂上からこんどは向う側に、相模湖の方に降りるのである。置いて行って帰りに拾うというわけにはいかないのである。

私はオーバーの争いのあった日のオデン屋を思い出した。楽しそうに自分一人倒れてしまって、眠る天皇みたいになってしまって、それも平地でなら付き合っていられる。だけど山頂ではそうはいかない。山頂で楽しく倒れられてしまったんでは、もうお付き合いはいたしかねる。高尾山の山頂にタクシーは走ってないのだ。

「あのう、ぼくは急坂を早く登るというのは苦手だけど、ゆっくり歩く持久力は意外とあるんです」

と電話の声がする。驚いた。私が答に困って黙っていたら、ヨシノ君はもう一足先にその沈黙に答えているのだ。驚いた。勘というか、洞察力というか、それがこういう人の凄いところだ。でも

私は質問した。

「でも、カトウ君に聞いたんだけど、ヨシノ君は富士山の麓で……」

「いや、あのときは体調が悪かったんです。ぼくは雲取山《くもとりやま》に登ったことがあるんです」

「え……」

私が不審な気持で返事をすると、またヨシノ君にすぐ見抜かれてしまった。

「いや本当です。ちゃんと自分の足で登ったんだから。あ、ちょっと待って下さい……」

ヨシノ君は受話器から口を離して、お母さーん……、と呼んでいる。トントンとか音がして、誰か近づいて来たようである。お母さん、ぼく自分で雲取山に登りましたよね……、とヨシノ君が聞いている。ええ、ヒロちゃんは雲取山に登ったじゃないの……、とお母さんらしき人がいっている。コトン、とか、ザーザー、とか受話器のこすれるような音がしている。電話の声が女に変る。

「はい、ヒロシは雲取山に登りましたよ。もう二年前ですけどね、うちのみんなで行って、ヒロシもちゃんとリュックを背負って、へこたれずに登りました。この子、見かけは細いけど、ちゃんと登れるんですよ」

「……あ……どーも……すみません」

私は冷汗が出た。宿題の相手である。お米屋さんでお米を一円分買って来た人である。真面目に領収書ももらって来た人である。だけどいまはその先生だとは気が付かなかったようである。ヨシノ君もわざわざ先生だとは、いわないでいてくれたのだろう。ヨシノ君もあんがい社会人だ。電話の声が変った。

「あのう、もしもし……、ぼくは急激な運動はダメだけど、持久力はあるんです……」

ヨシノ君である。私はもうそれを認めるよりほかはなくなっていた。

それで四月の十八日、私たちは高尾山の山頂にいた。山頂の人混みを過ぎて少し下りながら、尾根づたいに歩いて行くと、人の数もぐんと減って、樹の枝の隙間の向うの方に、白くて長い綿のようなものが見えている。フワリとして、青空につながっている感じ。秋に見たのは、やはり本当に桜の並木だった。ワクワクとする。胸がひろがってトロけそうだ。ピンク色の雲である。いやほとんど白い。だけどほんの少しだけ、一粒ほどのピンクの種が、その山頂の白い雲に溶かされている。

そんな雲の近くで、私たちはゴザを敷いた。カトウ君にオカダ君にオカモト君に、ナカノさんに、みんな来た。ロイヤルの会長さんも来た。ロイヤルは南君に花田君に鍋蔵君も来た。

ヨシノ君は幔幕《まんまく》にチョウチンを持って来ていた。チョウチンにはちゃんとした勘亭流の文字で「考現学教室」と書いてある。でこぼこの表面に、これだけキチンと書くのは大変だったろうと思う。幔幕の方は、ふつうは紅白の段だらなのに、これはピンク一色である。それがちょっと、入り乱れた波のあるようなピンクなのだ。近づいて見ると、桜の花ビラが一枚一枚描き込んである。

「うわっ、ヨシノ君頑張ったねェ、これ全部描いたの？」

といったら、ヨシノ君は、

「いえ、旗屋さんに頼みました」

なんて平然と答えた。見るとヨシノ君はゴザを外れて、桜の樹の根元で横になっている。私はドキリとした。オデン屋のヨシノ君の寝姿がチラリと浮んだ。山頂にはやはりタクシーはない。救急車もない。だけどもうここまで来てしまったんだから、もう仕方がない。たぶん、おそらく、大丈夫だろう。

本日はまことにいい天気で、空が本当に空色をしている。山頂をフワフワと風が横切ると、薄いピンク色の雲からヒラヒラと桜の花びらがこぼれ出して、それがまたヒラヒラと幔幕のピンク色の中に溶け込んで行く。

サルガッソーの海

私は小平市に住んでいる。東京都のど真ん中である。東京の中心は千代田区の皇居のあたりだと思っている人が多いようだが、地図をひろげるとわかるように、東京の中心は小平市になっている。皇居はずーっと東に行った東京の外れの方だ。皇居だけでなく、銀座や国会議事堂というのも外れの方である。そのあたりに新宿とか渋谷とか池袋といった忙しい町がかたまっている。原宿、四谷、神田といったものもそのあたりにたむろしている。そのたむろしたところでいろいろな会社や仕事や催し物といったものが湧き起っている。だから何か仕事とか用事というとだいたいがそのたむろの中へ出かけて行くことになり、そうすると小平市からだと一時間くらいはかかってしまう。だからどうしても小平市というのは東京の外れみたいに思われてしまうのだけど、それはまあ仕方のないことだろう。

その小平市の外れの国分寺市に近いあたりに私は住んでいる。まわりは静かな住宅街で、その中にあってさらに静かに、ぽっかりと広い空地。その空地の外れに木造平屋築三十年ぐらいの私の家が建っている。私の家といっても借家である。それに建っているというより残っているといった方がいいかもしれない。

ついこの間までは隣に一軒、それと表通りの方に二軒、全部で四軒の同じ借家が建っていた。それが去年、契約切れの家から順番に追い出されて行き、ガラガラと三軒が空家になった。その空家がしかも端から壊されていって、あっという間に空地になってしまった。

たぶんその跡地に木造モルタル二階の建売住宅をぎっしり建てて、高値で売ってしまおうという家主のコンタンである。家主というのは遠く離れた神奈川県にいるのだけど、コンタンというのは顔を見なくてもわかるものだ。

このあたりの古い家屋敷というのはみんなそうなっている。一軒のお屋敷を壊した跡に新築の家が四軒ぐらい、ぎっしりと建ち並ぶ。私の家はお屋敷ではなく小さな借家だけど、それでも三十年前の造りなので敷地はたっぷりしている。この一軒の跡地にギュッと詰めて二軒は建てるつもりだろう。だから四軒全部壊せば八軒ぐらいが建つことになる。

その四軒目の私の家もいずれは立退きを宣告されると、覚悟していた。出るのはいいと思ってはいた。引越しは人間の常である。だけど相手の言いなりに出たのではやはり面白くない。動くにしても、そこに自分の意志を示したい。不動産屋を従えて家主が来たら、やはり少しばかりは抵抗しようといろいろ対策を練っていた。高い声でたてつづけにしゃべった方が迫力があるか、それとも低い声でムッツリとしゃべった方が凄みが出るか、そっと練習して悩んだりしていた。

ところが三軒がたてつづけに壊されたあと、四軒目の私のところにはウンともスンとも言って来ない。出ろというなら契約切れの最低一ヶ月前には通告しなければいけないのに、黒い電話はじっと黙りこくったままである。

契約切れの前日になってやっとベルが鳴り、不動産屋の声が聞えた。

「いやね、いちおう契約が切れましたので、新しい契約書にインカンをひとつ……」

家主の代行である。待ち構えていた押し問答は何もなく、契約があと二年、すんなりと更新された。どうも不思議である。とりあえず引越しが延びて、ホッとしてはいるのだけど。

どうやら考えてみるに、これは経済の問題である。不況なのだ。とくに土地不動産の売行不振。最近はマンションでも空室が多いらしい。ひところはマンションといえば建築中から売りに出されて、まだ壁も床も何も出来ていないのに全室完売という夢のようなこともあったそうだ。だけどそのつもりで建てたマンションが、最近は建ったあともずーっと売れずに、あちこちでコンクリートの空洞をたくさん抱え込んでいるという。

木造の建売住宅にしてもそうである。うちの前の道路をはさんだ向い側に、けばけばしい家が二軒建っている。そこもやはり古い家を壊して空地にしたあと、ギッシリと詰め込んで建てた新築二階の建売住宅である。それが敷地はギュウギュウなのに家の造りがばかに派手で、屋根を必要以上に急勾配にしたり、その屋根がまた真っ白な屋根瓦で、塀には緑色の人造石をちりばめたり、浴室には真赤なポリバス……、いやこれは浴室をのぞいたわけではないのだけど、工事中に運ばれて来たのを職人たちが中へ入れながらもあまりの派手な色に作業の手が止ってしまい、

「こんなの……、本当に入れるのかい？」

と呟いていたのを、妻がじっさいに聞いている。

とにかくそういうふうに、見かけだけはずいぶんと豪華ふうに造ってある。土地は狭いのだけど

その上に載せる家の造りを派手にして、できるだけ高い金を絞り出そうというコンタンである。そのコンタンの努力のあとが、新築の二階家サンの全身からにじみ出ている。そんな家が二軒、去年の夏に建って以来まだ二軒とも売れていない。新築と同時に空家になって、もうじき築一年になろうとしている。

哀れだと思う。ちょうどそのころから景気は落ち込んできたようなのである。それでもときどき不動産屋の案内で見に来る人がいる。道端にニコニコした顔と不安そうな顔とが並んで立って見上げているのですぐわかる。そばを通りながら耳を澄ますと、

「まいちおう、壁はスタッコ仕上げで、屋根はですね、これほかではまだ見ないでしょう、白い瓦。であそこにグルニエが……」

などと言う声が聞こえる。言われた方は、

「…………」

と黙っている。この沈黙は不安をあらわしている。それはそうだろう。この一見豪華なものが、六千万円とかの噂である。時季も時季だから、たまに見に来る人はあっても買手はぜんぜんつかない。悲しいものである。一見すると豪華なものが、いつまでも売れずに、一見だけでなく二見、三見、四見と周囲の視線にさらされながら、その豪華さというのが何とも悲惨な感じになってくる。

うちの隣の三軒の借家が取壊されたのも、その悲惨な豪華住宅が建ったちょうどそのころだった。まだ業者の夢がしぼんでいない季節、不動産ならいくらでも売れる、売るぞ売るぞ、と思っていたころである。それで四軒の古い借家を一軒ずつ壊しながら、しかしそれといっしょに世の中の景気

もだんだん倒れ込んできて、その四軒目の手前のところで、

（これはマズイ、これでは家を建てても当分は売れないぞ）

と気付いたのだろう。

（それなら一軒だけは残しておいて、その家賃を固定資産税に当てた方がトクだ）

と考え直したのだろう。だから四軒目の私の家は空地の外れにやっと建ち残っているのだけど、考えたら世の中の景気の外れのところに建ち残っているわけなのである。

この家にはダイニングキッチンを入れて四つの部屋があり、私の外には妻が一人、娘が一人、祖母が一人、計四人が住んでいる。家の中心は廊下である。中心には日が射さない。暗くて使いものにならない空間である。その暗い廊下を抱えてこの家は成り立っている。中心は暗いのだけど、それぞれまわりの部屋が明るければいいと思っている。

（リンゴだって芯は食べられないからな）

と私は思っている。その真っ暗な廊下を囲んで四つの部屋と玄関、浴室、便所などが散らばっているわけで、私の仕事部屋はこの家の北西の外れだ。四畳半である。その部屋の真ん中に大きな仕事机がある。机だけは外れでなく真ん中である。だけどその机の前に坐ると、私自身の位置はやはり部屋の中では外れとなって、背中は壁についている。これが壁に向うスタイルだと私の位置は部屋の真ん中になるのだけど、壁に向うのはどうも息苦しい。私はどこに引越したときでも、仕事部屋ではいつも壁を背にしている。目の前に空間がほしいのである。背中には空間はいらない。いやいらないというより、背中の空間は不安なのだ。

部屋の真ん中にある大机は、三尺かける六尺の面積をもっている。九十センチかける一メートル八十センチ。畳一枚の大きさである。つまりベニヤ板一枚の大きさ。

自分で作ったのだ。小平市に引越して来る何軒か前の家だった。もう十年以上も前になるか。オイルショックよりもずっと前、よど号のハイジャック事件よりもずっと前、全学連という言葉と全共闘という言葉の境い目ぐらいのときだった。私は絵を描く仕事と文章を書く仕事を往復しながら、その上にもう一つ、文字を描く仕事があった。

文字である。文章でも絵でもなく、その双方の谷間にあるような文字という形、それを描く、つまりレタリングというものである。小さいのは五ミリ四方のものから、大きいのは一メートルぐらいの文字もあった。選挙のときの候補者名の文字、宣伝カーのスローガンの文字、ステージの上に吊す大会名の文字、展覧会の説明板の文字。だいたいは看板屋の作業場で描くのだけど、紙に描くような仕事は家に持ち帰ってやるわけで、そんなときにはT型定規の使える角のピシリとした机がほしかったのだ。

それプラス文章とイラストレーション、その一体となった机はどんな構造のものか、私は毎日構想を練った。一ヶ月ほど練ったのではないだろうか。幅はどのくらいがいいか、引出しはどんなものが便利か、本を両側に積み重ねて、その上に板を渡して、そこで実際に仕事をする振りをしてみたりして、毎日仕事のシミュレーションを繰り返し、自分にとってのパーフェクトな机の形態を考え尽した。

誰でもそうだろうが、私は後悔が嫌なのである。嫌だというより、馬鹿だと思うのである。というより無駄だと思うのである。

結局出来上った机は、高さ三十四センチ、面積は前に書いた。坐り机だ。仕事の合い間をぬっての作業なので、出来上るのには一ヶ月ほどかかった。鉋《かんな》や鋸《のこぎり》や鑿《のみ》など、自分の持っている道具類を総動員し、さらに新しい道具を導入するなど、その作業期間中は私にとって至福の状態だった。至福である。

至福の結果出来上った机には、自慢の構造が三つある。その一つは引出し構造である。まずこの机は両袖に置いた脚部分と上に載せる板部分との三つに分解して引越しできるようになっている。その脚にあたるところの左側にはふつうの深さの引出しが三段、右側には浅い引出しが五段。つまり左側はゴロゴロとした道具類専用、右側はペラペラの紙類専用。と、そこまではそれほどの自慢でもないのだけど、これが机の反対側に坐るとやはり左側にはゴロゴロ用の三段の引出し、右側にはペラペラ用の五段の引出し。つまり机の両正面が同じ仕組みになっているのだ。すなわち絵の仕事のときはAの側に坐り、文章の仕事のときはBの側に坐る。そしてA側の両袖の引出しには絵の道具類、B側の両袖の引出しには文章の道具類、そうやってそのときどきの仕事の内容でその両方を坐りこなすという、そういうシステム。

自慢の二つ目は上板部分である。板そのものは板目模様のデコラを張った五分厚の合板なのだけど、その下に上板と同面積で深さ三センチの箱が隠れている。いや九十センチかける一メートル八十センチの広い面積で深さ三センチというのを箱といっていいのかどうか問題ではあるが、とにかくその広い上板をどけてみると、その下に大きな全紙の紙やポスターなどが丸めずにそのまま格納できるようになっている。

丸めずに。

これが問題である。それまでは大きなポスターなど、いちいちまるめたり拡げたりして、クシャクシャになっていた。クシャクシャにしてはいけないと思う神経が、ふだんの生活のおおらかさにブレーキをかけていた。だけどこの自作大机のシステムのお陰で、そんな神経をほどいて窓にでもぶら下げておくことができるのである。

自慢の第三点はレタリングのためのものであって、机の上板の各辺が正確な直線性と直角性を保持しているということ。つまりT型定規使用の場合、それを机のどの縁に持って行ってもピシリと平行線、直角線などを引けるように、上板の各辺にはL字型の細長いアルミサッシを打ち付けた。これで少々のことでは上板の直線が曲ることはない。四辺の全部がそれだから、その寄り集る机の角のところはアルミサッシがキッチリと尖って、ダイヤモンドのカットみたいだ。完璧な直角である。

そういう机を作り上げて、私は満足していた。満足は半年ほどつづいた。つまり半年だけで、永遠にはつづかなかったのである。

満足が最初に崩れたのは、夏に入ったころだった。両手の肘が痛いのである。机の上でイラストレーションや文章を書いているときはまだいい。そのときは両肘の全体が机の上にせり出している。でも何を書こうかと考えているとき、両手というのはまだ机上にせり出せずに、何となく机の前で構えているもので、その両方の肘の真中あたりがいつも机の縁に当っている。それがしかし冬なら毛糸やその他で包まれているからまだしも、春を過ぎて夏が近づき、気温の上昇とともに腕を包む衣料が薄くなって、ついにはむき出しで机の前に坐るようになると、両肘は直かにアルミサッシの直角の角に接することになる。接するだけならともかく、何を書こうかと考えあぐねているようなときには、両腕からは力が抜けて、地球の引力のままに下に向って垂れ下がっている。そうすると両肘はその重さの分だけ、金属の直角の角に食い込まれていく。しかも悪いことに、机の前で坐っているのは腕を動かして何かを書き進んでいるときよりも、腕を止めて何かを考えあぐんでいるときの方が多いのである。そうすると考えるときの肘というのは直角の金属に食い込まれていって、その肘の痛みがいつも頭の中の考えを引き止めている。そうするとその肘はいつまでたっても机上にせり出しては行けないのである。

こういう肘の痛さというのはふつうあまり経験はないかもしれないが、脚でいうといわゆる弁慶の泣きどころという有名な箇所である。そこをガーンとぶっ叩かれるのではないけれど、そのガーンというのが小さくコンコンと小間切れに分散しながら、それが連続的に打ち込まれてくる。その小さな苦痛の伝令がもやもやと考えあぐねる頭の中にまで届けられて、机の満足はその両肘の接する直角の部分から、少しずつ崩れていった。

そんな満足の小さな傷口が、さらに大きく口を開けたのは、その両肘のまさに元祖、文字通りの弁慶の泣きどころ、左足の脛であった。

電話はいつもその机の横に置いてあるのだけど、夏のある日、深夜のベルで起されたのだ。夢う

つつの足で受話器に近づいて行きながら、コードに足を取られて体が沈んでしまった。沈みながら、

「ガ……」

という音といっしょに、左足の脛が直角の金属と噛み合ってしまったのである。それも机の縁の直角と直角が寄り集まる角のところ、アルミサッシのキッチリと尖ったダイヤモンドカット、その先端が左脚の脛を割って、赤いものを見事にのぞかせている。私はその赤いところを右手の掌で押さえたまま、その押さえる姿勢がじっと動かぬ大理石の石像みたいになってしまった。顔面の皺は眉間の一点に集中している。真夜中である。構想と制作に二ヶ月をかけ、完成から半年間持続していた机の満足は、暗がりの石像となって崩れ落ちたのであった。

といって後悔はしなかった。後悔は馬鹿だと思うからである。いや馬鹿だというより無駄である。

私は机の縁にはできるだけ肘をつかないようにして、つまりあまり考えあぐねないように努力して、両肘を机上にせり出し、仕事にばかり精を出した。だけど満足はまた別の方からも崩れていった。崩れるというより塞がれていった。机に向って坐る位置が固着したのだ。はじめはA側とB側の両方をスイッチヒッターみたいに坐り分ける計画だったが、じっさいにはなかなかそうはいかない。大きなまとまった仕事ならまだしも、小さな仕事で絵と文章が交互につづくときなど、いちいち坐席をスイッチするわけにはいかないのである。原則を守ろうとしながらも、どうしても一方にだけ坐って両方の仕事をやるようになってしまう。それにイラストレーションと文章と、それほど際立って道具が違うわけでもないのである。間に合わせようと思えば机の片側で間に合ってしまう。引出しも片側の両袖にある分で間に合ってしまう。

人間というのは望みは高くても、怠惰な動物である。結局は机の片側だけに坐るようになり、残る片側は現役を引退した格好になってしまった。しかし引退しても、引出しは引出しである。引いて出せば箱が出てきて、中に物が入れられる。

その引退した側の右袖の五段の引出しには、新聞や雑誌の切抜き類がはいり込んだ。とりあえず、と思って切り抜いたものが、なかなかファイルする時間もなくて、とりあえずその引出しにはいり込んでしまったのだ。左袖の三段の引出しも似たようなもので、一段目には毎年の使い古した手帳類や趣味で集めている燐寸《マッチ》類がはいり込み、二段目にはふだん使わないポスターカラーや紙見本や色見本帳などがはいり込み、一番下の段には、これはもう本当のガラクタ類が溜り込んでいる。

といって廃品ではない。廃品であれば、それは廃品業者と取引きの上、しかるべきところへ持ち去られて行く。いやそれはまだいい方で、本当にどうにも使えなくなった廃品というのは週一回の燃えないゴミの日にビニール袋に入れられて、割れたコップや欠け茶碗といっしょに何処とも知れず持ち去られて行く。

だけどそうではないのだ。この机の引退した引出しの一番下に溜っているのは、まだ使い途のあるガラクタ類である。とりあえずは使いようもないけど、使い方によっては全部使える。だけどとりあえずは使いようもなく、現役の引出しの中から弾き出され、机の上の隅に置いておいたのがちょっと邪魔になって本棚の上に置かれ、そこも邪魔になってダンボール箱の横に置かれ、そこでも邪魔になって今度は窓の上の棚に置かれ、そうやってこの部屋の中をあちこちと流れたあげくの果てに、この机の引退した引出しの一番下に流れ込んで、そこでガラゴロと溜っているのだ。

いったんこの引出しにはいり込んだガラクタ類は、なかなか外へは出て行かないようである。ときどき引出しが開いてストンと入れられ、あとは閉じた引出しの中でじっとしている。はいったらなかなか外には出られない、袋の海、あのサルガッソー海の水面に寄り集った浮遊物のように、ガラクタ類の角と角とがぶつかり合って、ほんの少しずつ錆びたり、欠けたり、ほぐれたりして、その場所でじっと古くなっていく。

たとえば柳屋ポマードの壜がある。私は髪に油をつけたりするのは嫌いである。でもこのポマードはレタリング用である。筆の毛先につけておくのだ。油性のエナメルやペンキを使った場合、本当は終るごとにシンナーで洗っておかないと、筆はすぐ固まってしまう。だけど明くる日もまた同じ油性塗料の仕事をする場合には、いちいちシンナーで洗い落すというのも無駄なことで、そんなときにこのポマードを筆先に塗っておく。そうすれば明くる日はポマードを拭き取るだけですぐに使える、と、まあそれだけの用途である。その少しの必要性のために、私の髪には縁のないポマードなどというものを一生に一度だけ買ったのである。しかしいまはもうレタリングの仕事もやめてしまったし、今後はもう油性塗料を使うこともないと思う。だから棄ててしまってもいいのだけど、しかし絶対に、永久に仕事がないとは断言できない。もしほんの少しの仕事があった場合、ほんの筆先にちょいとつけるだけのポマードというのを、また新品の壜ごと買うことになる。いや買わなくても、壜の底に残ったような誰かの使い古しがちょっとあればいいのだけど、まわりには髪にポマードをつけるような友人がなかなかいない。探せばどこかにはいるのだろうが、そんな友人を探し歩けば三日も四日も潰すことになるだろう。そうなれば、いったい人生は何のためにあるのだ。

そんな使い残りのポマードの壜を探すことより、私にはやりたいことがたくさんあるのだ。だからこの髪には絶対使わぬはずの柳屋ポマードの壜であるが、棄てるわけにもいかず、かといって部屋の中に置き場所もなく、とりあえずはこの引出しの中のサルガッソー海にポチャンと投げ込まれているのであった。

ちょっと優雅な卓上用のルーペもある。直径六センチほどの円盤状の台座の上に、高さ八センチほどの細いピラーが立っている。その先に付いたアームが螺子《ねじ》の操作で二段階に曲るようになっていて、その先に向きが自由に変るようにレンズが付いている。レンズにはチューリップの形をしたコードが付いている。金属は全部真鍮である。机の上に置いておくと、自分が何か専門家、いやスペシャリストになったみたいで素敵だった。内容が屑屋に近いような古道具屋で買ったのだ。店の奥のガラスの割れているガラス戸棚の中の、古い金属類の山の中から探し出した。物凄く安い値段だった。値段というより、そのときのもう少しましな買物の革の鞄か何かに付けて、たしか付録みたいにして受け取ったのだ。そうやって手に入れたものは、高い値段で買ったものよりもっとずっと価値がある。ところがそれがやはり古物屋の物であって、もう螺子山がバカになっていたのか、下の台座とピラーを締めつけていた小さなボルトが外れてしまった。あれ？　と思ってやり直すと、ボルトが順調に締まっていきながらもう少しのところでガタンとゆるみ、台座の上でピラーがぐらぐらしている。ボルトを変えればいいのだ。どこにでもあるようなボルトである。ないとしても、ボルトの専門店に行けばきっと売っている。誰か知り合いがいれば鉄工所に頼んでその同じボルトをオーダーで作ってもらってもいいのだけど、いまのところ鉄工所に知り合いはない。だけどいずれはラーメン屋で隣の席になった人とか、風呂屋でいっしょになった人とか、何かのはずみで鉄工所の知り合いができるかもしれない。そうすれば、その小さなボルトが一つありさえすれば、そのルーペは機能を回復してまた机の上に優雅な姿を見せる。だからこれは棄てるわけにもいかず、といってそのままでは使いものにならず、これも仕方なくこの引出しの中のサルガッソー海にポチャンと投げ込まれているのであった。

赤インクの小さな壜もある。パイロットである。レッテルにはインクが染みて、そうでないところも紙の色が褪せて変色している。むかし美校の学生だったころ、デッサンはいつも墨汁にGペンだった。それに一時期、赤インクの線をからませていたのだ。赤鉛筆の赤とも違い、ボールペンの赤とも違う。それに赤インクというのはいちばんインクらしいという気がする。Gペンの先につけて描いていると、そのペン先を濡らす赤インクが光の具合で緑色に光ったりする。その妖しい光が好きで、そんなデッサンをよく描いていた。しかしそれはもうずーっと前、美校の学生をやめたころにやめてしまった。いま何かの必要で赤い線を引くときには、赤鉛筆か赤いボールペン、赤いサインペンなどを使っている。その場合はただ線が赤ければいいのである。インク壜の蓋を開けてGペンを赤インクに浸すというのは、いまはもうまるでなくなってしまった。だからこの赤インクはもう壜ごとポイと棄ててもいいのだけど、しかし本当にいいのだろうか。あの妖しく光る赤い線は、本当にもういらなくなったのだろうか。ひょっとして、またいつ必要になるかもしれない。それがなければ、こんな赤インク、もうポイと棄てて買うこともない。だけどもしあとで気持が復活したら、いったいどうする。ポイと棄ててしまった赤インクへの、大後悔がはじまるだろう。気持がくよくよと波打つような、大後悔の海原である。それが嫌で、といって部屋の中のどこにも置き場所がなく、結局は赤インクの小さな壜もこの引出しの中のサルガッソー海にポチャンと投げ込まれて、ほかの物とぶつかり合っているのであった。

そんな物がたくさんあるのだ。それぞれ生い立ちは違っていても、同じような素性のもとに、結局はこのサルガッソー海に漂っている。不要のキャンバスから抜いたままの短かい釘の一団がある。製図用のコンパスを買ったので落ちぶれてしまった子供用のコンパスがある。使用済みの手帳の背から抜き取った、まだ新品同様の細身の鉛筆がある。何故か、体操などで使うホイッスルがある。昔の木造アパートにいるとき使っていた緑色の錠前がある。吸い殻ばかり吸っていたときのキセルもある。ハンダ付け用のペーストだけあったりする。そのほかまだまだ、鉛筆のキャップや、ガリバン用の鉛筆や、ペン軸や、余分になった分度器や、豆電球や、その他、A、B、C、D、E、T、C……。

そんな引出しの中のサルガッソーの海を、彗星のように通り抜けて行った物品があった。断面が六角形のツヤツヤ光る棒が十二本。つまり一ダースの鉛筆。それがこの袋の海にポチャンと投げ込まれ、十年以上の歳月をかけてじりじりと進みながら、ついには水面からシュパッと抜けて、はるか遠くへ飛び去って行った。私はそれをスタビロ彗星と名付けている。ドイツのスワン・スタビロ社製の３Ｈの鉛筆である。

それが私の部屋へあらわれたのはもうずいぶん昔、角栄逮捕よりもずっと前、スプーン曲げよりずっと前、浅間山荘よりずっと前、ちょうど全学連という言葉と全共闘という言葉の境い目あたり、いや違う、もうすでに全共闘という言葉の出来上っているころだった。

私は全共闘のためのポスターを頼まれたのだ。たぶん全共闘だと思う。でもどこの全共闘か忘れた。だけどとにかく反体制の、造反有理の、勇しい学生たちだった。町では赤いヘルメットを被っていたのだろう。赤い旗も振っていたのだ。ちょうど私もある週刊誌で「赤馬画報」というイラストページを連載していて、その反体制的エネルギーでパロディを構築するのに夢中になっていた。

そんな赤いエネルギー間の共振があったのだろう。学生があらわれた。玄関からはいって来て私の机の向い側に坐り、十テン何トカの何トカ大会のポスターを描いてくれと言う。

「うーん……」

言われて私は腕組みをした。その大会の意味がわからなかったからではない。少々の意味のズレは、この際どうでもいいのだ。それより、ふつう一般の左翼のポスターといえば、たいていが握りこぶしを振り上げている。真面目で実直そうな顔の人々が、前方六〇度ぐらいを見上げながら、全員が握りこぶしを突き出している。その丸く結んだ握りこぶしから、もし一本、人差指でも突き出ていたら、それは真面目な顔の人々によるUFO発見の図ではないか。

それならそれで面白いが、しかしそうもいかない。そんなパロディをつくるよりも、そのときの私には世の中に噴き出していた反体制反権力のエネルギーそのものに魅力があった。だからここはパロディと違って、その反体制の、反権力の、革命的エネルギーの力を示す、いわばエネルギー絵画を描きたいと思ったのだ。しかしそれを握りこぶし以外にどう描けばいいのか、それがどうにも

難しくて、私はもう一度、

「うーん……」

と唸ったのだ。

「駄目ですか」

と学生は言っている。

「いやそうじゃないけど、これ……、難しいね」

と私は言った。学生はジャンパーを着て、高倉健ふうのがっちりタイプの顔をしている。だけどさすがに大学生で、高倉健よりは甘い笑顔だ。でも体はやはりがっちりとして、たぶん体力では私の負けだ。

「うーん……」

私はまた唸った。学生の目が私を見る。低い声で、遠慮気味にしゃべりはじめる。

「いや、自由に描いて下さい……。あの、本当は赤馬画報のようなのが望みです……」

その低くて太い声は、やはり高倉健だ。

「あ、あれを読んでいるの？」

「はい。毎週見てます。みんな見てます」

「うーん……」

この唸りは照れ隠しである。

「であの……、原稿料が出ないんです」

と学生がぶつんと言った。

「いや、それはまあ……」

私は「まあ」の次に沈黙したが、この沈黙も照れ隠しである。というより、この沈黙は納得の表現というべきだろう。こんな場合、お金をもらったのでは面白くないのだ。ただどう描けばいいのか、それが非常に難しい。

「しかしあの、何かほしい物……、持って来ます」

と学生がつけ足した。

「え？」

「いや、僕らのところに、いろんな物があるので」

「いやあ……」

この場合の語尾の濁りは、何か物をもらえるかもしれないという期待の照れ隠しとともに、その物の在り方に対する判断不明の戸惑いが加わっている。「いろんな物があるので」とはどういうことだろうか。

学生は帰って行った。

私はボルトナットを描いた。縦位置の紙に太いボルトが数本横に並んでいる。その螺旋状の螺子山がところどころめくれたりして、よく見るとそれが文字になっている。英語である。英語は学生の指定なのだ。それはじつは何トカ反戦の国際大会なのだった。握りこぶしではないのだけど、ボルトなら外国にもあるから外にもわかるだろう。

約束の日、学生がやって来た。もうだいたいは出来ているのだが、まだ完成はしていない。あちこちに最後の仕上げの仕事が少しずつ残っている。

学生はまた机の向い側に坐った。申し遅れたが、もう自作大机の出来上っていた時代であった。それがたしか、まだ完成して間もないころだ。

学生はざっと出来上った原画を見て、

「あ、凄いですね」

と言っている。いきなりボルトなので驚いたのかもしれない。

「なるほど……」

とつけ足している。たぶん理解したのだろう。

「あとちょっとだけ、仕上げが……」

と私は言った。

「はい。待たせてもらいます」

ところが仕上げのペンを走らせるうちに、そこでまた新しい手法を見つけたりして、その手法をほかの全部のボルトの絵にも施したりして、けっこう時間がかかり、昼になった。

「あの……」

と学生が言う。

「え？」

「いや、ちょっと、弁当食わしてもらっていいですか」

「え？」

「いや昼になったので、ここでちょっと弁当食わしてもらっていいですか」

「ああ……」

何だと思ったら、学生は出歩くのに弁当を持って来ているらしい。ショルダーバッグから弁当の包みをのぞかせている。

「ああ、どうぞどうぞ。じゃあちょっとお茶を入れて来ましょう」

私はペンを置いて立ち上った。学生は、

「すんません」

と言っている。お湯を沸し、急須に番茶を入れて、弁当を食べるならお茶もたくさんいるだろうと、近所の寿司屋でもらった大きな湯呑みになみなみと注いで、自分のと二つ持って行った。学生はもう弁当を食べはじめている。見るとそれが、昔ながらのDOKATA弁当である。深いアルミの弁当箱にぎっしりと飯が詰っている。正調である。最近では絶えて久しく見かけなかった光景である。

（うーん……）

私は内心で唸ってしまった。その学生を見直した。がっちりとして飾りけのない風体が本当に高倉健に見えてきた。ポスターを引受けてよかったと思った。ジャンパーを着た学生が、子供のころ見上げた兵隊さんに思えてしまった。寿司屋の湯呑みを二つ持ったまま、そんなことを考えていた。

湯呑みを一つ学生の前に置いて、あと、自分の湯呑みの置き場所がない。ポスター用の紙が大きいのだ。そばに置いてこぼしては大変である。仕方なく学生の湯呑みの横に並べて置いた。

「あ、すんません」

と学生は飯を頰張りながら頭を下げている。並んだ湯呑みをちょっと怪訝な顔で眺めたりしている。

「いやいや」

ポスターは墨入れを全部終り、急ぐのでドライヤーで乾かした。トレーシングペーパーを上にかけて、青鉛筆でボルトのアウトラインを上からなぞり、印刷用の色指定にかかった。サツマ揚げの匂いがする。タクアンの匂いもする。ムシャムシャと学生の口の音がする。うまそうである。私は声をかけた。

「ちょっとすみませんが、食事中……」

「はい？」

「そっちの左側の二番目の引出しに色見本帳があるので……」

学生は箸を置いて引出しを開けた。

「これですか？」

「それそれ、すみませんね」

今度は椎茸の煮物の匂いがプーンとした。これは相当うまそうである。学生はときどき箸を置いて、出されたお茶を呑んでいる。私は色見本帳をパラパラとめくった。いくつもの色が虹の束のように、手もとからふわりと伸びる。細長い色紙が三百枚ほど通り過ぎる。色紙には小さく切取るミシン目がいくつか付いている。以前出版社の人にもらったものだ。その一冊を丁寧に使いつづけている。だけど自分の色の使い方にクセがあるのか、特定の色ばかりが減っている。鮮やかな原色のところがたくさん齧られたみたいになっている。赤、黄、青、茶、緑、紫、中でも朱色のところがいちばん齧られている。そのころは印刷が二色というと、黒い線でペン画を描いたあとには必ず必ずこのギンギラの朱色を指定していた。印刷所では金赤《きんあか》という。原色の朱色である。赤の中の、特に朱色である。正式の赤というのは意外に固く冷えた色だ。そこにほんの少し黄色味を含んだ朱色というのがいちばん強く感じる。たまにほかの色にしようとしても、どうしてもそれを選んでしまう。朱色のエネルギーがほしいのである。東洋インクの記号でいうとCFの5番と6番、それからCFの71番や72番もそれに近い。そのあたりが軒並みち切られて短かくなっている。みんな私が使ったのだ。もう残りは少ない。今度のこのポスターは別の色にしようと思ったけれど、やはりとっておきのCF5番をち切ってしまった。ミシン目はあともう一つしかない。その貴重な、まるで火のような朱色の紙切れをトレーシングペーパーの上に貼りつけて、作業は終った。

やれやれとお茶に手を伸ばそうとして見ると、学生の弁当もだいたい終りに近づいている。最後の二口ぐらいを残して学生がお茶を飲んでいる。見るとそれが私の分のお茶である。というより二つ目のお茶なのである。学生は一つ目の湯呑みを呑み干して、二つ目の湯呑みにかかっているのだ。

（ありゃ……）

と内心呟いたまま、私は出しかけた指先のおさまりがつかずに、意味もなくトレーシングペーパーの上をなでてしまった。たぶん考えが食い違ったのだ。置き場所がなくて私の分のお茶も学生の前に置いたのだけど、それがはからずも学生に出したお茶と二つ並んでしまった。学生はお茶を二杯出されたと思ったのだ。出されたものは呑まなければいけない。

（うーん……）

私は苦笑してしまった。いままでお客さんにお茶のお替りは何度も出したが、お茶を二杯並べて出したことは、一度もない。

学生は弁当箱の最後を口にかき込んだ。

「いや、すんませんです」

二杯目のお茶の最後も、喉をぐっと上に伸して呑み込んだ。

「どうも、ご馳走さんでした」

弁当は自分で持って来たものなのに、「ご馳走さん」と頭を下げるのが妙だった。つまり学生は二杯のお茶と畳の場所に礼を言ったのだろう。これはいよいよ高倉健だ。

色の載せ方や印刷の方法などを説明する。

「はい……。はあ……」

と弁当を腹に収めた学生が聞いている。私も自分の昼飯のことが頭を横切る。

「それで、あの……」

学生がショルダーバッグの口を開けて、赤く光るものを取り出した。

「あの、鉛筆なら使うだろうと思って……」

物である。持って来たのだ。

「いや、そんな物……」

私は実際の物を見て戸惑った。鉛筆といってもケース入りで一ダース、それがドイツのスタビロである。ツヤツヤと赤い軸の上に白いドイツ語の文字が、宝石みたいに目に飛び込んだ。でもそんな私の表情をよそに、

「たくさんあるから、いいんです」

学生はこともなげに言う。

聞いてみると、学生たちはしばらく大学を占拠していたらしい。バリケードを築いてたてこもったのだ。寝泊りをするのに、ふだんは足を踏み入れたこともない学長室を使用した。大学の体制の頂点である。あえてその部屋の絨毯に寝転がることで、学生たちは、ちょうど私が直角の大机を完成したときのような満足感を得たのだろう。でもそれもまた私の大机の関係と同じように、長くはつづかなかった。機動隊にその満足感を崩されて撤去するとき、学生たちは戦利品を手にする。大学の頂点に置かれてあった物品類。その中にこの赤いスタビロがあったのである。

「だから、ほんと、いいんです」

学生はもう一度言っている。

「うーん……」

私はまた唸った。この唸りはしかし、スタビロの輝きに対する感動と同時に、その輝きに包まれた鉛筆の芯への失望が含まれていた。その赤い軸の上のドイツ語の文字を追って末端の表示にたどり着くと、そのスタビロは３Ｈなのだった。スタビロの一ダース全部が３Ｈ。

私が使うのは4B、2B、Bときて、HBまでである。硬い3Hも一本ぐらいは持っているが、それは表面のざらついたトレーシングペーパーにトレースするときぐらいであって、しかも3Hというのはうんざりするほど硬いので、一本だけ持っているその一本がなかなか減らない。

「うーん……」

この唸りはしかし、再度スタビロ一ダースの輝きに向けた賛美である。とはいってもそれがとても、一生かかっても一ダースはとても使いようのない3Hであることのもどかしさ。

学生はポスターの原稿をくるくると巻いて持ち帰って行った。

机の上には使えない宝石が残されて、ツヤツヤと赤く輝いている。

そういうわけだ。この物品の不幸は動かし難い。3Hである。私は硬い3Hの使い方をいろいろと考えた。たぶん細くて正確な線を引く製図などには使うはずだ。しかし自分の将来を考えてみても、まず製図の仕事はしないと思う。といって誰か製図をやる人に上げようとしても、友人には製図をやる人が一人もいない。遠い関係をたどればいるだろうが、しかしこれは私のもらった宝物である。学長室からの到来物だ。遠い遙かな国からの舶来品である。見ず知らずの人に簡単にポンと上げるわけにはいかないのである。

スタビロはしばらく机の上に置かれていた。一ダースの中の一本だけ先が削られている。ひょっとしてドイツ国の3Hは柔らかいのかな、と思ったのだけど、なかなかどうして、ドイツらしくしっかりと硬かった。それにしてもその大学の見知らぬ学長さんは、この3Hを何に使うつもりだったのだろうか。一ダースも。

　スタビロはいつも机の上の左前方に置いてあったのだけど、そのうち机の上には本や雑誌が積み重なって隠れてしまった。隠れたらついその存在を忘れたのだけど、その積み重なる書籍類が少し傾いて、崩れてばかりいるのでいらいらした。何度積み直しても崩れてしまう。何度目かに崩れた本を全部どけて底辺を見ると、傾く原因はスタビロである。

　仕方なく机の上から引越して、正面の棚の中央に立てかけた。そこならいつでも眺められる。だけどその棚も満員になり、満員以上に本がはみ出し、結局はスタビロもそこを立退くことになってしまって、そのころにはもう机が出来上ってから何ヶ月か何年かたっていた。満足ではじまった大机もじわじわと満足が崩れていって、机の片側はもういつの間にか引退していた。そうなってから気がつくと、ケース入り一ダースのスタビロ3Hは引退した机の片側、一番下の引出しのサルガッソー海に流れ着いていたのである。

　その後減りようもないスタビロを中に抱えたまま、大机はいろいろな情況をくぐり抜けた。引越しも何度かした。引越しの一つは、夫婦に生れて来る赤ン坊のためのものだった。引越しのもう一つは、ヒビの入った夫婦が二つに分解するためのものだった。そしてもう一つは、分解した一方の父子家庭が、もう一度また新しい家族を構成するためのものだった。それが結局日の射さない廊下を囲んで部屋が四つ、あとは玄関、浴室、便所、縁側。小平市の外れの空地の外れに一軒だけ建ち残る、木造モルタル築三十年の平屋なのだ。

　その間に大机の外形にも変貌があった。はじめは自分が完璧と思って作り上げたシステムを崩すのが悔しくて、大机には何も手を加えずにいたのだけど、アルミサッシの食い込む両肘の痛みには耐えかねていたのだ。直角は苦しいものである。でもそれは自分で作った直角である。その苦しみに耐えて生きるほかはない。

とは思うのだけど、もともとはT型定規を使うために取付けたものが、実際には机が出来てからはT型定規なんてほとんど使っていない。仕事の内容が変ってきたのだ。文章を書く仕事ばかりが多くなって、イラストレーションの仕事が少なくなったし、文字を描く仕事はほとんどゼロだ。いや文字は書く。文章のための文字は際限なく書いているのだけど、文字そのもの、つまりレタリングの仕事というのをまったくやらなくなってしまった。つまりレタリングという公的にさらす文字の仕事が少なくなって、文章を小説として公的にさらすようになり、その結果、指先で書くのは私的な文字だけになったのである。

でないとしても、やはり人間というのは怠惰な動物なのであって、机が大きければ大きいだけ、その上にいろいろな物が乗っかったまま引き下がらない。机の上は本、書類、写真、手紙、メモ用紙、原稿用紙、そんなものが山盛りになり、T型定規などとんでもないという状態になってしまう。そうなると何故机の前の両肘が直角のアルミサッシに耐えなければいけないのかと、心はいつも苛立っていた。それは両肘に食い込む直角の角への直接の苛立ちであり、その直角を作ってしまった自分への苛立ちである。その苛立ちがさらに大きな神経の逆流に呑み込まれて、家庭は崩壊、飛び散った幼稚園年長組の娘と二人の生活がゆっくりと沈みながら、心の角は磨り減ってしまった。もはや机の縁の固い直角に耐える理由もないのである。

私はドライバーを握りしめて、螺子釘を一つ一つゆるめていった。机の周辺のアルミサッシが全部外れる。長年私の両肘に食い込んでいた直角の金属である。取り外すと、兇暴な蛇の抜け殻のようだった。それを全部溶かして丸いアルミの玉を作りたかったが、それだけの火力がない。仕方なく折り曲げて針金で縛り、燃えないゴミの日に道路に出した。いくつもに折り曲げられてしまった直角が、見事なほどに無残な塊になっていた。

アルミサッシを外した机の縁は、ざらついた合板の角がむき出しになっている。私はそこを丸く削り、柔らかい桐の木の薄板を張りつけた。机の四隅の直角も鋸で切り落した。かつて私の左足の脛に赤く食い込んだ直角部分は、ただの三角形の木片となって切り落された。かくして大机は角が丸くなってT型定規は使えなくなり、しかし両肘や両の脛には食い込むことのない柔らかい机になったのである。

ここへ引越して来てからしばらくたって、いつごろだったか、この大机のある部屋にジュラルミンのトランクが一つ増えた。中にはポラロイドのカメラセットが入っている。ポラロイドといっても十五センチもの幅のフィルムを使う大型のもので、写った写真が即座に出るだけでなく、同時にネガフィルムも出来てしまう。だけどあまりの大仕掛けにふだんはまず使い途もないのだけど、大きすぎてサルガッソーの引出しにはいりきれず、目の前の本棚の横に置いてあるのだ。ポラロイド六〇〇SE。特注品で、ふつうに買えば二十万円もするらしいが、クマさんにもらったのだ。

クマさんにはじめて会ったのは、新宿の酒場だった。何かの帰り、友人に連れられてはじめて寄った呑み屋だった。安いせいか、若者の多い店だった。カウンターで呑んでいると、私を赤馬画報の作者と知って接近したものがあった。木星のような形をしている。完全な球ではなくて、少し偏平にふくらんでいるのだ。それが肌色に輝いている。そんなものがこの呑み屋に入ったときからチラと遠くに見えていたのだ。人の頭である。つまり毛髪をつるつるに剃った頭だ。それが見事なズングリ形をしている。本当に、

「ズングリ」

という形なのだ。その球体がいつの間にか接近している。気がついたら私の肩の隣にあるのだ。

おや……、と思って見ると、その男の着ているのは着流しである。藍色の一重の着流しに包んだ体が、腕も胴もズングリとした太い円筒に感じられる。全身が、

「ズングリ」

である。敵に回せば相当な戦力だと思わされる。挑発に乗ってはいけないと思った。ところがその肌色の球体がやや低くカウンターをはいながら、見ると目が細い。風体に似合わず優しく細い目が、まるでヤクザの兄貴分を見上げるように、私を見上げている。

「あのう、ゲンペさんは、ムサビ……ですよね……」

と口が開いた。ゲンペさんというのは私の通称である。ムサビというのは武蔵野美術学校の通称で、私はそこを中退している。

「うん、そうだけど……」

「いやあ、あの、わしもね、ムサビなんです」

「え……」

私はその人物をもう一度観測した。警戒を解いて、硬く発していた視線が柔らかく曲線になって、その肌色の球体の周りを回った。

「ああ、ムサビなの……」

「そう。後輩ですよ」

「はあん……」

その球体の中には、私と同じ絵描きの脳味噌が詰っていたのだ。

「どういう絵？」

「いや、わしはこじきです」

「乞食？」

「いや、先輩……、発音が悪いですよ」

「え……」

「古事記です。古い方の」

「あ古事記ねえ」

「古事記の世界をね、鉛筆画で描いてるんです。でかい紙に」

「へえ、鉛筆画」

「先輩は……、ゲンぺさんは、ムサビでは……」

「油絵。でも下手だったな。うまくなる前にほかのことをはじめちゃった」

「ああね。わしは油は駄目なんです」

「そうか。ぼくは油絵具って好きなんだな。あの粘っこく伸びる感じが。でも下手だった。好きだけど意識しちゃってね、油絵具を」

「意識するんですか、油絵具を」

「いや、あの、何ていうかなあ。ほら、有名人の前に出たりすると上ったりするでしょう、よく」

「え、有名人？」

「そう。あれみたいなもんでね、油絵具に向うと上っちゃうんだよ」

「おかしいんですね、ゲンぺさんは」

「でも、ない？　そういうことって」

「わしは油、嫌いだから」

「うーん、嫌いじゃないんだな、ぼくは。好きっていうか、尊敬してるんだろうな、油絵具を」

「尊敬……」

「だから上っちゃうんだよ、きっと」

「わしは黒鉛です」

「黒鉛？」

「いや鉛筆のことですよ。いちばん基本の、安い絵具」

「うん鉛筆はいいよ。あれは上らなくてすむ」

「そりゃ、鉛筆を前にしていちいちぽーっと頬が赤くなったりしていたら……」

「はははは」

私はそうやって、肌色の木星のような頭をもつ怪人クマさんと、友だちになったのである。話はなおもつづく。

「でもぼくだってね、油絵具は好きだけど上っちゃうから、結局は鉛筆がいちばんなじむね」

「そう。黒鉛です」

「絵のときは何……」

「3B」

「あシブイね。ふつう鉛筆画は4B」

「そう。中学ではそう習ったけどね」

「それを3B」

「いや4Bも持っているけど……」

4Bを持っていると言って、クマさんは胸をそらせた。

「でもわしには3Bがいちばんなじむ。それに2B、B、あとHBも細かいところに使うけど、まあせいぜいHBまでだね」

「まあそうだな」

「2Hとか3Hなんて使いようがないでしょう。硬くて」

「うーん……」

私は何となくがっかりした気持になった。何か発展しそうにみえたものが、またすっと引込んでしまった。

「黒鉛のみで、色は使わないの？」

「色はね、わしは……。でも色盲じゃないですよ」

「ははは、おれも色盲ではないけど、色は下手な方だな。鉛筆で描いたところに水彩で一、二色さっと染ませるぐらいがいちばんいいね」

「いやあ、そうです。色のべたついたのは駄目ですよ。わしはニュートンです」

「あ、ニュートン。あの小さい皿に一色ずつはいっている方式の」

「そうです。それの十二色」

「あ、いちばん小さいやつ、じゃないの？」

「そうそう、手帳ぐらいでポケットにはいる」

「そうそう、小っちゃい組立式の筆が一本ついて」

「それですよ」

「これです」

私は上衣のポケットから、いつも小型カメラみたいにして持ち歩いている、そのニュートンのザ・ポケットボックス・オブ・スケッチャーズ・ウォーターカラーを取り出した。

「ぬ……」

クマさんはでかい体で慌てて前の坐席へ舞い戻り、黒い風呂敷包みを大急ぎで持って来る。持って来ながらもぞもぞと手を突っ込んで、出したものを水戸黄門のインローみたいに突き出した。

「メイド・イン・イングランド」

「うーん……」

私は唸った。こんなもの、持ち歩いている人はあまりいない。

「いやあ」

「まいったね」

クマさんとはそうやって友だちになったのだけど、でもそのころはまだそんなには会っていない。その最初の接近遭遇が十年ほど前のことで、二度目に会ったというのがもうそれから二年ほどたっていた。ある大宴会で偶然に顔を合わせたのだ。

「あ、あのときの……」

「いやいやいやいや……」

という程度の会話だった。三度目に会ったのはまたさらに一年後ぐらいのことで、それも何かの偶然だった。しかし最初は二年の間隔を要した遭遇が、つぎには一年に縮まっている。そのつぎにはたしか半年ぐらいになっていたのではないだろうか。そのあたりから偶然をやめて、電話を使うようになった。ときどき電話が鳴って、宴会がやってくる。そうなったときにはもう長い年月がたっていたわけなのである。大机があちこちと引越しをした年月だった。引越しの合間をぬって、家庭が崩壊して縮んだり、そのあとでまた少しふくらんだりした。仕事もまた文章の方がふくらんで、イラストレーションの方がへっこんだ。色見本帳は金赤を筆頭に派手な色ばかりがち切られたまま、使い途もなくなってしまい、いまは引退した机の二段目の引出しにはいり込んでいる。その下の三段目の引出しには、相変らずガラクタ類がサルガッソー海の奥深く深い眠りについている。

最近になって、クマさんのはじめての個展があった。ふだん絵の話などしないのだけど、その個展がはじめてだと聞いて驚いた。

「そうです。個展なんてそう何度もやるもんじゃないね」

とクマさんは言っている。

「まあそうだよね。おれだって個展は二回しかやっていない」

と私は言った。

「え、二回もやったの、ゲンぺさんは」

クマさんはことさら驚いた振りをしている。

「二回もやりゃあ、もうあとは一回ぐらいだね。生涯に」

そう言って、クマさんは一回目の個展の照れを大げさな形で裏返そうとしている。

その日、六本木の画廊に行ってみると、大勢の男女でムンムンしていた。クマさんはいろんな人と話して忙しそうだった。いつもの着流しではなく、背中に大きな鷲の刺繍のある革ジャンパーなので驚いた。まず絵を……、と壁面にそって歩いたのだけど、それが油絵なので驚いた。てっきり紙に鉛筆だと思っていたのだけど、五十号ほどのキャンバスである。それが全部で十数点かかっている。しかも描かれているのがヌードなのだ。私はてっきり古事記だと思っていたので、それでまた驚いてしまった。

どの絵のヌードも、大型の動物の上に乗っている。河馬に乗っているもの、犀に乗っているもの、海豚《いるか》に乗っているもの、大亀に乗っているもの、女はみんなその動物の上で弾む躰をくねらしながら、婉然と頬笑んでいる。あまりに唐突なのであっけにとられた。何か深い意味があるのだろうか。ひょっとしてこれが古事記だというのだろうか。ではないな。

私は画廊の中でムンムンする男女の群れの外れの方を、壁面に添って一周した。クマさんと顔が合って挨拶もした。

「古事記じゃないんだね」

と言おうとしたら、クマさんはまた誰かに話しかけられてしまった。私は水割りのグラスを手に取ってチビリと呑んだ。それからまた壁の絵を観るのだけど、どうも腑に落ちない。キャンバスである。油絵なのだ。だけど絵具のタッチはぜんぜんなくて、ふつうの油絵の感じとはちょっと違う。

展覧会が終ってから、私はクマさんに電話してみた。

「あれはなに？」

「あ、なんだ、ゲンペさん。え？　なに……」

「いやこの間の展覧会」

「ああ、あのね、古事記はもう見せないことにしたの。だから仕方なく女を描いたんだけど、女だけじゃなんだから一頭ずつ動物をつけて」

しかしその、そういう論理もまた凄いものだ。

「いや驚いたよ」

「あ、驚いただけ?」

これは恐い。

「いや、不思議なんだけど、あれは何なの? キャンバスにあの絵具は」

「あれはね、わかんないでしょう。あれはね、色は薄く伸ばしたリキテックスなんだけど、絵はみんな鉛筆なのよ」

「鉛筆……」

「そう。でかいからね。紙だとどうも面倒で、だからキャンバスに地塗りしてからサンドペーパーかけて、鉛筆をのりやすくして」

「そうか。なるほど。鉛筆かあ。いやキャンバスだからさ、つい油絵具だろうと。それにしても艶消しの不思議な色だなあと思って」

「でもそれがね、紙に鉛筆というのはもうずーっとやっているから慣れてるんだけど、キャンバスの上におまけにサンドペーパーかけてるんだから、どうもこれは勝手が違う」

「ああ、表面がザラザラだから、鉛筆が減るだろうね」

「そう。もう凄い凄い」

「3B?」

「いや3Bなんて駄目、2Bも駄目、HBでもまだ軟らかくて駄目なんだよ」

「ほう」

「結局は3Hだね」

「え……」

「3Hだとちょうどいい具合にいく。でも3Hでも減りは早いね」

私はしばらく宙を見つめた。宙に3Hが浮かんでいる。赤い3Hが一ダース。白い文字がスワン・スタビロ。一ダースの一本だけ先が削ってあって、大机の引出しの底深く眠りながら、あちこちの部屋を潜り抜けて来た。長い長い年月だった。ここまで来るのに、もう十年以上もたっているだろうか。

「あのね、クマさん、スタビロって知ってる？」

「スタビロ？　あれかい、鉛筆、ドイツの」

さすがニュートンのコンパクト・ウォーターカラーを持ち歩く人である。

「クマさんは何を使ってるの？　3Hは」

「わしはスタビロなんてとても。国産ですよ国産。でも国産じゃいちばん高い微粒子のやつだけどね」

「クマさん、スタビロの3H上げるよ」

「またまた、貧乏人がムリ言うもんじゃありませんよ」

「いやムリじゃなくてね、おれ前から持ってるんだけど、おれじゃ使い途がなくてね」

「え、ほんとなの？　スタビロ……」

「あげるよ」

「もらう」

私は電話を切って立ち上った。大机の引退した側に行って正座する。左側の一番下の引出しをそーっと引くと、サルガッソーの海があらわれる。その海を見るのも久し振りのことである。柳屋ポマードの壜がある。小さな赤インクの壜もある。ボルトのきかない卓上用のルーペもある。キャンバスの釘の一団がある。子供用のコンパスがある。手帳の背中から抜いた細身の鉛筆がある。小さな緑色の錠前がある。それらが引越しのたびにガラゴロと角をこすり合って、その中に赤いスタビロの3Hが埋っている。

私はその海に手を入れて、一ダース入りのケースを取り上げた。赤いケースが水面からシュンと上がったようだった。見知らぬ大学の、見知らぬ学長室にあったスタビロである。それが十年前、この引出しに飛び込んだのだ。飛び込んだガラクタの海の中で、十年間をじりじりと進んでいたのだ。私はもう駄目だと思っていた。もう出られないと思っていたのだ。それがやっとサルガッソーの海を飛び出し、いまは私の手に宙吊りになって、ピタピタと水滴をしたたらせているようである。見たことのない学長さんのシルエットがぼーっと浮かんだ。私は引出しをそーっと閉めた。スタビロの3Hはすっとクマさんの方へ飛んで行った。その跡をむくむくと湧き起る飛行機雲みたいにして、弁当箱の学生が立ちあらわれる。高倉健だ。私は二杯のお茶を想い出して、二番目の引出しをそっと開けた。色見本帳がはいっている。派手な色のところばかりを全部ち切ってしまって、一時はもう使えないと思っていた。それが最近になってまた使いつづけている。派手な色はなくなっているのだけど、地味な色がまだたくさん残っている。原色ではなくて、白が少し混ざったり、何色かをいろいろに混ぜ合わせたりした中間色である。昔はそれがみんな眠い色に見えて、なかば軽蔑していた。一枚もち切ってないのがずいぶんある。それがいま不思議と新鮮な色に見えている。どの色も、組合せによっては使えそうだ。棄てようと思った色見本帳が、まだそのまま使えるのだ。私はパラパラとめくってみた。いくつもの色が虹のように手もとからひろがった。派手な色のところがへこんでいる。そこは懐しい色である。だけどケバケバしくて、いまはとても使う気になれない。その筆頭の金赤を探り出してみた。朱色の原色である。CFの5番。キリトリ線につながって、一枚だけ残っている。その前の一枚を、あの学生のポスターに貼ったのだ。それ以来使っていない。あと一枚だけ。これをち切ると、あとはなくなる。この一枚はち切るわけにはいかない。私はその火のような朱色の、小さな孔の連なるキリトリ線をそっとなぜた。色見本帳を畳んで二番目の引出しに入れた。パタンと閉める。

その下で、サルガッソーの海が眠りつづける。北大西洋の海流が無限に循環している中央に、回転する車輪の芯のようにして、サルガッソーの海はあるという。海流はその中心に近づくほどゆるやかになり、芯ではまったく動かない。漂流物がそのままじっとしている。この忙しく働く仕事部屋の、ガラクタ類を飲み込んだまま、いつまでも眠りつづける中心地点。

それからしばらくして、いつだったか、クマさんから宅急便が送られて来た。開けてみると、ジュラルミンのトランクだった。中には大型ポラロイド六〇〇SEのカメラセット。例の動物ヌードの制作に役立てようと、どこからか手に入れたのだけど、あまり大掛りなので面倒になったらしい。それにまたキャンバスに鉛筆で描く動物ヌードのシリーズも、以後は気に食わなくなってやめたらしい。そうするとあのスタビロ3Hは……、と思ったけれど、それは訊かなかった。私は舞い込んで来た大型ポラロイドを手にして意欲に燃えたが、しまいにはやはり面倒になり、いまはジュラルミンのトランクに格納したまま出て来ない。そのトランクはサルガッソーの引出しにもはいりようがなく、本棚の横のところでじっとしている。

3

海部

掃海艇が出て行った。行先はペルシャ湾沖である。イラクとアメリカが戦争をしたとき、イラク軍が海に機雷を沈めた。戦争となればよくやる手で、相手が近づけないように湾の入口に機雷を仕掛ける。よくやる手というのは囲碁や将棋でいう定石のようなものである。打つ、食う、取る、こう来る、こう行く、そうするとこう寝返る、で腰くだけになる、とかいろいろ、そういう基本的なパターンというか、定石というものがあるのである。

＊

いま抗議のテレパシーがあった。湾岸戦争はイラクとアメリカの戦争ではないという。これに加担したのはフランス、イギリス、その他何十何か国かあって、日本もその一国だという。ドイツもそうだという。あと何か知らない名前をいわれて、そういう国でさえもそうだという。調べてみればその通りで、たくさんの国がみんなちょっとずつ手を貸しているのだ。たしかテレビでも「多国籍軍」といっていた。アメリカ軍とはいわなかった。だからこの抗議は正しい。正当な理由づけがある。よって私もそのように返答しておいた。でも本当はやっぱりイラクとアメリカの戦争だ。

＊

さて定石というのは囲碁や将棋だけでなく、相撲にもあり、野球にもある。一対一で迎えた八回の裏。巨人・ヤクルト。両軍これまでいいところなく、この回巨人の攻撃。打順よく一番緒方。粘った末に四球で出て、二番川相は迷わずバントの構え。というのは定石である。いちばん確率の高い、可能性のあるやり方なのだ。そういう定石が戦争にもあり、政治にもあり、芸術にもあり、朝食や夕食にもあるのである。

＊

また抗議のテレパシーがあった。戦争はかけがえのない人の命の殺し合いであり、それを「よくやる手で」などといって囲碁や将棋の定石と重ねるのはあまりにも不謹慎だ、ものごとをテクニックの面からだけ見るのは近代人の精神的な衰弱、ズル頭の丸出し、読むに耐えない、うんぬん。というふうにたてつづけにまくしたててテレパシーは切れた。それはたしかにそうで、私だってそう思いながら書いている。だからそのように返答しようと思ったが、テレパシーはぱっと切れてもうどうにもならない。テレパシーというのは一見便利だけど、こうなると不便だ。

最近のファックスにもこれに似たような感触がある。相手の番号だけ打って送るわけだが、本当に相手に届いているかどうか心もとない。送り終ったあとで、とくにどこも騒ぎにならないようなので、たぶん目的の相手に届いているのだろうと推定するだけである。

＊

掃海艇というのは海を掃除する船である。自衛隊の持物で、戦争の直接的な攻撃の武器ではないが、戦争の後片付けの道具なので、やはり戦争用品に変りはないと、いろいろ議論がなされている。

議論というのはある問題に抵抗があり、ちょっとした引っ掛かりを見つけるとあとは自動的に回転していく。議論が回転をはじめると、当分は次の新しい問題を必要とせずにすむという利点があるらしい。生き物は活動をしていないとテリトリーが狭まるので、活動の低下していく層で議論は好まれている。

しかし海にしろ陸にしろ掃除というのは必要なことで、以前西武球場に日本シリーズを見に行ったときのことだ。いやオールスターゲームだったかもしれないが、もうだいぶ前なので忘れてしまった。ともかくそういうビッグゲームがあって、それが終った。やれやれというので私は客席で背伸びをして立ち上がろうとしていたら、誰もいなくなったグラウンドに従業員たちが横一列に並んだ。それまでビールを売ったり入口を整理したりしていた従業員も全部出てきたみたいで、何十人と、広いグラウンドの端から端まできっちりと人の列の横棒ができた。その長い長い横棒が全員しゃがんで、じわじわと前に進む。全員うつむいて人工芝を仔細に点検しながら、石ころとか紙屑とか落ちていれば拾い上げる。そうやってじわじわと進みながら、アイロンをかけるみたいに、グラウンドを端から端まで這い進んで終った。他の球場でもこういうやり方をやっているかどうか知らないが、うん、そうだ、掃除というのはこういうふうに宴会が終ったすぐ後にやるもんだ、と先生に模範を見せられたようだった。終った、やれやれ、ふう、なんて一息ついていると、その一息がずうっと長くなって、もう掃除をするのを忘れてしまう。思い出してももう気力がないから、思い出さなかったふりをして忘れてしまう。グラウンドでおこなわれたのは宴会ではなく試合であるが、結果は同じことだ。

つまりそのようにして、掃海艇は出て行ったのだ。ペルシャ湾でおこなわれたのは試合ではなく戦争だけど、結果は同じことだ。宴会のあとでも畳に酒がこぼれて、醬油のビンまで倒れてしまって、ビンが割れてガラスのカケラが散らばることがある。カケラが畳の目にはいってしまって、

「危ない、動くな、ちょっと誰か雑巾、雑巾、いや、箒、お茶殻か新聞紙の濡れたのを持ってきて……」

という具合に、その畳の秩序復活につとめようとするものが出てくる。一方、その秩序破壊をおこなった奴は完全に泥酔状態で、もう青い顔をして目をつぶり、現場から離れたところで横たわっている。片付ける人々は、そいつを横目で見ながら、

(しょうがない奴だよ、自分はいい気持で酔払って、後片付けを人にやらせて……)

とぶつぶついっている。そういわれている泥酔状態の男がイラクのフセイン大統領だとはいわないが、ペルシャ湾に醬油がこぼれて、醬油ビンも割れてカケラが海の底に沈んでしまったのは事実である。むしろわざと割って、人が宴会場を歩けないようにそのガラスのカケラを海の底にばら撒いて、それでもって自分は泥酔状態におちいったという説もある。日本はその宴会の費用だけ出したけど、宴会には出席しなかった。宴会に出てはいけないという家訓があったのである。でもそれでは義理を欠くので、宴会の終った後の掃除だけしましょう、ということになった。これ以上書くとあまりにもパロディなので、もう書かない。

＊

掃海艇が出て行った。行先はペルシャ湾沖である。

＊

いま、また抗議のテレパシーがあった。いやあったように感じた。テレパシーはじっさいには届いていない。私の頭のどこか、耳の付け根のあたりまで来て、届く直前に止まった。そこで止まって戻っていったような気がする。気がするだけだが。

たぶん読者からのテレパシーであろう。多数の犠牲者を出した湾岸戦争が、酔漢の集まる宴会であったかのように書いているのは聞き捨てならない、という内容のものではないかと想像するが、証拠はない。読者はいまこれを読んでいるわけで、読みながら即座にテレパシーを発生させたものが誰かいたのだ。私はいまこれを書いているわけで、その書いている直前のところまでテレパシーが来たけどついに届かなかったのだ。

私はいまこの原稿を書いているわけだが、読者がいまこの文章をよんでいる時とは若干のズレがある。雑誌発売の約二十日前と考えていいだろう。いま私はこの原稿を書き進んでいる真最中で、まだ全体なんて出来上がっていない。いちおう小説として、小説誌に書いているわけだが、果してちゃんとした小説になるかどうかも皆目わからない。いわゆる見切り発車というやつで、編集者はあまりこういうことを公開したがらないが、しかしじつはこれフィクションなんだというのが小説だから、そうなると見切り発車でも何でも公開できてしまうわけで、まあその辺は文学論を考える人にまかせればいいことではあるが、とにかくいまは途中だ。

要点を先にいうと、読者はもう出来上がったこの文章を読んでいる。私はこの文章を出来上がらせようとしていま書いている。だから読者の抗議のテレパシーというのは、約二十日間ほどの時間を逆行して執筆中の私に向かうわけで、これはかなり難しいテレパシーになる。だからいまこれを書いている私の耳の付け根のあたりまで逆行してはきたのだけど、あとちょっとのところで止まって戻っていったということだろう。

これはあくまで感じである。私はテレパシーなんてちゃんと使えないし、経験もない。テレパシーのシステムとか構造もよくは知らない。だからメッセージの空間移動だけでなく時間移動、逆行や先行もできるかどうか、よくわからない。でもテレパシーなんだから、そのくらいのことはできるだろうということで、まあ世の中に不思議なことはよくある。

でも今回はそのところにちょっと問題がある。いま読者がこれを読んでいる時期は秋。自民党の総裁選も間近かで、海部首相の降板か、あるいは続投か、というのがもう見えはじめてきている。大方の予想もついてきているころだろう。しかし私の方では、いまこれを書いている段階ではぜんぜん何もわからない。

いちおう「海部」という題で小説を書きはじめていながら、この時期は著者として大変苦しい。小説を書き上げたらもう海部首相はいなくなっていた、ということもあり得るわけで、そうするとこの小説があまりにも可哀相だ。まあそれは書いている本人だけの感情かもしれないが。

それよりも本当に可哀相なのは海部首相本人であろう。人間と小説とどちらが可哀相かといわれれば、やはり人間だと答える。台風がきて大洪水となり、人間と小説が溺れてしまった。救助隊がきて、どちらを先に助けるか、となるとやはり人間である。そう答えた方が、世間一般から好感をもたれる。ということもある。

いやそうではなくて、じっさいに海部首相の命運というのは、誰にも心配などされていないのだ。この秋の総裁選で首相の座を降りることを当然のように予想されている。

「長すぎた代打男」

といわれたりもしている。ところがここへきて自民党内の有力者が全部コケてしまったことで、

「党内には続投論さえある」

というふうに「さえ」なんて言葉をつけられて、何よこの人、という目で見られているのだ。

でもそこのところが海部首相の力でもある。今回、他の有力者がコケることで続投論が出ているわけだが、そういう、

＊

文章途中だが、いままた抗議のテレパシーがくるような気がして、待ち構えてしまった。コケる、なんて品のない言葉を使ったので、純文学としてはちょっと考えものだと反省しかけたのだが、それは気のせいで、テレパシーはなかった。最近は日本語の言葉の品位が低下している。コケる、なんていっても誰も注意しない。世間ではみんな「コケる、コケる」といっている。たくさん活字にもなっている。

＊

野村證券を発端とするはなはだ遺憾な不祥事というのがあって、自民党内の次期総裁候補の有力者があれこれとコケてしまったのである。

つまり自民党内の有力者はコケる力を持っている。でも海部首相はコケる力を持っていない。そ

の段差のところで続投論が生れてきている。つまり海部首相には荒れ球がないのだ。スピードがなく、フォークもシュートもキレがない、という素材であっても、コントロールに気をつけて丁寧に抛《ほう》っていれば、順当に勝星を重ねていける。結果を出すことができる。野球も結局は数字だから、結果を出さなきゃ何にもならんわけですよ。

＊

これは必ずしも私の意見ではない。プロ野球解説者の誰かの言葉が混じってしまった。テレパシーを使われたかどうかはわからないが、とにかくいまひょいと混じってきたのである。

野球は数字だという意見はたしかにあるわけで、説得性もある。でも数字だけになってはつまらない、という意見が私には近い。この辺りの関係のことを、よく「記録に残る選手」と「記憶に残る選手」などと言い分けたりしている。誰がいい出したのかは知らないが、これは名言だと思う。当然ながら「記録に残る小説」と「記憶に残る小説」とあるわけである。

で海部首相は、コケる力を持たないことによって続投の可能性が出てきた。他の有力者が次々にコケるからだ。野村證券があり、リクルートがあり、他にもいろいろあり、それらは自民党の持病である。実力者はみんなその持病にかかってコケる。そうするといつの間にか海部首相が残る。海部首相には実力がない。というか、目に見える実力というものがない。海部首相の実力というのは、目に見えないのである。

今上陛下が皇太子であられたとき、テニスに興じるお姿がニュースに出ていた。お相手は美智子妃殿下。お二人ともきっちりとしたフォームで、ほどよく球を受け、ほどよく球を返していた。決して強く打ち返すことはなく、ひたすら来た球を確実に拾って返すというスタイルで、慌てず騒がず、いつまでもいつまでもそれがとぎれることなくつづき、私はそのテニスに感動した。解説者も、「お二人とも非常に真面目な、確実なテニスですね。やはりお人柄があらわれていらっしゃる」というようなことをいっていた。その解説者の言葉には、もう少しぐらい冒険をなさっても、というニュアンスが暗に含まれていたように記憶する。でも私は、お二人のテニスにそのカケラもないことに感動したのだ。来る球来る球を確実に拾う、確実に返す、透明な水のようなテニス。決して勝とうともしないし、負けようともしない。ボレーなんてとんでもない。そんなことまでして相手を負かそうなんてぜんぜん考えていない。とにかく来た球をいたわりつつ確実に返しながら、相手が打ちそこねたときだけ、いやおうなく勝ってしまう。これこそ天皇のテニス、日本人のテニスではないだろうかと、私は自分で自分に問いかけられていたのだった。

＊

もちろんここで文章を切ったということは、抗議のテレパシーにそなえてのことである。耳の付け根とか、眉間のところとか、後頭部のツムジのところとか、テレパシーの来そうなところをパトロールしてみるのだけど、いまはまだ何もあらわれていない。しかし天皇のことに触れたので、それも「感動した」などと書いたことへの反応は何か出やすいものだが、何もないようだ。あまり読まれていないのだろうか。たしかに最近日本人の読書量は減っているというし、純文学ならなおさらだろう。

＊

「お前はジャイアンツファンだな」

＊

びっくりした。これはいきなりである。テレパシーというのはこういう唐突なものなのかもしれない。もちろん誰が、いつ、どこで、何のために、発信したのかはわからない。でも天皇への感動＝ジャイアンツファンという考えは、とりたてて論評することもないものと思料する。

＊

そんなわけで、私は皇太子時代の天皇のテニスに心打たれた。それを海部首相の「続投」をめぐる事態を考えていて、思い出したのだった。この連想はちょっと畏れ多いことではないかとのそしりを免れないかもしれない。

＊

そしり。いま辞書を引いたが「そしり」では載っていなくて「そしる」で出ていた。漢字で書くと「謗る、誹る、譏る」で、人のことを悪くいう。非難する。けなす。とある。しかしふつう「そしる」では使わず「そしりを受ける」とか「そしりを免れられない」というふうに使うのがほとんどである。

＊

つまり海部首相は、自分の実力によってというより、他の実力者がコケることによって続投の目の出てくるところが、やはり日本文化の奥深い特質をそなえ持った日本の首相であるわいと、しみじみ味わわされる。

自分の力で首相になるのではない。他人の力のマイナスによって、そうですか、本当はやりたくはないのですが、という形で首相になる。これは皮肉でいっているのではない。そういう裏返しの力を持った才能というのがあるのである。むかしジャイアンツに中畑清という内野手がいた。いまは引退して解説者をしているが、中畑は長嶋が引退したあとの目立つサードであった。「絶好調」という言葉でその存在を認められていた。そこへ東海大相模からスター的要素を持ったサード原が入ってきたのだが、中畑を押しのけてサードというわけにはいかず、ちょっと地味なセカンドを守っていた。そこへセカンドの名手篠塚が入ってきたのだが、原を押しのけてセカンドというわけにはいかない。

というところで中畑が怪我をしたのだ。コケたのである。それでは、というので原はサードへいき、それでは、というので篠塚はセカンドに登場し、それぞれ力を発揮してポジションを獲得する。中畑の怪我の功名である。カムバックした中畑はときどきサードを守ったりしたが、結局はファーストへ行った。そしてそこでも折よく怪我をして、他の新人をデビューさせる要因を何度か作った。野球は九人でやるから、前の者がどかないかぎり後の者が出られない。中畑はその後の者を折よく登場させる命運を担っていたのである。そういう特異な才能をもっていたのだ。海部首相とは違うが、海部首相の屈折した才能と背中合わせに重なるような、そういうマイナス的なパワーがあったのである。

＊

何ですぐに野球を例に出すのだろう。

これは別に抗議のテレパシーではなく、書いている私の自戒である。自戒というか、単純な感想である。これについて少し説明を加えると、プロ野球はいまや生活用語になっているのだ。もう少し正確にいうと、日本のプロ野球放送の中に、日本の生活パターンのほとんどが組み込まれているのである。いまだ言語化されない生活パターンの細部が、プロ野球解説言語パターンの細部に符合する。海部首相の「続投」というのがそもそも野球用語で、どの新聞もテレビもこの言葉を使用している。疑いもなく当然のように使用している。だからプロ野球というのはたてまえ上はスポーツであるが、実質は日本語の言語文化の研究所である。純文学の基礎工場であるともいえる。これは文学の解説者とプロ野球解説者のどちらが活性を有するか、どちらに洞察力があるかを考えて明らかとなる。

＊

これはいまにはじまったことではない。海部首相の話だ。いまは続投のことが問題となっているが、そもそもの海部首相の登場がこのパターンではじまったのだ。そのときも実力者何人かがコケたわけで、その要因はリクルートであった。それではというので、リクルートの持病をもたない人の中からU首相が選ばれたのだが、このU首相は意外にもエロチシズムでコケてしまった。それも急遽コケたわけで、代りの選手がいない。二軍からといっても、間に合わない。コーチをプレーさせるわけにもいかない。しかし見ると、ベンチに上田選手がいる。ではなかった海部議員がいる。これを四番に入れよう。とりあえず海部首相でいこう。

こうして、

「とりあえず」

という副詞とともに海部首相は生れたのである。私はこの「とりあえず」という副詞に感動する。日本列島に住む人々の、奥底から出てくる言葉がこの「とりあえず」だ。五、六人で飲み屋にはいる。席についてメニューを眺める。店の人が注文の決まるのを待ちかねて、

「お飲み物は……」

と訊ねる。そのとき日本人は全員が、

「とりあえず、ビール」

と答える。いや全員というとまた抗議のテレパシーを受けてしまうが、しかしさらにいうと、本当の日本人は、

「とりあえず、ビール、二本ぐらい……」

とビール二本の下に「ぐらい」まで付けることで「とりあえず」の価値をさらに補完する。

このとき相手の店員がブッシュ大統領であれば、

「二本ぐらいというが二本なのか三本なのか。五本でもいいのか、正確には何本なんだ」

と眉間に皺を寄せて訊ねる。でも日本の飲み屋の店員はブッシュ大統領ではないので、そういう問い返しはしない。ビール二本ぐらいといわれれば、ちゃんとビール二本を持ってくる。

しからば「ぐらい」とは何か、とブッシュ大統領はふたたび訊ねるのだけど、これは何かはわからない。わかればいいというものではない。すべてをわかろう、すべてを明確にしようという頭脳

システムと、わかればいいというものではない頭脳システムと、そこが違う。どこが違うかというと、閉じた頭脳と開いた頭脳ということになる。密封型の頭脳と開放型の頭脳。自我の強固な頭脳とは、もちろん自我のアウトラインの強固さによってそうなのであり、これは密封型の頭脳である。一方自我の稀薄な頭脳は、自我のアウトラインの稀薄さによってそうなのであり、これは開放型の頭脳である。

酒蔵をモデルにすると考えやすい。西洋式のウィスキーは密封タンクで作られる。入口から出口まで外界と遮断されたタンク内で、温度も湿度も完全管理で作られるので、季節を問わずに均質な酒を作り上げる。一方日本の清酒は開放タンクで作られる。蓋がないので外気と流通しており、冬の間の寒仕込みだけが有効である。だから外気の良し悪しで酒の出来も左右されるという不自由さと交際している。

ちょっと長くなったが、その土地の酒蔵と頭脳蔵は、同じ構造をかかえている。だから閉じた頭脳にとっては、

「ビール二本ぐらい」

のぐらいの意味がどうしても理解できずに、その意味を丸裸にしようとする。閉じた頭脳内での完全理解を果たそうとする。一方開いた頭は、

「ビール二本ぐらい」

ということで、その正確な数の判断は相手に委ねる。相手とはその店員でもあり、頭の上に輝く御天道様でもある。要約すると、ビール二本ぐらいというおおよその希望だけをのべて、厳密な判

断は天に委ねる。だから「ビール二本ぐらい」という注文で「ビール二本」を持ってくるのは、必ずしもその店員の判断ではない。店員もまた「ぐらい」のところの判断は天に委ねて、お客に問い返すこともなく「ビール二本」を持ってくる。

このようにして、開放型の頭脳は自我が稀薄なのだ。頭脳の自我の中に「天」が混入している。逆にいうと、自我のアウトラインが自然の中にまで広がっている。収穫の希望をもって種を撒き、あとは天にまかせる。不作に終ればあきらめて、また次の年に種を植える。そうやっていれば、いつかは天が恵みを与えてくれる。時が恵みを与えてくれる。日常の気持がそうだから、相手を倒そうというような気迫が足りない。征服しようという意欲に欠ける。だからボレーなどせず、ひたすら律儀に球を返しつづけて、そのうち相手がコケて、周りがコケて、それによって日本は経済大国となってしまい、海部は首相となった。

＊

「そりゃあブッシュ大統領は怒りますよ。ビール二本ぐらいと、〝ぐらい〟なんていいかげんなことしかいえない連中がのしちゃって、〝ビール二本〟とはっきり堂々といってたものがコケちゃったんだから」

「でも湾岸戦争では勝ったじゃない。リンクとかリンケージとか、〝ぐらい〟的なことをいいかけていたイラクのフセイン大統領が負けちゃって、アメリカのブッシュが勝った」

＊

私が海部首相の見えない力に感動したのは、やはり湾岸戦争のときだ。首相になったときはまだ海部の天与の才能に気がつかなかった。その背負っている運命に気がつかなかった。ただの「とりあえず」の首相だと思っていた。

イラクが突然人質を取った。自国内の外国人を一瞬にして収容した。湾岸戦争の幕開きである。各国首脳は経済封鎖をちらつかせる一方、イラクへ飛んでフセイン大統領と会談した。自国民の人質だけでも解放させるべく競って交渉した。人質の一部だけの解放に成功したり、女子供の解放に成功したり、交渉によってさまざまだった。海部首相もイラクへ飛んだ。一通りの交渉をしたのだけど、それがどうしても一通りにしか見えない。世間はもっと見せ場を期待している。英雄的な行為を期待している。それを引受けてアントニオ猪木がイラクへ飛んだりした。それは一つの見せ場にも見え、成功のようにも見え、さほどのことはないようにも見え、しかしそんな中に海部首相の動きは埋没した。結果、とにかく人質はみんな返されて、それからイラクVS多国籍軍との戦争開始となったのだけど、そんな目立たない海部首相にやはり「とりあえず」という副詞がくっついていた。それはただの「とりあえず」で、「とりあえずの力」としては見えなかった。

そのころテレビは湾岸情勢のニュースで賑わっていた。果して戦争になるのか、どうなるのか、どの番組も毎回特集が組まれていた。アラブの事情にくわしい学者や作家やジャーナリストなどがあちこちに呼び出されていた。日本から見てえげつない、悪どい、騙し合いではないかと思われることが、アラブでは日常のやり取りなのだというカルチュアショックを、聴視者はワクチン注射みたいにテレビから注射されていた。

中で白眉だったのは、６チャンネルに出ていた曾野綾子さんの話だ。アラブ人の民族感情などに通じているらしい。海部首相はイラクに行って何を成したのだろうかという問いに、アラブ人にとっては何もしていないに等しい、との答えだった。海部首相なりに努力はしているのだろうけど、アラブ人には何も通じていないとのことだった。

「だいいち海部首相のカイフというのは、アラブの言葉では〝何もしない〟という意味なんですよ」

私はこれを聞いてあっけにとられた。そもそも海部という漢字の並びも珍しいと思っていたが、その名前にそのような意味の暗合があるとは知らなかった。これはもう宿命である。運命である。天与の才能だ。日本人の真髄をかかえているのだ。人々はその真髄を見たくなくて、海部首相を事あるごとに攻撃している。侮蔑さえしている。自分の中の日本人的真髄は棚に上げて、海部首相を生け贄としてこの場を逃れようとしている。

＊

抗議のテレパシーが来る前に、少し整理をしましょう。

カイフ＝アラブの言葉で、何もしない。

とりあえず＝ビールを注文するときの前置詞。

日本人の真髄＝ビール二本ぐらい、という注文をする。つまり最終判断を天に委ねる。

天皇のテニス＝ひたすら球を拾う律儀さ。

ブッシュ大統領＝ビール二本ぐらいの表現に納得できない。

上田選手＝ジャイアンツのベンチウォーマー。いつもニコニコしているがレギュラー（実力者）

にはなれない。でも最近は代打でけっこうヒットを打っている。

ボレー＝狩猟民族のテニスの特徴。肉迫して相手を射止める。

＊

今年二月三日の「毎日新聞」の「官邸パラボラ」というコラムに、

「いつもいつもオウム返し」

という記事があった。「首相は記者の質問の言葉をオウム返しに繰り返す癖がある」というもの。

首相のオウム返しは番記者の間では有名。戦争ぼっ発の先月十七日には――。
――開戦は予想していたと思うが。
首相　そう。予想していました。（略）
――残念か。
首相　そう残念です。（略）
――今日の（政府の）対応は早かったか。
首相　早かった。（略）
私はこの記事に感動した。正にカイフだ。ほとんど純文学だ。私もオウム返しが得意だった。一部を紹介しよう。

「金属はフェチ」

「そう、金属はフェチだね。金属はやっぱり所有に向うね」

「向う」

「金属にはコレクションが発生してくる」

「発生」

「金属はドイツだね」

「うわ、ドイツ」

「そう、ドイツ」

「ナチ」

「フェチ」


（拙著「星に触わる」より）

こんな小説を書いていたころ、私にはオウム返しが新鮮だった。自分たちの日常会話が、ほとんどオウム返しであることにはじめて気づいていた。それまで小説の言葉は、一つ一つが創造を担わされていた。何か言葉を記す以上、それは何かを動かすものでなければならない。

行動の宗教ですね。

でもそうかな。行動は永遠に信じられるものだろうか。何かを動かすこと、何かを外的に動かすことがそんなに立派なことだろうか。いやそういう青年の疑問はともかくとして、人の会話の本質はオウム返しだ。

オバサンの会話。

「あらお宅もですか」

「そうなんですよ」

「ムリだわよねえ」

「ムリですわよ」

これが基本で、このオバサンリズムの反復が国会にもあり、会社の会議にもあり、車内の若者にもある。気がつけば日本中が、オウム返しの会話で蠕動《ぜんどう》している。それはたぶん、みんな気がつかないようにしていたことなんだ。気がつく必要もないことだったんだ。でも気がつけば、それが新鮮であり、私はオウム返しの小説を書いた。小説なら許されもすることだけど、海部首相は臆することなく、それをリアルタイムの記者会見でおこなっている。

あと、小津安二郎の映画にもありますね。


「そうかい」

「そうだよ」

「そうかなあ」

「そうにきまってるじゃないか」

「やっぱりそうか」

「そうなんだよ」

書いているだけで、私は小津の映画を思い出して豊かな気持になるが、それを海部首相は政治の場で実行するのだ。もちろん多くの人は「能なし」と蔑むわけだが、それは単にブッシュ大統領への憧れであり、私はその憧れがないせいか、首相のオウム返しに感動するのだ。正にカイフである。日本の宰相である。

＊

さあここで文章を区切って待っているのだが、耳の付け根は静かである。頭のツムジのところも何ともない。ひょっとして私の受信能力に障害があるのか。

まあこんなこと、問題にはされないのだろう。まともに抗議を考えているものはいない。抗議はいつも行動に憧れている。

＊

大日本印刷から電話があった。テレパシーではなかった。原稿の催促である。書きにくいことをあれこれ書いてきながら、もう締切りがぎりぎりのところにきている。

むかしはぎりぎりであれば、直に印刷所にいた。印刷所の校正室で、最後の何枚かを書いたものだ。いまはファックスがあるので自宅にいる。でもやっているのは同じことだ。ぎりぎりになり、そして出来上がる。またぎりぎりになり、出来上がる。何が出来上がっているかはわからない。出来上がっているかどうかも本当はわからないのだが、予定量の文章を満たすことで、それを出来上がりとしている。出来上がったものがカイフであればさいわいである。

＊

掃海艇はだいぶ作業が進んだらしい。海底の機雷をだいぶ処理した。数量的には所期の目的を達しているけど、もう少し残って頑張るというニュースがあった。もう帰国してもいいのだけど、そのあとで他の通過船舶に事故があれば、何だ日本の掃海艇は、と後ろ指をさされる。それでは困るので、もう少し頑張るという。

その後で「環境義勇軍」のヒシャク部隊がペルシャ湾に向かう。日本の市民のボランティアだ。もとは琵琶湖のヘドロに取り組んでいた人たちで、科学処理でもいっこうにヘドロがなくならないのを横から見ていて、そんなのはヒシャクで掬ったら、とやってみたら、どんどん結果を出した。これで自信をもって、ペルシャ湾の重油もヒシャクで掬うのである。ところが最近ヒシャクの製造が激減していて、ヒシャクの入手が難しいという。

＊

いま抗議のテレパシーがあった。テレパシーというのは耳の付け根などからはいるのではないという。頭脳システムの表面にいきなりあらわれるので、器官は経由しないらしい。何となくわかるような気もするが、よくはわからない。

空罐

いわゆるアキカンであるが、これをクウカンといったりもする。前に働いていた装飾屋のペンキ職人たちが、空罐のことを「クウカン、クウカン」と言っていた。ペンキはもともと罐に入っているのだが、それを溶き油で薄めたり、色を何色か混ぜ合わせたりするときに空罐を使うのである。そのための新品の空罐を売っている。ピカピカの罐である。

ふつう罐の中にはペンキが入っていたり、ジャムが入っていたり、牛肉の大和煮が入っていたりで、罐には必ず何か入っていると思っているから、ピカピカの新品の空罐を見たときには変な気がした。

しかもそれを職人が、現場の言葉で「クウカン」と呼ぶので嬉しくなった。もちろん空間を連想してのことだ。そのころ私は芸術家をやっていたから、空間という言葉をわりと意識していた。それにSFも好きだったから、空間というと宇宙空間のことみたいで気がはずむ。SFだけでなく科学も好きだったから、物質の謎、時間の謎などと並んで空間の謎というものも気になっている。

ほかにも生命の謎、意識の謎というものもある。自分の謎、夢を見る謎、考えが変る謎、など謎はいろいろある。

が、とにかく空罐である。アキカンのことをクウカンと言うのが好きだった。それも芸術家が言うのではなく、職人が当り前のこととしてそう言うのが面白い。

「午後は現場だ。黒のアルキとな、ホワイト。あとクーカン二個。忘れるな。ウエスも」

アルキとはアルキコートという、当時よく使われていた速乾性の油性塗料。といってもラッカーほどの速乾ではないので、作業するにはちょうどいい。ウエスはボロ切れのこと。そしてクーカンはもちろん空罐だけど、私はそれを頭の中で空間と訳して喜ぶのである。空間を二個持っていく。それが宇宙空間を二個持っていくみたいで、何かしら痛快である。そうじゃなくても、蓋をした空罐を二個持って行くことは、まさに空間を二個持って行くことであるから、その当然のところがまた楽しい。

私が自分で空罐をはじめて買ったのは、ハイレッド・センターをやっているときだった。ちょうどその装飾屋をやめたころだ。レタリングのフリーでやっていけるようになった。アルバイトでやっていた装飾屋勤めよりもよほど実入りがいい。もちろん腕があってのことだ。私は装飾屋でアルバイトをやっている間にそのレタリングの腕を身につけた。その腕でやっと通勤生活から脱け出したのだ。

まあそれはいいが、ハイレッド・センターというのは芸術のチームである。前衛芸術といった方がてっとり早いか。メンバーが高松、赤瀬川、中西の三人だからハイレッド・センターなのである。私はどこにいるかというと、真ん中の赤瀬川だ。当時は赤瀬川という名前の中にこっそりと潜んでいたのだ。

そのハイレッド・センターの仕事で帝国ホテルに宿泊したとき、私ははじめて空罐を買った。仕事というのは芸術の仕事である。芸術的営為、というのが正しい学術用語かもしれないが、とにかく仕事といっても物好きな仕事で、真面目な金儲けの仕事とはぜんぜん違うことなのである。まあ細かいことはいうまい。

帝国ホテルでイベントをおこなったのだ。今のではなく昔のライト設計の帝国ホテル。いまは正面部分だけ愛知県の明治村に移築されて、あとは壊されてなくなってしまったが、あれはじつに見事な建物だった。

その中にイベントホールでもあったのかというとそうではなくて、私たちはツインの部屋に宿泊して、そこで勝手にイベントをやったのだ。いまでいうパフォーマンスみたいなもの、ともちょっと違うのだけど、そのころはハプニングといっていた。いやハプニングという名前もまだなかった。何しろ前衛芸術だから、やろうとすることにはまだ名前がついていない。みんなやるようになって名前がつくころには、それはいわゆる一つの芸術になっていて、前衛芸術ではなくなっている。まあ細かいことはいうまい。これは評論ではない。

私たちは帝国ホテルに二日間泊って、そこで「シェルタープラン」というのをやった。何人かに招待状を出し、来てくれた人（いわゆる観客の立場）の身体測定をして、前後左右上下からの写真を撮った。それをもとに個人用シェルターの注文を受け付ける。

当時原爆恐怖症の人のためのシェルター産業というのがアメリカで興っていて、その名前がこちらに移転したということもある。

で、その個人用シェルターとはどういうものかというと、身体測定のデータをもとにその人と同じ大きさの長方体を作ることができる。その長方体、つまり六面体の全部にそれぞれ前後左右上下の写真を貼ると、その人の箱状の、いわば棺桶状の物体が出来上がる。

で、それがどうした、といわれても、これは芸術だから、現代の科学では説明できないところがあるわけだが、いまこれを書いている目的はその辺のことではなくて、空罐である。つまりそのような「シェルタープラン」のイベントをやったときに、お客さんのお土産用に罐詰を作ったのである。

「ハイレッド印の罐詰」という手作りのものだ。大きさは大中小とあって重さもいろいろ。レッテルは貼っていない。マジックで製作者にわかる記号だけが書いてある。これを、シェルターを注文しなかったお客さんに買ってもらうわけである。

私は前にも経験があるが、こういう話を書くとすぐに、

「働く者の汗を知らない。芸術家の甘えというものが……」

という人がいる。いやいてもいいのである。それも一つの人生だ。

罐詰だが、私は二種類作った。たしか高松次郎の家だった。そこに中西夏之ともう一人和泉達《たつ》と私が集って、一人二種類ずつの罐詰を作った。いろいろと面白いアイデアがあり、重いもの、音がするもの、中で揺れるもの、とかいろいろあるが、中身を明かすと作品が壊れてしまうので、ここで書くわけにもいかず残念である。

でも私の二つについては今回書くことにした。罐詰の秘密は壊れてしまうが、この小説のために

はやむを得ない。

一つは罐切りの罐詰である。カラカラと音がしてはまずいので、中にパッキング材をしっかり詰めて、その中心に鉄製の簡易罐切りを入れて封をした。友人のS君が最高の鑑賞者だった。S君は帝国ホテルに来て、成り行き上仕方なく罐詰を買って帰った。そのまま近くの画廊に寄って、

「あのハイレッドの連中にこんなの買わされたよ、畜生」

といって罐詰を開けようとした。でもその画廊には罐切りがない。道具箱を探していると釘抜きがあった。これで開くだろうとやったが、罐詰というのはあれでなかなか、罐切りじゃないと開かないものなのである。そうなるとよけいに開けたくなるもので、釘抜きとハンマーで汗水垂らして格闘し(働く者の汗)、いわば罐をぐしゃぐしゃに潰すようにしてやっと中をこじ開けたら、中のパッキング材の奥から罐切りがぽろりと出てきたという。

というなんて、私が書くのも変なものだが、とにかくそこに居合わせた何人か、しばらく無言であったとか、あるいは投げた罐で窓ガラスが割れたとかいろいろ説はあるが、まあ気持はわかる。

その正反対の鑑賞をしたのが警視庁捜査三課のF警部だった。そのころ私は千円札を印刷したカドで警視庁の取調べを受けていた。私はもちろん芸術の気持でそれを印刷したのだが、そういう気持はなかなか世間には通用しない。捜査三課というのは、当時世間を賑わしていたチ・37号というニセ札の特捜班の属する課である。私は任意出頭だったが、警視庁の地下取調べ室というのは、もうこれは、一度入ったら二度と出られない洞窟の中、のように感じられた。その時机を挟んで正対していたのがF警部で、私は何日間かかけた末に、やっとの思いでそれを芸術作品として説き伏せ

た。千円札の印刷から芸術まで、世間的にはとても届かないような論理の道筋を、ゴム紐みたいに必死に伸ばして、やっと結びつけたときにはへとへとになった。自分の作品を論理的に解釈したのなんて、生れてはじめてのことだった。それだけに、なるほど、自分はそんなつもりで千円札を印刷したのか、と自分で自分の論理に教えられたような気持になった。自分というのも案外ばかにできない。

一方F警部の方も、よく実直に理解してくれたものだと思う。画家とか批評家ならまだしも、そんな芸術の話とはほとんど無縁だった人なのだ。それが私の伸ばしたゴム紐を、よく芸術の結び目までたどってくれた。その実直さに報いたいという気持があって、記念に作品を一つプレゼントすることにした。取調べがすべて終り、最後に何か書類の手続きで警視庁へ行った。その日はもう地下取調べ室ではなく、捜査三課のF警部のデスクだった。ほかにもいくつかデスクがあり、ごつい顔の刑事が忙しく出入りしている。手続きが終り、私はバッグの中から罐詰を取り出した。

「あのう、これ、ぼくの作品です。今回の記念に……」

そういってF警部のデスクに置いた。F警部は突然書類を片付ける手を止めた。どきりとした顔をして、心もち後ろに身を反らしている。私の方がその反応に驚いた。

「いや、別にこれ、危険なものじゃなくて……」

当り前だ。警視庁の警部の前に、私が危険物を持ち込むわけがない。

でもたしかにレッテルのない裸のブリキ罐で、口のところがハンダ付けでがりがりしている。爆発物にでも見えたのだろうか。だけど私の性質も考えてほしい。気の弱い人間だというのはもう調べでわかっているはずだ。

「あのう、罐詰なんです。ハイレッド印の」

しかし警部は身を反らしたまま、手で払うような素振りをして、いらない、そんなものはいらないから、と言っている。

困ってしまった。私は本当に好意で、もちろん好意で、作品を味わってもらうために持ってきたのだ。でもこうなるとは思わなかった。警部がオブジェ作品に怯えるなんて想像もしないことだ。しかも自分らの牙城である警視庁の中で。

「じゃあ、ここで開けちゃいます。本当はお家で開けてほしかったんだけど。あの、罐切りはありませんか」

F警部はさすがに自分の過剰反応に気がついたのか、また書類を片付けながら、罐切りなんてないよと言っている。

「いや、どこかにありませんか。これ差し上げるつもりで持ってきたんで、ぜひ見てほしいんです」

F警部は仕方なさそうに、部下に罐切りのことを言いつけて、自分はもう別の刑事と打合せにはいろうとしている。でもその体半身が、まだデスクの上の罐詰を意識している。

部下が罐切りを探してきた。F警部はそれをちらとだけ見て、手を振って、私の方に渡せと指示する。これはもう開けたところでしょうがないと思ったが、私はその罐切りで罐詰を開けていった。デスクの上で、

「ギーコ、ギーコ……」

と音がして、罐詰の蓋が開き、中からパッキング材の細切りセロファンがあらわれる。どうぞ、という感じでF警部を見るが、F警部はもう横にいる別の刑事と打合せに入っている。私は仕方なく、セロファンのもじゃもじゃの中から罐切りをつまみ出した。

「ほら。じつは罐切りなんです」

F警部はそのときだけそれをじっと見て、私の顔もじっと見ている。

「開けちゃったけど、どうぞこれ、記念に」

私はなおもそれを贈呈しようとしたが、F警部は手を横に振って、私はいらないですから、もうわかりましたから、あなたが持って帰りなさい、と言ってまた横の刑事の方を向いた。その刑事も私のことをじろじろ眺めている。何もわかってはいないのだ。

こんなにしらけたことはなかった。私は仕方なく中の罐切りをまた罐の中に戻し、それをまたバッグの中に入れて、どうもお世話になりましたと頭を下げて、捜査三課を後にした。じつに残念なことである。芸術というのは、やはりそう甘くはない。その開けてしまった罐切りの罐詰は、いまも私の書斎の本箱に保存されている。

さてもう一つは宇宙の罐詰である。

これは冗談とか表現の言葉ではなくて、実際に宇宙を罐詰にしたのだ。

じつはその前の年に、私は梱包作品を作っていた。大きなキャンバスを二つ、クラフト紙と麻紐で梱包して、それは千円札の作品と同時発表であったが、自分にとっては絶望的な作品だった。前衛芸術というのは作用が早いから、すぐに表現の臨界点にまで達してしまう。つまり表現することがなくなったという最後の表現が、私にとっては梱包と千円札だったわけで、私はキャンバスを梱包したあと、ついでに椅子や机を梱包してみた。物を包み隠す、反表現、あるいは最終表現ということだけど、包みはじめてみると面白いもので、私はナイフ、スプーン、ビン、ハンマー、鋏と手当り次第に包んでいった。扇風機などは面白くて、包んだあとコードを差し込むと、梱包の扇風機が首を振る。風まで梱包されたみたいである。そのあと自転車や自動車といったものも包みたかったが、頭の方が先回りした。この先梱包作業が活性化すると、樹を包み、ビルを包み、山を包む。実現すれば面白いだろうが、ただの物理的な拡大である。結局は最大の地球梱包までの間をさ迷うだけだ。地球というより、理屈では宇宙の梱包。

それをハイレッド印の罐詰のときに実行したのだ。罐詰とは、すなわち梱包である。罐詰の中に宇宙を入れれば、宇宙の梱包は出来上がる。

私には不発に終った展覧会があった。梱包作業をはじめてすぐのころだが、梱包の展覧会を考えたのだ。画廊を借りて、その画廊を梱包する。画廊はビルの中にあるから、画廊だけ包むわけにはいかない。でも画廊の中からなら包むことができる。天井と床と壁の中からなら全部包める。

結局画廊を借りるチャンスがなくて実現はしなかったが、その方法を罐詰に持ち込めばいい。

私は空罐の内側にレッテルを貼った。それはたまたまあけぼの印の蟹罐のレッテルだった。空罐の内周にキレイに貼って、蓋をし、ハンダ付けで封印する。外からは何も見えなくなる。何故かというと、こちらが罐の内側になったからだ。目の前の小さな罐に、この世界が入れられてしまった。

この世の中が蟹罐になってしまった。この宇宙の果てはまだ見つかっておらず、この宇宙が有限であるか無限であるかもまだわかってはいないのだけど、それがどちらであるにせよ、この全宇宙が目の前の小さな罐の中に封印されてしまったのだ。

考えてみれば恐ろしいことで、私一人で大それたことをしたようにも思ったが、なに、それで何かが爆発するわけでもない。世の中はいままで通りに日が照って、ふつうに息はできるし、遠くで電車の音がしたりしている。だけどそんなことも含めて、すべてが目の前の罐に詰め込まれてしまった。私はその小さな罐を掌に載せる。別に何ということはない。でもやはり私は誰も知らない犯人である。

こういう秘密は誰にでもある。自分一人か、あるいは話のわかる親しい人だけが知っている。私の場合知っているのは、ハイレッド・センターの仲間と、あと数人くらいだ。内容秘密の作品ということもあり、そうでなく誰かにちょっと話しても、

「…………」

となって終ることが多い。

まあそんな時代が終り、それから二十年近くたってから、私はハイレッド・センターのした事を本に書いた。罐詰の秘密についても、うっすら匂わせて書いたのだけど、読者がどう読み取ったかはわからないことで、結局事情は変らない。

でもそのとき書きながら、また自分にわかったことがある。

帝国ホテルのシェルタープランのとき、私はその宇宙の罐詰を五個くらい作った。内周に貼るレ

ッテルはいずれも既製の缶詰からのものだが、蟹にはじまって鯖《さば》、鰯《いわし》、鯨《くじら》の大和煮といろいろ、考えたらその複数個の製作によって宇宙の罐詰が完成していたことに気がついたのだ。

つまり、はじめの一つを作ったときには、まだ宇宙の罐詰としては不完全だった。宇宙のほとんどがその罐に詰め込まれてはいるが、その罐の外側が残されている。つまりそれが罐である以上は外側があるわけで、ありていにいって、その空罐の内側、内周にレッテルを貼りめぐらした罐の内容積だけ、その罐詰による宇宙の包み残しの部分ができる。その包み残しをなくすには罐の大きさを無限小にしないといけないわけだが、しかし罐の大きさがゼロになると、宇宙の完全梱包の直前に、その罐自体が消えてしまう。

つまり中に包むためには外側がいるのだから、その外側も含めて世の中全部を包むとなると、包むこと自体が消えてしまう。包む人がいなくなるのだ。

でも気がついたら、私はその宇宙の罐詰を複数個作っている。蟹、鯖、鰯、鯨とあるわけだから、蟹罐による包み残しがあっても、それを含めた宇宙を次の鯖罐が包んでいるわけで、その鯖罐の包み残しはすでに蟹罐に含まれている。さらには鰯罐、鯨罐とつづくのだから、万全である。つまり宇宙の罐詰というのは、このような相補的な形で完成していたわけなのだ。

こんな話をはじめてちゃんと人に話したのは秋山さと子さんとの対談だった。私は対談なんて苦手なのだけど、人に話したいことや聞きたいことはというと、たくさんある。

朝日出版社にレクチュアブックスというシリーズがあって、一冊ごとに専門家と作家が二人で対談している。そこに登場しないかと、編集のNさんがいってきたのだ。私はもちろん専門家ではなく作家の方だ。そうですね、聞きたいことはいろいろあるけど、UFO、超能力、天文学、宇宙のこと、人間のこと、といろいろ言った。とにかく現代の科学で説明できないことは全部聞きたい。

何日かしてNさんは渋い顔をしてあらわれた。それに全部答えられる人はいないという。それはたしかにそうだ。現代の科学では説明できないわけで、だからまた専門家に聞いてもみたい。その謎の近くにいる専門家の推測や想像を聞くことができたら、私たち一般庶民にも手がかりになる。でもそれはムリだそうで、科学者というのはわかったことしかいわないということだった。まだわからないあやふやなことを発言すると、学界での立場がなくなるらしい。

私の興味がもっと大人の範疇に収まればいいのだけど、どうしても子供の疑問というか、子供電話相談室になる傾向がある。

ところがまた何日かして、Nさんが明るい顔でやってきた。あなたの疑問にぴったりの人がいるという。何だかNさんが洋服の仕立屋さんに見えてしまった。聞いてみると、ユング心理学をやっている秋山さと子さんだという。

私はふだん本を読まず学識がないので、その名前を知らなかった。よくラジオで、秋山ちえ子のラジオなんとか、というのが聞こえていたが、まさかその人ではないとは思った。ユングというのも、名前は知っていたが内容は知らない。心理学ではフロイトがトヨタでユングはニッサンというよりマツダぐらいだろうという、そういうブランド的な感じでしか知らなかった。いまはもちろんその配置も変っているだろうが、そのころは時代もあるし、とくに美術の方のダダとかシュールレアリスムに関わって出てくる心理学者の名前はまずフロイトだった。

いちど大きな本屋の、UFOとか超能力の関係のコーナーを横目で見ながら通り過ぎたとき、そこでユングの名前を見つけたことがある。その関係のコーナーは、本当はちゃんと立ち止まって見たいのだけど、そうすると自分が「うさんくさい人」に見られそうな気がして、興味はあるけど横目で通る。だから学界の学者の人が尻込みする気持はよくわかる。たぶん学者の人もそこは横目で通りながら、本当はちょっと見たいのだけど、表情は「ふん、ばかな……」ということにして通り過ぎているのだろう。

そこにあったユングの本は、UFOについてのものだった。正確なタイトルは失念したが、UFOは人類の共同幻想、というようなものだ。私は恥しいから手に取らなかったが、タイトルだけ見て、なるほど、しかし、と思った。

なるほどというのは、UFOを人間の内的な存在ということにすれば、たしかにすべての現象が整理できる。錯覚であっても人類全体の錯覚であれば、不審な現象もアリということになる。というか、物理現象をも人間の中のこととして取り込むことができる。それはたしかに現象を整理する方法としてはいいのだけど、やはり収まらない感覚が残る。つまり学問的な整理が優先されている感じで、しかし、という感じがどうしても残るのである。なるほど、しかし、人間がすべてではなくて、人間はこの世の一部ではないのか。

それは心理学や精神分析というものに、もう一つ自分が接近できない原因でもあった。私などは人間の中のことよりは外のことに興味がある。外の現象への憧れといってもいい。それは絵とかオブジェとか、物を作る人間の性質なのだろうか。だからUFOにしても、あれはそのまま外のものとして解明してほしい。共同幻想というふうに人間の中のものとなると、何か閉じた解釈となるようでつまらない。

私は対談としては物理とか天文の方の人と思っていたので、うーん、と考えたのだけど、編集のNさんは自信に満ちた顔をしている。じゃあやりましょうということになった。Nさんに連れられて行ったのは、高田馬場の駅からだいぶ歩いたところで、坂道をちょっと登った宝祥寺というお寺である。その門をくぐった境内の一角に秋山さんのお家があった。聞けばここは禅宗のお寺で、秋山さと子さんはそのお寺のお嬢さんなのだ。もちろんお嬢さんといっても私より一世代も上の年配者であるが、お会いしたら長い髪を金髪に染めていて、着ているブラウスもレースのひらひらした派手というか少女っぽいというか、ほとんどベルサイユの薔薇なのでがーんとショックを受けた。ユング↕禅寺↕ベル薔薇という評価価値の違うものが入り乱れて、頭が慌ててしまった。でもそれで一気に、何というか、紐がほどけて楽になったということはある。

その日一日中対談して、日を改めてまた一日中対談した。私の場合、インタビューだったらもちろん私が話すしかないが、対談だったら私の話はかなり減る。分量的に相手と二対一くらいになるのではないか。座談会となるともっと減る。私が黙っていても話はどんどん進むし、私の言いたいことに近いことはだいたい他の人が話しているから、それ以上にあえて私が何か言うこともない。それで同じ報酬がもらえるんだから、座談会というのも不思議なものだ。

でもこの秋山さんとの対談では私もかなりしゃべった。むしろ私の方がたくさんしゃべったのではないか。何しろどんな話でもアリという仕組みだから、どんどん話が深入りし、自分の夢のことから、ノイローゼのことから、体のことから、頭のことから、宇宙のことから、ほとんど子供電話相談室の連続だった。精神分析医に聞いてもらう患者というのが、こうなのだろうか。

たしかに私も夢には興味があって、見た夢を記録したり、夢をもとに文章を書いたりしていた。面白い夢を見てそれだけを書きとめているうちは、夢の突飛なイメージに驚いていればいいのだけど、ある雑誌で「今月の夢」という連載をはじめてみると、むしろ夢を見ないことが気になってくる。見たとしても、わずかな夢の断片だけを覚えていて、あとの思い出せないことが気になってくる。物凄い夢を見たという実感はあるのに、それがどうしても思い出せない。その上最初にあった記憶の断片さえもだんだん遠ざかって、手の届かないところに消えていく。自分の体の、頭の中のことなのに、自分の力の届かないところに消えていくのだ。

それがどうにも腑に落ちなかった。宇宙は手の届かないところがほとんどである。でも自分というのは全部自分の手の届くところだと信じて疑わなかった。ところが、自分の見た自分の夢が、自分の手の届かない自分の中にどんどん消えていく。自分の奥はどうなっているんだろうと、そんな疑問を子供のときに抱いたものだが、それが寸分変らずに蘇えってくる。

どこかで読んだ「内宇宙」という言葉が実感された。宇宙といえば外のことなので、あえて「外宇宙」という言葉はいらないと思っていたが、「内宇宙」という言葉が実感されるにつれて「外宇宙」という言葉も必要となってあらわれてきた。自分の夢をめぐる自分の力の限界がわかってくるにつれて、自分のいるこの世の中が、外宇宙と内宇宙とに分かれて見えてきてしまったのである。

外宇宙は無限大といえるものだが、自分の中にある内宇宙は無限小の大きさがあり、その果てまではやはり自分の力が及ばない。つまり自分というのは無限大から無限小に至る過程の一地帯のことで、構造としては中心に空洞を抱えたドーナツである。

「それはもうユングです」

と秋山さんは言った。え、ユングとはそういうものかと思った。それならと、私は宇宙の罐詰を持ち出した。その罐詰を作ったあと、それを人に話すのはほとんど二十年振りぐらいのことである。ベルサイユの薔薇が一段と輝きを増したように感じられた。

「ユングがその罐詰の話を聞いたら、きっと飛び上がるわね」

秋山さんはチューリッヒのユング研究所で、じっさいにユングに学んだ人だ。その晩年のユングが、最後まで考えていたことが、秋山さんの頭の中ではこの宇宙の罐詰につながってくるものらしい。

そうか、惜しかったなと思った。罐詰の反応はさまざまだけど、そんなことなら一つ進呈したかった。でも時代の順番というものがあり、順番は超えることができない。

しかしそういうブリキの罐を持ち出すまでもなく、人間というのは自分の罐詰だ。自分製の、自分で出来ている罐詰といった方がいいのか。秋山さんに話してもらった自閉症の少年の話が身にこたえた。イギリスかどこかの、内臓恐怖症の少年の例である。私も近い体験をしていたので、その話は丸ごと私の中に移動してきた。

私も若いころはいっぱしにノイローゼなどしていたのである。こんな話、くどくなりそうで嫌なのだけど、とにかく話の道筋に書いておこう。私の場合は心臓恐怖症だった。そういう病名があるかどうかはわからない。とにかく突然自分の心臓が不安になった。年齢としては二十八歳。

振り返ってみればわかることだが、千円札と梱包という、自分にとっては芸術の最果てみたいな作品を作って、あとはぱったりやることがなくなったのだ。何かに燃えている間は不眠症も楽しいけれど、燃えるものがなくなってしまうと、寝るときに心臓の音が気になってくる。その鼓動がどうにも頼りなくて、いまにも止りそうに思われてくる。自分の心臓は自分のものだけど、考えたら私はそれを確認したことがない。たぶん肉とか筋とかで出来ているのだろうが、そんなぐにゃぐにゃのものではいつ鼓動が止るかわからない。そういうものに自分の生命をまかせておいていいのだろうか。

そんなことを考えはじめて眠る時間が怖くなり、睡眠恐怖症に落ち込んだのだった。やることがない証拠である。ないとなると、人間は心配ごとでもいいから探し出して励んでしまう。そうやって私の不眠症はずいずいと深まり、一年ほど進んでその行き詰めたところで、尖端恐怖症みたいなものが出てきて驚いた。ある夜、どうにも眠れずに電気をつけたら、棚の角、机の角、角という角が全部自分を見つめている。卒倒しそうになった。どたん場にいることがはっきりわかった。臨界を超えてみたいという誘惑もあったが、とてもその恐怖には打ち勝てなくて、意味もなく鉛筆を削ったり、靴を揃えたり、できるだけ瑣末な作業をつづけて、ぎりぎりのところでその場を乗り切った。

その夜がいちばんの極点だったが、そんな不眠症が一、二年つづいただろうか。私の場合は千円札の取調べのあと裁判がはじまり、その重圧でやることが生れ、裁判の進行につれて心臓の不安は徐々に消えていった。結果は有罪であったが、その重圧を与えてくれたことには、いまでもこっそりと感謝している。

そうやって私の場合は心臓一品であったが、秋山さんの話の少年は、内臓全部だ。自分の体内に自分の見知らぬ内臓がたくさん詰まり、それが自分の意志と関係なく動いているという、そのことが不安になってしまったのだ。不安というよりは恐怖である。これは怖い。私は聞いたとたんに身震いした。私があとでこの話をしたら、聞いていた友人も身震いしていた。

排便のときにその不安がとくに顕著になるのだという。中のぐにゃぐにゃしたものが次々に出てくる。それが止まらずに出つづけて、しまいには自分の体が全部出尽してしまうのではないか。

少年がとりあえずその不安を止めたのは電球だった。どこからか小さな電球を見つけてきて、それを自分の体のスイッチにした。スイッチと決めたのだ。そして常時それを携帯していて、排便のときにはそのスイッチを押す。「ゴー」の指令とともに排便をはじめて、終るときには「ストップ」と言う。そういう金属体をもとにすべてを統御するという仮想のシステムを作り上げて、とりあえずその不安を止められるようになったのだという。

典型的な自分の罐詰である。生命は放っておけば生きていくのに、人間の場合は自分を強固な罐に仕立てなければ生きていけない。それはやはり、自分の中に自分ではないものがあるからだ。内宇宙があるからである。その空洞があるので、自分を固めようとする。その結果が罐詰として強化される。

これについてはロボット願望との関わりを秋山さんが教えてくれた。ロボットといっても人造人間そのものではなく、金属製の自立した自動機械のことだ。自動車、バイク、カメラ、時計、それらへの憧れはとくに男性に多い。それは不確定な肉体の不安、ぐにゃぐにゃした有機質への不安が、固くてピカピカの、確定的な金属機械への憧れに転化しているものらしい。わかるなあ、私など、プロでもないのにカメラを二十八個も持っている。

女性には少ない。ほとんどないといってもいい。女性はみずからがそのぐにゃぐにゃの有機体を産み出す存在だから、金属への憧れなんていってられない。自分の肉体への同化というか、密着度が違う。デパートの中古カメラ市を見ても、来ているのはほとんど全部が男性、女性はゼロに等しい。

カメラのことはともかく、自分というのはそうやっていつも不安に揺れ動いているものである。自分といってもしょせんは罐詰の罐なのだから、と考えてはみても、その中にある内宇宙の正体がわからない。そうすると罐詰の罐の厚みが不安になってくる。

秋山さんとはその後何度か会った。池袋のカルチャーセンターで持っている講座に、ユング心理学独特の箱庭診療の素材として呼ばれたこともある。秋山さんは長身でもあるから、教壇ではベルサイユの薔薇がまた一段と引き立つ。

軽井沢のどこかに、古い貨車を何台か置いて別荘にしているという。幅のちょっと狭いのが難点だけど、中はうまい具合に改造したらしい。帰るときは頑丈な戸をがっちんと引けば戸締り万全なので、簡単でいいわよといっていた。若い研究員たちがよく出入りしているようで、私にも天文の仲間を連れていらっしゃいという。そうだ、行くなら掛軸を一つ進呈しようと思った。銭湯の煙突の口の部分の拓本の掛軸である。いまのアークヒルズのあるところだが、むかし谷町といっていたころ、銭湯を取壊した跡に高い煙突が一本だけ残されていた。ちょうどトマソン探しというのをはじめたころで、この煙突は何だ、トマソンだと、仲間の間で盛り上がった。そうしたらある日、飯村昭彦君というのがその煙突を昇って、てっぺんに立ち、魚眼レンズのカメラを付けた一脚を頭上に突き上げ、自分ごとその煙突を上から撮ってしまった。

この写真はいま見ても足の裏がひやひやするもので、その驚きのあまりに、どうせならこんどは煙突のてっぺんを拓本だな、とかみんなでいっていたら、ある深夜、飯村君は本当に和紙とバケツと墨壺とタンポンを手に、また一人煙突に昇り、その拓本を取ってきてしまった。丸い煙突の、コンクリートの地肌が原寸で和紙に叩き出されていて、写真とはまた違う大変な実在感だ。直径が約一メートルの円である。白い空洞が美しい。煙突も、考えてみれば空罐である。これを掛軸にして秋山邸に持って行けば、もう内容についてはいわずもがなであろう。

とは思いながら、表装はどこに頼めばいいのかとか、私はそれを五部だけシルクスクリーンで刷った一枚をもらったのだけど、掛軸にはちょっと紙が厚くて大きすぎるから、いっそ屏風にしようかとか、いろいろ考えながら、結局は怠けてまだ行っていない。

二年前、先の池袋のカルチャーセンターで私も講座を持った。二週間に一度の講座が、たまたま秋山さんと同じ時間帯だ。よくロビーで顔を合わせる。私が帰りに生徒たちとビールを飲みに行くのを羨しがっていて、じゃあ来週はいっしょに行きましょうということになった。ところが次の週は元気がない。ちょっとムリだということで、いっしょのビールは中止になった。

今年の一月、秋山さと子さんは亡くなった。

偶然というのは、いつ起るかわからないから偶然である。近い人の死をめぐって何度か不思議な偶然があり、そのことで秋山さんと話したことを想い出した。秋山さんはそれをかなり人間的に解釈していて、私はもう少しそれを金属的に解釈したいという気持を隠し持っていたのを想い出す。でも偶然を知るのは人間だけの意識で、知らなければ偶然というのは水中の気泡のように、無数に犇《ひし》めきあって蒸発している。だからその一つをあえて偶然といったりするのは、やはり人間的な出来事なのだ。秋山さんの死に重なって偶然があったのではない。それは葬儀も終って、しばらくして、ふと思い立ったこの文章を四枚ほど書いたところで起きたのだけど、いまはいうまい。

葬儀は一月九日だった。香典と供物は辞退し花だけ受けますという知らせが届いた。形式だけのものはたしかに不用かもしれないけれど、でも何か収まらないものがある。

葬儀の前日、私は空罐を買ってきた。ペンキ職人たちがこれをクウカンといっていたことを想い出す。十年前の対話集の、本のカヴァーの袖のところに、秋山さんの写真と略歴が載っている。それをコピーして切抜き、配置を整えてもう一度コピーしてレッテルを作った。空罐の内側にボンドで貼って蓋をする。レッテルが見えなくなったのは、こちらが罐の内側になったからだ。蓋を木槌でしっかり叩き、ハンダ付けに取りかかる。宇宙の罐詰を作るのは、かれこれ三十年振りのことである。ハンダのコテも、鉛も、ペーストも、当時のままのものである。でもいきなりのことで手際が悪く、鉛がうまく付着しない。ペーストが青い煙を上げて、鉛がぐつぐつと泡立っている。蓋の円周がぎざぎざになってしまった。でも新品だから、罐の膚はピカピカしている。

葬儀の日、私は黒ずくめの上下をふつうのコートで隠すようにして家を出た。罐詰でコートのポケットが出っ張っている。供物は辞退とあるけれど、まあ作ったので持って出る。作ってしまえばそれはどこに置かれてあってもいいのだけど、とりあえず葬儀があるのだから、そこには同行するわけである。でもポケットがこんなに出っ張るとは思わなかった。ふだんはたいていバッグを持って、本やカメラなどはバッグに入れる。でも葬儀にバッグはいらない。だから罐詰はどうしてもコートのポケットだけど、どうにも収まりが悪い。衣服のポケットに入れるものは、手帖、財布、名刺入れ、だいたいは薄いポケットにフィットするものばかりだけど、罐詰はぜんぜんフィットしない。

あまり収まりが悪いので、電車に乗るとき手に出して持ってみた。この方が手もポケットも無理ない形でいいのだけど、しかしふだん着ならともかく、きちんとした黒いスーツ姿で、手に裸の罐というのはどうも変だ。

また罐詰をポケットに入れた。手もいっしょに入れて持つようにする。そうすると罐の出っ張りが手の甲のふくらみに隠れて、その点ではちょうどいい。とはいっても、やはりポケットに片手を入れっぱなしというのが、何か不穏なスタイルである。

葬儀は壮大だった。何しろ実家は禅寺である。居並ぶお坊さんの立派さに目を瞠《みは》った。

焼香をすませて、別の間でお酒をいただく。知り合いの顔も見えて、ひとことふたこと話をする。葬儀というのは妙なもので、知人はほとんどが久し振りに会う人ばかりだ。だけどその久し振りというのをテーマには話せない。テーマはあくまで葬儀であるから、久し振りの挨拶はみんな目の奥だけで交わして沈黙している。

帰り際、もう一度祭壇に礼をして、コートをはおる。ポケットが出っ張っている。どうしようかと思った。思い切って差し出そうか。でも供物は辞退である。入口で立ち働く人に見覚えのある顔があり、秋山さんのところの研究員のようである。十年前の対談のとき、周りに何人かいた女性の一人ではないかと、かすかに想い出した。

「あの対談のときに……」

とたしかめると、やはりそうだった。思い切ってポケットから罐詰を差し出す。

「これ、あのとき話した、罐詰……」

「あ……」

「秋山さんのを作ったんですけど」

その女性はぽろぽろと涙をこぼした。私の眼球の水分も、少しふくらんだのが感じられた。

「ぼくの部屋に置いてもいいんだけど、どうしようかと思って」

「よろしいんですか」

「祭壇にお供えするわけにもいかないし」

「いえ、ぜひ、お部屋に飾らして下さい。先生の棚に。きっとお喜びになると思います」

「そうですか」

帰りは手ぶらだった。コートのポケットはぺたんとしている。出っ張りが消えて、ふつうになったはずなのに、それが変に物足りない。道を曲がったりするときに、ふっとそのことに気づいたりする。
十年前の対談集で、秋山さんがあとがきの最後に書いた言葉が、頭の中に響いている。あとがきの最後の三行である。

私自身はかなり楽観的にものごとの進化を信じるものですが、その進化の過程で、私たち人間が見逃してきた、なにものかが加わることで、人間は自らの絶滅を賭けて、新しく脱皮しようとしているのが、現代だと思われます。そう考えると、心がわくわくしてきます。そうじゃありませんか。

掌とライカM3

私はライカM3を持っている。プロでもないのにドイツ製の高級なカメラを持っているわけで、そういう日本人はあんがい多い。別に必要ではないのに、「必要以上」にそのカメラに引きつけられて、いつの間にか金丸みたいに金を溜めて、とうとう決意して買ってしまうのだった。

私のライカM3の場合はボディとレンズで二十万くらいした。このカメラはもう中古しかないので、定価で安心して買う、というわけにはいかないのである。あちこちの中古カメラ屋さんをのぞいて、のぞくうちに機種や値段などの知識を高めて、そのうち欲望も高まっていき、どうせならというので求めるグレードもどんどん上がり、もう我慢も限界だ、というところでたまらずに買うのである。

で、買うと、得意になって机の端に置く。仕事をしながらときどき手に持ち、レバーを巻き上げ、シャッターを切る。フィルムは入っていない。

それが何か後ろめたいような気がしていた。写真を撮るわけでもないのにカメラをいじる。それは単なるカメラオタクではないのか。

前はそう思って後ろめたい気がしていたのだが、いまは違う。フィルムは入っていない、写真を撮るわけではないとわかっていても、いまは仕事の合い間に堂々とライカM3を手にして空シャッターを切ってみる。これは必要なことなのだ。カメラの保全のためなのだ。

人間もそうだが、家や車もそうだが、カメラも使わないと傷んでくる。後生大事にと押入れの中に仕舞い込んでおくと、出したときにはレンズに黴《かび》が生えて、シャッターは錆《さび》つき、もう使いものにならない状態となっていたりする。

私の買ったライカM3もじつはそうだった。買うときによく見たんだけど、ボディはぴかぴかで傷もなく、ファインダーも綺麗で、シャッターもまずまずちゃんと作動するので満足して買ったのであるが。

ある日満足気にいじっていたら、ポロリと、レザーが剝がれてしまった。買ってまだそんなに経っていない。ときどきレザー貼りの部分を触りながら、何となく浮いた音がするなあ、と思っていたら、その個所がポロリと剝がれて、慌ててしまった。点検すると他にも浮いた音のする個所があり、そこも試しにちょっと強く押すとビリなんて音がして、剝がれ落ちる。

真っ蒼になった。というとちょっと大げさかもしれないが、ソ連が崩壊したようなショックを受けた。ソ連崩壊時のソ連共産党員みたいな気持になった。

これはすなわち、乾燥のさせすぎである。乾燥させればいいというもんじゃない。

カメラにはたしかに湿気が禁物である。レンズには特に湿気がよくない。すぐに黴が生える。だから電気式の乾燥ボックスみたいなのが売られていて、お金のある人はすぐそれを買って入れようとする。

このライカM3の先代のオーナーも、おそらくそうしたのだろう。乾燥ボックスに入れっぱなしにして、ほとんど出して使わなかったのではないか。もう自分にはライカがあるから大丈夫、という何かお守りみたいにしていたのではないかと思う。気持はわかる。ライカはたしかにお守りにもなる。しかしお守りといってもカメラだから、障害を起してカメラでなくなったら、お守りにはならなくなってしまうのだ。そこが、金塊とかダイヤとか、そういうお守りとはちょっと違う。

話がずれたが、湿気さえなければいいと簡単に思ったために、レンズはいいけどレザーの方がダメになったのだ。レザーといってもカメラのはほとんど人工皮革だけど、しかしやはりレザー状のものだから、適度な湿気は必要である。

それをナイガシロにしてしまったのだ。このライカはそういう単純思考の犠牲者である。私は慌ててメンテナンス屋さんに持って行った。そしてそこでいろんな教訓を得たのである。それが先述の知識で、レンズに湿気は禁物だけど、レザーに過剰乾燥は禁物。だから電気式のドライキャビネットを過信するな。シリカゲルにも警戒が必要。桐箱に入れっぱなしにするのは障害のもと。いちばんいいのは風通しのいいところに置いておくことで、埃が気になるならガーゼみたいなもので軽くくるむ。それよりもいつも手もとに置いて使っているのが一番の保全であるということ。

つまり使うというのはカメラを動かして風通しを良くしていることで、レンズやその他機械部のグリスも常に循環させているということで、レザーには人間の掌の湿気も適度に与えているということで、カメラはそれがあってこそ健康を保って生きているのだ。

思わず健康なんて書いたけれど、これは別に間違いではない。カメラにも健康があり、病気があり、死がある。完全に死んでしまえばしょうがないが、病気なら、薬で治ることもあるし（グリス交換、その他）、ひどいときは手術も可能だし（部品の取り換え、シャッターなどの分解掃除。私はこの間6×6判のカメラの蛇腹に開いた穴を、自分で黒布を貼って治した）、とにかくカメラだっていきものだから、有機物としての扱いが必要なのだ。

だから私は仕事の合い間に、ライカM3の空シャッターを切るのである。それも前みたいにこそこそではなく、論理を構築したいまは堂々と切る。これはカメラにとって必要なことなのだ。犬を飼っている人は朝と夕方と散歩に連れ出すでしょう。あれと同じくカメラも有機生命体であるから、散歩させて、糞をさせて、水を飲ませて、餌を与えて、よしよしと声をかけて、首や胸のところを撫でてあげる。そういうことが必要なのだ。

と書いたところでいままた私はライカM3を掌に載せた。レザーの皮膚移植をしたところが見えるといえば見えるけれど、見えないといえば見えない。内部機構はいまのところ完璧である。フィルムはここしばらく与えてないが、散歩には連れ出している。シャッターを一秒にセットすると、正確に一秒を刻んで落ちる。その後にライカM3独特のジーという小さな余韻が残る。六十分の一秒にセットすると、こんどはコトリと、澄んだ音でシャッターが切れる。私はこの六十分の一秒辺りの感触が大好きだ。このシャッター音を、大理石を叩く音、といった人もいる。私はもう一度だけシャッターを切りながら、心の中で祈った。世界中の中古カメラが健康でありますように。

中古カメラ修理ロボット忍者群

ぼくは中古カメラウィルスに感染している。中古カメラのキャリアである。

日本語でいうと感染者、病人のことだ。

でも治療方法はちゃんと確立されていて、望みの中古カメラを買うと治る。死ぬことはまずない。で、治るんだけど、治ってみると病気は一段と発展している。中古カメラウィルスというのはじつはゾンビ性のウィルスといわれていて、死ねば死ぬほど増殖して広がってくる。だからふつうに殺菌してはいけない。ウィルスがいてもじーっとそのまま見殺しにしておいた方がいいといわれている。

つまり望みの中古カメラがあっても買ったりせずに、じーっと見殺しにする。

でも人間だから、なかなかそうはできない。見殺しにしている間にいても立ってもいられなくなる。結局は発熱して、応急処理としてそれを買う。ということになる。

そんな事情があるから、町の中古カメラ屋は病院とか診療所と呼ばれている。

ぼくの診療所は浅草にある。浅草の仲見世をずうっと行って、浅草寺の手前を右にちょっと折れた、ハヤタ診療所だ。一坪か二坪くらいの小さな所で、一般には早田カメラといわれているが、じつはカメラ屋ではなく、いやカメラ屋ではあるけど、診療所なのである。

入口の両側に小さなショウウインドウがあって中古カメラ類が並んでいるが、それらはみんな診療器具、あるいは製剤器、丸薬などと呼ばれている。

入口を入るとすぐ、ビール箱に座蒲団をのせた椅子が三人分だけある。いつ行っても必ずそこに患者が坐っている。いつ行っても満員で、患者たちは順番を待つふりをしながら、ハヤタ医師の治療をじーっと見守っている。じーっと見守りながら、たまらずに病気のことをあれこれとしゃべる。

ハヤタ医師の前には子供の勉強机よりも小さな手術台があって、小さな手術道具がぎっしりと並んでいる。ハヤタさんはそこで患者から取り外した患部をあれこれ引っくり返しながら綿密に手術している。

それは金属製の臓物で、それを世間では中古カメラという。ドイツ製が圧倒的に多いのだけど、日本製もあり、アメリカ製や旧ソ連製もある。

このようにハヤタ診療所は全体が非常にコンパクトに出来ており、カメラでいうと往年のミノックスのような精密さ、ミノックスというよりスイス製の超特殊カメラ「コンパス」に近い。机の上にも下にも横にも、道具棚の表にも裏にも横にも、いろいろな道具や部品類が格納されている。

待合室、ならぬ待合椅子で治療を見守っている患者たちは、注射した左腕をアルコールの染みた脱脂綿で押さえているような、そんなシルエットとなって、その場所を離れない。

待合椅子の下には小さな犬のチンが二匹棲んでいる。ガラス戸が開いて新しい患者が入ってくると、椅子の下から出て受付嬢のようにキャンキャンと吠え立てる。食パンくらいの大きさの犬だから怖いことはないのだけど、しかし清潔であるべき手術台に犬である。潔癖性の人は気にする。

以前Aという患者がある高級臓器の治療を依頼した。そのときは使いのものが届けにきたらしいのだけど、あるとき本人がちょうど浅草に来たからといって、その現場に立ち寄った。そうしたらガラス戸を開けたとたんに二匹のチンがキャンキャンとお出迎え。そのすぐそばの小さな机でハヤタさんが手術をしていたものだから、A氏はびっくり仰天した。犬なんて塵と毛を撒き散らすケダモノではないか。それをカメラの解剖現場に放し飼いにして、こんなところで神聖な手術はまかせられないと、A氏は治療を頼んでいた自分の臓器を取り返して持って帰ってしまった。

カメラというのは精密機械だから、世間とは遮断された無塵《むじん》室の中で、白衣に白マスクで、というイメージが固く出来ていたのだ。

そりゃあそれに越したことはないけど、無塵室だって塵が入るときは入るよ、とハヤタさんはいう。無塵室で直らないカメラはたくさんあるけど、うちは犬がいたってカメラは全部直るとハヤタさんはいう。別に犬が直すわけじゃないのに、犬の濡れ衣を平気で着ていられるのがハヤタさんだ。

ハヤタ医師は臓器を再生させる名人である。どんなカメラでもとにかく動くようにしてしまう。正規の部品がないから直せない、というイイワケはしない。すべてのカメラに通底する基本構造を、いわば体で覚えているので、ハヤタ医師の手にかかるとどんな種類のカメラの部品も、互換性がある。そういう互換性というのが、カメラ以外の物品類にもつながっている。

どこでも直らなかった中古カメラが一瞬に直った、あるときには手にも触れずに直ったという噂もあったりして、ハヤタ医師は中古カメラの赤ひげといわれている。

そのハヤタ診療所に、赤ひげを慕って来ている中古カメラ修理ロボットがいるのだ。名前はフクシマといい、現在フクシマ1号からフクシマ6号までが稼働している。そんな一坪か二坪の所にどうして、と思うだろうが、修理ロボットはそれぞれ自分の家に住んでいるのだ。

ロボットといっても人間そっくりの形をしていて、事実人間である。

はじめはフクシマ1号、フクシマ2号の二体だけだった。フクシマ1号が短身でフクシマ2号が長身である。当初はロボットでも何でもなくふつう一般の人間だったが、二人ともキャリアだった。中古カメラウィルスに冒されていて、ハヤタ診療所に治療で通っていたのだ。

それがナミの治療では治らない。臓器をハヤタ医師に手術してもらうくらいでは、中古カメラ病が治るどころかさらに進行する。ほかの臓器もどんどん冒されていって、これはもうたんに患者でいるだけではダメだ、自分でもちゃんと治しなさいということで、中古カメラ修理ロボットとなったのである。

つまりふつうの人間以上に行けるところまで行っちゃった人が修理ロボットということで、これは人並み外れた病状、いや人並み外れた能力に対する尊称である。

そういう患者→修理ロボットというケースの人がたてつづけに二人出てきた。それがたまたま同じフクシマという名前なので、それならというのでフクシマ1号、フクシマ2号となった。

ところが中古カメラウィルスとは恐ろしいもので、ハヤタさんの所にはその後も患者→修理ロボットという人たちがあらわれる。それにはサトウとかゴトウとか、人間らしい名前がついているのだけど、もう以下同文というので順番にフクシマ3号、フクシマ4号となっていって、いまはフクシマ6号まで修理ロボットがいる。

その番号はいちおう入門順ではあるけど、ウデの順も加味されている。だからフクシマ1号とフクシマ6号とでは、いろんな意味で格が違う。忍者世界での上忍と下忍ほどの格差があるのだ。でも上忍だからといって油断していると、知らぬ間に下忍がワザを磨いていて、その地位を逆転される。

もちろんそれを統率しているのはハヤタ医師で、ウデの磨き具合ではフクシマ各号の番号が変るぞ、ということで規律の引き締めをはかっている。だからみんな中古カメラ修理を競い合って、ハヤタ本部から臓器の難物を持ち帰り、完璧に手術治療してハヤタ本部に届け、その足でまた難物をいくつかバッグに入れて持ち帰り、そうやって自宅で黙々と治療に取り組む。

現にいまフクシマ2号が危ない地位にいるのだ。それというのもフクシマ2号はそういう修業の合い間に、息抜きで自転車に乗っていた。その自転車というのがふつう一般のではない競輪用の自転車で、ブレーキも荷台もベルもランプも何も付いていないシンプルそのもの。ペダルにベルトが付いていて足が外れないようにがっちり縛って走るというプロ仕様の物である。

どうしてそんなものに乗るかというと、そこはまあ病気問題の答は出にくいもので、とにかくキャリアというのは物にこだわるし、こだわるからキャリアにもなってしまう。

で、そういう究極の自転車に乗って交通の激しい町の中を走っていたというから、そこがプロと病気の違いで、信号が赤になって、急停車を迫られた。しかし急停車といってもブレーキがないんだから、停るには体のエンジンブレーキを掛けるほかはない。それを何とかぎゅーっとやって停りはしたんだけど、停ったはいいが足が外れない。両足がペダルにきっちりベルトで縛ってあるのだ。おっ、とっ、とっ、とっ、と当然ながらバランスを崩してしまって、ズドーンとマトモに倒れた。そこへ車が来たら人生も終っていたんだけど、それはとくになく、とにかく外そうとして外せない脚が相当ムリな使い方をしていて、

「ポキン」

といった。骨折である。

ハヤタ医師がいうには、あのベルトで足を縛る式の自転車はグラウンド用で、町を走るんだったらベルトは使わない、使うにしても一方の足は外しとかないと停れるわけがないじゃないの。

とにかく折ってしまった。カメラの巻き上げレバーを折ったようなものだ。とにかく入院である。メンテナンスである。

修理しなければならない。部品といったって換えはないから、折れた骨をモトに戻すしかない。それが相当複雑な状態で折れ曲がったらしくて、その脚をベッドに固定して、それを一方から紐で引っ張り、さらにもう一本の紐で別の方向から引っ張り、そんな状態で三か月間じっとしていなくてはならなくなった。もう完全な中古品である。新品同様の元箱付き、ではなくなってしまった。

でも修理可能ということなのでよかった。修理不能となって、部品取りの素材として「研究用」なんてシールを貼られてジャンク品の籠に放り込まれたら、人生の悲哀、なんていうことさえもいっていられなくなる。

しかしフクシマ2号にはもう一つの恐怖があった。いまはフクシマ2号と呼ばれているけど、こ

のまま自分の脚の修理ばかりしてカメラ修理の成績が落ちたら、一気にフクシマ7号か8号にされてしまうかもしれない。上忍から下忍に一挙降格という事態は充分考えられる。だから事故から一週間後、使いをやって自分の家から修理途中の臓物と道具類をこっそり持ってきてもらった。そして病院のベッドの上で、下半身では自分の脚のメンテナンスに励みながら、上半身では他人様の臓物の治療に励んでいる。だからどうか破門にはしないで下さいという電話が病院から掛かってきたとき、ハヤタ医師としては冗談をどうカマせればいいか一瞬困ってしまったそうだ。

この間久し振りにハヤタ診療所に行って治療を受けていたら、おとなしい青年が隅の方に立っていた。足もとに大きな紙袋を置いていて、その中からベラとか、エキザクタとか、スーパーネッテルとか、ドイツ製の臓器類を取り出してハヤタ医師に差し出している。ハヤタ医師はその要所要所を見ながら、ここはこうじゃないかとか、こうすれば良かったんだよとか、なるほどねとか言っている。その物品類のウィルスが凄くぴかぴかに綺麗なので目を引きつけられていたら、

「これがね、フクシマ6号ですよ」

と紹介してくれた。おとなしい青年ははにかみながら会釈している。

「なかなかウデがいいんだよ、もうじき4号に昇格する」

と言っている。おとなしい青年はいやいやという感じで、エキザクタの軍艦部をなでたりしている。うん、まだずいぶん若いけど、何となくウデが良さそうだという感じは察せられる。危うし、フクシマ2号。

病院のベッドでカメラ修理をはじめたなんて冗談かと思っていたが、やはり本当らしい。破門し

ないでという歎願電話の真実性はよくわかった。下からの追い上げが激しい。凄い世界なのだ。中古カメラウィルスで全身を冒されながら、それでもこの病気を何とかしようとウデを磨いている。

ぼくは感動した。ぼくら一般患者の病気治療は、このような上忍下忍の切磋琢磨の闘いによって、しっかりと支えられているのだ。ぼくたちもこの病気をないがしろにしてはいけない。

最後になったが、フクシマ2号の再起を祈る。闘いはまだこれからだ。

初出

1（赤瀬川原平名義）
レンズの下の聖徳太子　海　一九七八・四
2（尾辻克彦名義）
意味が散る　現代詩手帖　一九八一・五（特集「『花』の構造」）
果し合い　すばる　一九八一・八（競作「課題小説　中学生暴力」／深沢七郎「変化草」と同時掲載）
風倉　文藝　一九八一・九
山頂の花びら　別冊文藝春秋　一九八二・七
サルガッソーの海　中央公論　一九八三・五
3（尾辻克彦名義）
海部　中央公論文芸特集　一九九一・九
空罐　群像　一九九二・七／秋山さと子・赤瀬川原平共著『異次元が漏れる　偶然論講義』大和書房、一九九四所収
掌とライカM3　小説新潮　一九九三・五（特集「掌の小説」）
中古カメラ修理ロボット忍者群　小説新潮　一九九五・四（特集「掌の小説10人集」）

謝辞――あとがきにかえて

彼は三つの名前を持っている。

産まれて両親から名付けられた「克彦」。成人になり芸術活動をするようになって「原平」。そして中年になると「尾辻克彦」名で小説も書くようになった。

名前は三つあっても肉体は一つだ。一日は二十四時間と限られているのに文章、絵、写真と、よくもこんなにと思うほど膨大な作品を残した。

だが自分自身の見立ては「愚図」だ。外出時は持ち物の点検に手間取り、出かけたと思ったら外気温が気になり、着替えに戻る。すんなりとはいかない。何事もこのような調子で、「自分の性格はグズだから」とよく言っていた。が、あのもどかしい時間が今はなんとも懐かしい。

執筆中は、その時どのような物を書いているかを事細かに話してくれる。その話はつい惹きこまれるほど面白く、生き生きとして、別空間へと誘ってくれた。したがって、私にとって完成した原稿は添物みたいで、これまで読む事はなかった。

小説が完成し雑誌に掲載されると、時には「どう読まれたかな」と評価を気にする事があった。

今思えば、「どう読まれたかな」は私に対して読んでほしいという彼なりの遠まわしな言い方だったのかもしれない。

そんなふうに、彼は何かを人に強いる事は全くしなかったのだ。つくづく自分は鈍感だったと、今になって反省をする思いだ。

この「ぐずぐず」としている人が、いつの間にか猛スピードで仕事をこなしていたのである。正反対な「ぐずぐず」と「てきぱき」の両極面を持っている、不思議な人だった。


私事だが昨年初秋、沖縄で自然や文化を楽しんで来た。神秘的な体験もし、格別な旅行だった。まだ旅の余韻が消えぬその一ヶ月後、気持ちが込められたお手紙がある編集者から届いた。原平の小説作品を刊行したいとの内容だった。

それではと初対面を果たし、話していくうちに、彼は沖縄出身という事が分かった。

そして数日後、まとめられたコピーの中の一篇「果し合い」を読んだ。ここに登場する「アヤちゃんのお兄さん」は、お会いした事はないが、その後歌人となった枡野浩一さんがモデルになっている。そうお伝えすると「レンズの下の聖徳太子」は枡野さんのツイッターで小説集に入っていないことを知った、と編集者の名嘉真さんは仰った。

原平は生前、多くの偶然と遭遇してきた。今度は彼にまつわる偶然が、ここでも発生したようだ。

収録された十編はほんの一瞬、雑誌掲載という形で世に出たが、その後はひっそりと、何十年もの間眠っていた。再び呼び覚ましてくださった幻戯書房の名嘉真春紀さんは、時に編集者から読者の目になり、熱いお気持ちで作品に接してくださった。

その事に感謝するとともに、この本を手にとってくださった読者の方々に、心からお礼申し上げます。ありがとうございました。

そして亡き夫・克彦にも、一言伝えたい。

「本当に面白かったよ」と。

二〇一七年二月

赤瀬川尚子

赤瀬川原平（あかせがわげんぺい）一九三七年三月二十七日、横浜市生まれ。本名・克彦。愛知県立旭丘高等学校美術科卒業、武蔵野美術学校油絵学科中退。五八年、読売アンデパンダン展（東京都美術館）に初出品。六〇年、吉村益信、篠原有司男らと「ネオ・ダダイズム・オルガナイザーズ」結成。「赤瀬川原平」を名乗り始める。六三年二月、個展「あいまいな海について」（新宿・第一画廊）開催、原寸大の紙に表一色で千円札を印刷し、案内状として現金封筒で郵送。三月、読売アンデパンダン展に千円札拡大図《復讐の形態学（殺す前に相手をよく見る）》などを出品。五月、高松次郎、中西夏之と「ハイレッド・センター」結成。六四年一月八日、刑事二人の自宅訪問を受け、翌日、警視庁に任意出頭（「千円札事件」）。六五年十一月、印刷業者とともに東京地裁へ「通貨及証券模造取締法違反被疑事件」として起訴される。六七年六月、地裁で懲役三ヶ月執行猶予一年の判決。七〇年四月、最高裁が上告を棄却し、有罪確定。五月、初の文集『オブジェを持った無産者』刊行。八月、「野次馬画報」（のち「櫻画報」）を「朝日ジャーナル」に連載開始。七一年三月、「美術手帖」「朝日ジャーナル」に連載した「櫻画報」回収される。七二年十月、長女・櫻子誕生。七三年十一月、「資本主義リアリズム講座」中の千円札図版を読者の一人が切り取って使用する事件が発生、赤瀬川も書類送検される（「第二次千円札事件」）。七六年九月、「第二次千円札事件」不起訴となる。七八年四月、赤瀬川原平名義で初の中篇小説「レンズの下の聖徳太子」を「海」に発表。七九年九月、尾辻克彦名義で執筆した「肌ざわり」で中央公論新人賞受賞。八一年、「父が消えた」で芥川賞受賞。八三年、『雪野』で野間文芸新人賞受賞。八六年、藤森照信、南伸坊らと「路上観察学会」結成。八七年、『東京路上探検記』で講談社エッセイ賞受賞。九三年、『仙人の桜、俗人の桜』でJTB紀行文学大賞受賞。九六年、山下裕二と「日本美術応援団」結成。九八年、『老人力』刊行、四十一万部のベストセラーになる。九九年、同書で毎日出版文化賞特別賞受賞。著書はその他、『超芸術トマソン』『新解さんの謎』など多数。二〇一四年十月、「尾辻克彦×赤瀬川原平　文学と美術の多面体」展（町田市民文学館）、「赤瀬川原平の芸術原論　１９６０年代から現在まで」展（千葉市美術館）開催。同月二十六日、死去。

銀河叢書

レンズの下《した》の聖徳太子《しょうとくたいし》
二〇一七年三月十三日　第一刷発行

著　者　赤瀬川原平

発行者　田尻　勉
発行所　幻戯書房
郵便番号一〇一－〇〇五二
東京都千代田区神田小川町三－十二
岩崎ビル二階
TEL　〇三（五二八三）三九三四
FAX　〇三（五二八三）三九三五
URL　http://www.genki-shobou.co.jp/
印刷・製本　精興社

ISBN978-4-86488-116-6　C0393

✿「銀河叢書」刊行にあたって

敗戦から七十年が過ぎ、その時を身に沁みて知る人びとは減じ、日々生み出される膨大な言葉も、すぐに消費されています。人も言葉も、忘れ去られるスピードが加速するなか、歴史に対して素直に向き合う姿勢が、疎かにされています。そこにあるのは、より近く、より速くという他者への不寛容で、遠くから確かめるゆとりも、想像するやさしさも削がれています。

長いものに巻かれていれば、思考を停止させていても、居心地はいいことでしょう。

しかし、その儚さを見抜き、伝えようとする者は、居場所を追われることになりかねません。

自由とは、他者との関係において現実のものとなります。

いろいろな個人の、さまざまな生のあり方を、社会へひろげてゆきたい。読者が素直になれる、そんな言葉を、ささやかながら後世へ継いでゆきたい。

星が光年を超えて地上を照らすように、時を経たいまだからこそ輝く言葉たち。そんな叡智の数々と未来の読者が出会い、見たこともない「星座」を描く――

銀河叢書は、これまで埋もれていた、文学的想像力を刺激する作品を精選、紹介してゆきます。初書籍化となる作品、また新しい切り口による編集や、過去と現在をつなぐ媒介としての復刊を手がけ、愛蔵したくなる造本で刊行してゆきます。

既刊（税別）

小島信夫　『風の吹き抜ける部屋』　四三〇〇円
田中小実昌　『くりかえすけど』　三二〇〇円
舟橋聖一　『文藝的な自伝的な』　三八〇〇円
舟橋聖一　『谷崎潤一郎と好色論　日本文学の伝統』　三三〇〇円
島尾ミホ　『海嘯』　二八〇〇円
石川達三　『徴用日記その他』　三〇〇〇円
野坂昭如　『マスコミ漂流記』　二八〇〇円
串田孫一　『記憶の道草』　三九〇〇円
木山捷平　『行列の尻っ尾』　三八〇〇円
木山捷平　『暢気な電報』　三四〇〇円
常盤新平　『酒場の風景』　二四〇〇円
田中小実昌　『題名はいらない』　三九〇〇円
三浦哲郎　『燈火』　二八〇〇円
赤瀬川原平　『レンズの下の聖徳太子』　三二〇〇円

……以下続刊